文春文庫

大名倒産

下

浅田次郎

大名倒産 下 もくじ

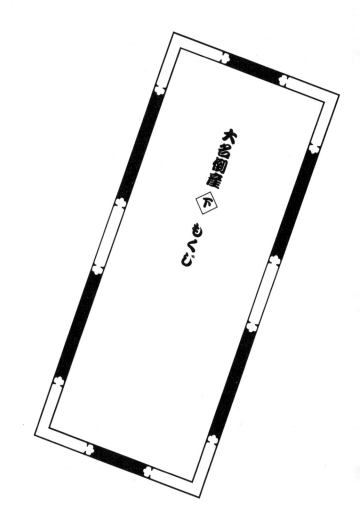

主な登場人物、と神様

松平和泉守信房（小四郎）
丹生山松平家第十三代当主。先代が村娘なつにお手を付けて生まれた四男。思いがけず家督を継いだばかり。糞がつく真面目。算え二十一歳。

磯貝平八郎
小四郎の幼なじみ。筋骨たくましい剣術自慢。国入後、近習から御用人に。

矢部貞吉
同じく幼なじみ。目から鼻へ抜ける賢い男。国入後、近習から大納戸役に。

新次郎
小四郎の次兄。江戸中屋敷に住む。父である先代評するに「天衣無縫の馬鹿」だが庭造りに天賦の才を発揮。

喜三郎
小四郎の三兄。生まれつき病弱で国元を離れたことがないが、賢く気さくな人柄で「きさぶ様」と慕われる。

比留間伝蔵
さる大名家の勘定役だったが出奔。水売りをしていたところ丹生山松平家の窮状を知り助力を申し出る。

小池越中守
大番頭《おおばんがしら》。娘・お初が新次郎に嫁いだ縁で御殿様に肩入れし、丹生山に同行してきた。鮭、大好き。

間垣作兵衛
小四郎育ての親。十二年前に妻子と別れてのち、国元に戻り川役人として鮭の養殖に尽力してきた。

御隠居様　第十二代当主。大名倒産の企みを腹に、四男に跡目を譲り柏木村の下屋敷に隠居。百姓与作、茶人一狐斎、職人左前甚五郎、板前長七など役柄《キャラ》を演じ分けて暮らす。

平塚吉左衛門　筆頭家老。家柄以外さして能のない老人。

天野大膳　付家老。立藩の折に幕府から差遣された家柄ゆえ「御付人様」と呼び習わされる。三十なかばの利《き》れ者。

橋爪左平次　勘定方。御殿様に付き従い丹生山へ。城下の役宅に妻つやと嫁入り前の娘、元服前の息子、幼子がいる。

楠五郎次郎　江戸留守居役。渉外が役目で弁が立つが情に脆《もろ》い。目付からの一躍出世で御隠居様への忠義を説かれるが……。

加島八兵衛　下屋敷用人。御隠居様の役柄変えに戸惑いつつも側近として仕えている。

清右衛門　三井越後屋の元締番頭。丹生山松平家への筆頭貸元として日頃は出入りの商人たちを仕切っている。

●

板倉周防守　寺社奉行と月番老中を兼任。この人なくしてご政道立ち行かずとされる才人。お手伝の差配にも携わる。

佐藤惣右衛門　国家老。影が薄い風貌の六十過ぎの老役。

鈴木右近　国家老。右に同じく影が薄い貫禄不足の若者。

仙藤利右衛門　丹生山領内きっての豪農。金貸し業をよしとせず、一千町歩の田畑を堅実に守ってきた仙藤一族本家当主。

上人様　丹生山城下の古刹・浄観院の住職。御齢九十四。寄る辺ない子らを引き取り育て上げてきた。

正心坊　なつと間垣の間に生まれた盲目の子。赤子の頃、異父兄・小四郎との関係を案じた父が浄観院に預ける。

仁王丸　髪も髭も赤く、瞳は青く、肌の白い「自称山賊」。山中の洞窟で猿たちと暮らしている。本名は善助。

大黒屋幸兵衛　日本橋室町の両替商大黒屋で丁稚から叩き上げ、才覚を買われて娘婿として当主の座についた。

伊兵衛　大黒屋の丹生山先店を預かる番頭。浄観院に育つ。

鴻池善右衛門　三井、住友と並ぶ天下の豪商・鴻池の当主。二十三歳の御曹司ながら大坂商人らしい器量を示す。

貧乏神　しょぼい行列に魅せられ付いて来た丹生山で、怪我を治すと引き換えに福の神を呼び込むよう約束させられ、百年以上前に居酒屋でたかったきりの神々を頼るが……。

七福神　曰く、七柱で一人前の神として一座を組んだ神々。
左の七柱から成る。

寿老人　異様に長い頭に頭巾をかぶり、杖を持ち、瓢簞酒をあおる。従者は鹿。唐国の出で、長寿の利益を授ける。

恵比寿　七福神唯一の日本生まれ。携えた竿で釣り上げた鯛を抱えている。商売繁盛。五穀豊穣。

弁財天　故郷・天竺《インド》での名はサラスヴァティー。音楽と芸術を司り、琵琶を肌身離さない。孔雀に乗った恋多き女神。

大黒天　大きな袋を肩にかけ、打ち出の小槌を手に、米俵を踏みニッカリ笑う。大黒屋の繁盛はこの神のご加護。

毘沙門天　上杉謙信の信心を受けた武神。夜ごと江戸市中を甲冑姿で走り鍛錬する。またの名をヴァイシュラヴァナ。

布袋　もとは唐国に実在した仏僧が神に出世した珍しい例。背負った袋は人の煩悩や不平不満を押し込む「堪忍袋」。

福禄寿　七福神の座長。福（子宝）、禄（財宝）、寿（長命）三拍子揃ったご利益で人気だが思惑あって他六柱を束ねる。

大名倒産

下

十八、天長地久一千町歩《てんちょうちきゅういっせんちょうぶ》

庭の楓《かえで》が一夜で色付いた朝早く、近在の郷村を差配する代官が供連れもなく馬をせいて屋敷にやってきた。

この代官は百石の知行《ちぎょう》取りで齢も三十なかば、ゆくゆくは奉行職に出世しようという評判ではあるが、仙藤利右衛門《せんどうりえもん》にとっては物の数にも入らない。

丹生山《にぶやま》領内で「本家」と言えば、この仙藤本家を指す。領主の手前「御」の字は付けぬ「本家」である。三つの分家はそれぞれの大まかな位置から、「東屋」「北屋」「南屋」の屋号で呼ばれていた。一族の結束はすこぶる固い。

仙藤本家の屋敷は七千坪余、ぐるりに漆喰《しっくい》壁の蔵と長屋をめぐらせ、母屋の瓦屋根が抜きん出るさまは、旅人が見れば陣屋としか思えまい。しかしその正体は農家であるから門番はおらず、塀まわりには濠《ほり》もない。

「旦那様、どうにも急ぎの御用らしく、御代官様はやきもきとなさっておられますわの」

手代が呼びかけても「ふうん」とつまらなそうに呟《つぶや》くだけで、利右衛門の鋏《はさみ》を操る手は止まらなかった。池に張り出した露台には、みごとな盆栽の鉢が並んでおり、毎朝の手入れは動《ゆる》がせざるならいであった。

「ふうん、そうやんだ。したでば、もうしばらくやきもきさせとけ」

余裕である。仙藤本家の田畑は三十六ヵ村七百町歩に及び、三分家を併せれば一千町歩を優に超える。天下の米どころにあっても、五本の指に算《かぞ》えられる豪農であった。

その祖は遠く寛永の昔に、わずか数反の新田を拓《ひら》いた貧農であったが、以来十一代にわたる当主はみな家業に怠りなく、次第に産を殖《ふ》やして今日の繁栄を見ているのであった。

鋏を握ったままふと見れば、池越しの客間にやきもきする代官の姿があった。障子ぐらい閉めればよかりそうなものだが、女房も番頭手代も代官なんぞは舐《な》めくさっていて、いやがらせをしているらしい。

目が合っても、利右衛門は知らんぷりを決めた。いかな急用であろうが、朝っぱらから馬を追うて乗っこんでくるとは無礼にもほどがある。

無礼。たしかに無礼者。苗字帯刀を許されているとはいえ、利右衛門の身分は百姓である。しかし、たかだか百石取りの侍の下《しも》に立ついわれはない。三十六ヵ村七百町歩の村人たちにとっての領主は、仙藤本家にちがいなかった。つまり代官は、その仙藤本家に上がる年貢の検分役に過ぎぬ。

かくしてさらに小半刻《こはんとき》ばかりも待たせたのち、利右衛門はようやく肩衣半袴《かたぎぬはんばかま》に着替えて客間へと向こうた。いちいち面倒くさいが、そこは本音と建前、百姓家に役人が訪れたのだから仕方がない。

ところでその百姓家というものは、蔵や門長屋《もんながや》を除いても建家だけで七百坪余、しかも歴代の当主が念を入れ粋を凝《こ》らした屋敷である。百姓の分を弁《わきま》えて地味な造作には見せかけてあるが、どっこい手間も費用も、丹生山城の表御殿よりずっとかかっていることに疑いようはない。

池泉《ちせん》を配した表庭に、枯山水《かれさんすい》の裏庭、採光のために設けられた中庭が四つ。座敷はいったい幾間あるのか、当主の利右衛門も知らなかった。

玄関とその周辺は帳場である。仙藤本家は田畑経営のほかに広大な山林を所有し、酒造、醸造、製茶、製油、養蚕《ようさん》等の事業も手広く営んでいる。

世に豪農と呼ばれる者はそのあたりあらまし同様であるが、唯一仙藤本家が異なる点は、質業に携わらぬことであった。

金を貸して利息を得るは、金儲けの早道である。諸国の豪農のうち、質業にかかわらぬ者はまずいないであろう。そもそも田畑を質に取って金を貸し始めたことが、豪農の起源であった。

むろん仙藤本家もかつては質業を営んでいたのであるが、享保年間に五代利右衛門が、「汗水流さぬ利は利にあらず、利右衛門の名に恥ず」として、金貸し廃業を宣言した。

もっとも、さほどのきれいごとではなく、一千町歩の田畑を持ったからには堅実に財産を保ってゆこう、という方針を定めたとも思える。

よって、「汗水流さぬ――」の名文句はおそらく虚言もしくは後付けであろうけれど、そののち仙藤本家の清廉《せいれん》な印象を形作るにおいては、たいそう役に立った。

金は貸さず。金を借りず。言うのは簡単だが、それで身代《しんだい》を保つのは並大抵の話ではない。侍で言うなら、鉄砲を使わずに刀と弓矢で戦うようなものである。

かくして金を貸さず借りず、汗水流して働くうちに、歴代当主はひとつの気性を身につけていった。

入るものは掻《か》き集め、出すものは舌も屁も出さぬ吝嗇《りんしょく》の性《さが》である。しかもその癖《へき》は代を経るごとに磨きがかかり、今や天下無双のケチと呼んでも過言ではあるまい。

長い表廊下を歩みながら、利右衛門はふいに足を止めた。茜に色付いた楓に見とれたわけではない。屁が出そうになったので、欄干を摑《つか》んでこらえたのであった。出すものは何であろうともったいない。


「ごめん下んせ。おはよございます。御代官様にァ、いっつもいっつもお世話《ひわ》になっていますでば」

敷居のきわに双手《もろて》をついて、利右衛門は愛嬌たっぷりの挨拶をした。

五十二歳。分家から入った娘婿は立派なケチで、そろそろ隠居してはどうかと女房も勧めるのだが、利右衛門にはさらさらそんなつもりはなかった。

代官は上座に腰を据えて利右衛門を見据え、気分を落ち着かせるように白湯《さゆ》をすすった。

利右衛門は読み切っている。この代官が着任してから三年目の秋になるが、年貢を負けてもらうかわりに相応の袖の下を落としているのである。むろん悪事だとは思わぬ。遠い昔から、仙藤本家当主と代官との慣習であった。つまり、その件を上司だか御目付だかに咎《とが》められた。

「こんげな早《はあ》えから馬追ってござらっしゃるとは、なーんの御用向きでござんしょ」

わざとのどかな口調で利右衛門は言うた。越後の米をしこたま食ろうている体はでっぷりと肥えて、笑うていても押し出しが利く。そのうえ、七福神の八柱めに加わっても遜色《そんしょく》のないくらいの福相であった。一見したところ、まさかケチとは見えぬ。

利右衛門が座敷に上がって障子を閉《た》てると、代官は膝を進めてあわただしく語り始めた。

「いやはや、困ったことになった。聞くところによれば、このたび御殿様のお供をなさって江戸表より参られた大納戸《おおなんど》役《やく》様は、すこぶる勘定の達者なお方らしい。しかも御殿様はお初入りに際して、年貢米は一粒たりとも疎《おろそ》かにしてはならぬ、ときつく申し渡されたそうだ」

代官の顔色は悪い。も少し肚《はら》の据わった侍かと思うていたのだが、いくら頭がよくてもこれでは話にもなるまい。

「それはそれは、難儀にござんすわのう、御代官様」

他人事《ひとごと》のように言うたのが癇《かん》に障《さわ》ったらしく、代官は声をあらげた。

「何じゃ、その言いぐさは。わしとおぬしは一蓮托生の仲であろう」

「ハァ？　――ハッハッ、ご冗談を。御代官様と百姓が、同じ蓮の葉の上さ座《ねま》っておるわげはねえわや。ほれ、今もこうしてお前様は上座に座蒲団を敷き、手前はこう、畳の上にこごまっておりますわの」

「つまらぬ理屈は申すな。代官所の帳面と当家の帳面をつき合わせれば一目瞭然じゃ。よいか、利右衛門。わしは何も知らんぞ。おぬしが勝手に不正な申告をした。代官は仙藤本家を信用していた。それだけの話じゃ」

威丈高《いたけだか》にまくし立てると、代官は懐《ふところ》を探って重たげな袱紗《ふくさ》を取り出し、ずいと利右衛門の膝前に進めた。開いてみれば二分金の百両包みである。今さら返すとも言えぬから、黙って差し出したというところか。賄賂《わいろ》の控えなどはないが、この三年間の合計はおおむねそれくらいであろう。

「ありゃありゃ、何のこったがなあ。こんなどころに銭《ぜん》が落ちとるわや」

利右衛門は巾着を懐に納めて、にっこりと笑うた。まこと人誑《ひとたら》しの笑顔である。

「よいな、利右衛門。代官は一切かかわりなし。申し開きについてはおぬしが考えよ。やれやれ、それにしても肝を冷やしたわ」

それからホッとしたように表情を和らげて、代官はことの次第を語り始めた。

御城から早馬が来たのは、いまだ明け六ツの鐘の渡らぬ時刻であった。使者が読み上げた上意によれば、本日巳《み》の下刻《げこく》、大納戸役が直々に仙藤本家に罷《まか》り越すゆえ、前五年分の帳面を揃え置けという。すなわち、抜き打ちの監査である。

巳の下刻といえば午前《ひるまえ》の話で、いくらも間がない。代官所にも仙藤本家にも、事実を隠蔽《いんぺい》するいとまを与えぬつもりで、暗いうちに早馬を立てたのである。

大納戸役は偉い。ものすごく偉い。格は諸奉行の上位であり、国家老《くにがろう》、大目付《おおめつけ》、と並んで「国元三役」とされる。

しかし、それだけではない。この抜き打ち監査に当たるは在国の大納戸役ではのうて、こたびの御初入りに従うてきた、江戸表の同役だという。何でも矢部貞吉《やべさだきち》という御仁らしいが、まったく聞き覚えのない姓名だった。

名も知らぬということは、たぶん江戸詰の上士《じょうし》なのであろうが、これはまずい。話題もなく、冗談も言えぬ。ただひたすら、主命《しゅうめい》により五年分の帳面を検《あらた》めるのだと思うと、代官は気が遠くなった。

「――と、まあさようなわけで、これればかりは下役人にも言えぬゆえ、代官所から馬を飛ばしてきたのだ」

で、袖の下までまとめて返し、何もかもなかったことにしろ、と言うわけである。

役人が保身に汲々《きゅうきゅう》とするは、まあ仕方あるまい。しかし相談もなくのっけから、知らぬ存ぜぬと言い出した代官は憎たらしかった。

利右衛門の笑顔は、いわば人誑しの地顔である。だが、へいへいと相槌を打ちながら笑うているうちに、だんだんと腹が立ってきた。

「のう、利右衛門、わしは代官ゆえ、ことと次第によっては腹も切らねばなるまいが、仙藤本家をどうこうできるわけはないのだ。せいぜい屹度叱《きつとしか》りのうえ当代は隠居。何だ、痛くも痒《かゆ》くもないではないか」

搗《つ》き立ての鏡餅に似た利右衛門の顔が、急に艶を失ったかと思うと、さて鏡開きじゃというくらい、びきびきと罅割《ひびわ》れた。

「黙らっしゃい！」

仙藤利右衛門の大声は庭の楓を散らし、池の鯉をはね上がらせ、帳場の算盤をすべてご破算にさせ、女中たちは朝飯の膳を廊下のあちこちで覆《くつがえ》した。

ケチの性分で魚菜はほとんど口に入れず、自前の米の飯ばかりしこたま食い続けている利右衛門は、いざというとき怪物のような力を発揮するのである。

代官は一声で床の間の隅まで吹き飛んだ。

「ぶ、ぶれいもの……」

武士の面子《メンツ》でそうは言うてみたものの、誰が聞いても意味はなすまい。

「ほう。無礼者と言いなさるかい。おめさん、いってえ誰に向がって口きいてるだがや」

利右衛門は片膝をずいと押し出して凄《すご》んだ。屋敷は静まり返り、木々の枝に戯《たわむ》れる鳥の囀《さえず》りがまさった。

声を低めて利右衛門は続けた。

「仙藤本家がどんげ年貢を納めておるか、どんげ冥加金《みょうがきん》を払っとるか、よもや知らぬおめさんでもござるめえ。それも、松平和泉守《いずみのかみ》様は御当代様で十三代、仙藤本家はわしで十一代の長いお付き合いじゃで。おや、どうしたな、お代官様。床の間にへこたれてねで、こっつへ座《ねま》っておぐんなされ」

代官は這うようにして、もとの上座にかしこまった。まるで子供に言って聞かせるように、利右衛門の説教は続いた。

「さきのお言葉は返さしていただぎますでな。たかだか千俵二千俵のまちがいで、屹度叱りだの隠居だの、あるはずもねえわや。したども、事と次第によっては、おめさんが腹を切らねばなんね。まあ、まだ死にたぐねえのだら、わしから大納戸役様にお頼みしてもいいがや。さあて、どうすんばね、お代官様」

利右衛門が笑顔を取り戻したとたん、代官は座蒲団を脇に押しやって平伏した。

「数々のご無礼、どうかお許し下され。何とぞお力添えのほどを。拙者、いまだ三十三、子供は七つを頭《かしら》に四人《よったり》、ここで腹を切るわけには参りませぬ」

やれやれ。てのひら返して命乞いか。どうもこのごろ、侍の質が悪うなったような気がする。いや、気のせいではあるまい。御家の懐具合が思わしくないとは聞いているが、貧すれば鈍するとかいうやつで、御家来衆の品性までさもしくなったのであろうか。

泣きを入れる代官を励まして送り出したあと、利右衛門は庭の楓を巡りながらふと思い当たった。

「汗水流さぬ利は利にあらず、利右衛門の名に恥ず」として金貸しを禁じたご先祖様は、もしや百幾十年後の世の中を見通す、炯眼《けいがん》の持ち主だったのではあるまいか。


橋爪左平次《はしづめさへいじ》の心は揺れている。

在国一年の間、国元の様子を逐一報告すべしという密命を帯びているのだが、日を経るほどに筆を執る気がしなくなった。

御隠居様は越後丹生山三万石の御家を、潰してしまおうと決心なさった。おのれも賛同した。御家を保つ努力が、家来衆にとっても多くの金主《きんしゅ》にとっても、いわんや領民たちにとってもどれほど困難かつ不幸であるか、ほかならぬ勘定役の左平次は誰よりも知っていたからだった。

金主からの借入高しめて二十五万両。利息は年に一割二分で三万両。しかし対する歳入はたった一万両。それでも御家が続いているというのは、つまりそれだけ迷惑をかけ続けているのである。

よって、御家は潰す。しかし大名家に自主廃業はまさかありえぬゆえ、うまい具合に按配《あんばい》して「改易《かいえき》」の沙汰を待つのである。その間になるたけ金を掻きこみ、家来衆にも分配して解散、というのが御隠居様の描いた絵図であった。

しかるに、めでたく大名倒産の折には腹を切っていただくつもりで祀《まつ》り上げたご当代様が、御家を潰すまいと動き始めた。

御齢二十一歳の若さで、しかも九歳の砌《みぎり》に親子の名乗りを上げた庶子《しょし》、後ろ楯など誰ひとりなくて、早い話が「腹を切らせるにはもってこい」の跡取りだった。

小四郎《こしろう》様はご聡明にあらせられるが、気性はおとなしゅうて心より父君を敬し、しまいには納得ずくで腹を切るだろうというのが、衆目の一致するところであった。

マア、小四郎めにたいそうなことはできまいが、変にじたばたされれば話がややこしくなるやもしれぬ、という御隠居様の命を受けて、橋爪左平次は江戸御暇《おいとま》の行列に加わったのである。

丹生山松平家には四人の家老があるが、江戸定府《じょうふ》の天野《あまの》大膳《たいぜん》が擅権《せんけん》をふるっていた。御隠居様の意を汲んで天野が采配を振っているのである。家格の上では筆頭の平塚吉左衛門《ひらつかきちざえもん》は老齢であり、国家老の佐藤惣右衛門《さとうそうえもん》と鈴木右近《すずきうこん》は揃って影が薄い。

お国入り早々に重役会議が催されて、左平次も列席した。

どうやらその折の顔ぶれが御殿様の腹心であり、御家の財政再建を期する面々であるらしいが、かと言うて御隠居様の目論見《もくろみ》に対抗しているという様子はなかった。おそらく、気付いていないのだろう。

当たり前だ。天下の御大名、それも由緒正しき御家門《ごかもん》大名が、二十五万両の借金を踏み倒したうえに、金銀を掻きこめるだけ掻きこんで勝手に倒産、などという筋書をいったい誰が考えつく。

しかも、その重役の顔ぶれが情けない。兄君の喜三郎《きさぶろう》様は、牀《とこ》も上げられぬほどのご重篤。あのお体で御家の行末を案じられるとは、見ておられぬほどお気の毒であった。

国家老の佐藤惣右衛門と鈴木右近は、相変わらず影が薄い。昼間ならまだしも、夜更けの灯の下では、家老だか幽霊だかわからぬほどであった。もともと両家は、丹生山松平家が入封《にゅうほう》の折に召し抱えられた国侍ゆえ、譜代の家来衆からは疎《うと》んじられている気味があった。

比留間《ひるま》伝蔵《でんぞう》なる者は、何と水道橋の冷水《ひやみず》売り。かつては西国大名に仕えて勘定方を務めていたらしいが、いったいどこまで本気やらわからぬ。誰が好きこのんで、こんな殆《あやう》い話に首をつっこむものか。どさくさまぎれに私腹を肥やして逐電《ちくでん》するつもりであろう。

そのほかは御近習《ごきんじゅう》の磯貝平八郎《いそがいへいはちろう》と矢部貞吉だが、御殿様とは幼なじみ、柏木《かしわぎ》村の寺子屋で机を並べたというだけの若者どもに、何ができるとも思えぬ。

そう。たしかに何ができるとも思えぬ。御隠居様の、あのおよそ人間ばなれしたご才覚を、若き御殿様が何かしら承《う》け継いでおられるはずはなし、そのほかの有象無象《うぞうむぞう》を束にしたところで、天野大膳の知略には及びもつくまい。

だが、橋爪左平次の心は揺れるのである。つまるところ右も左も銭金の話ではあるが、御殿様には御家大事という大義があるからだった。

それにしても、仙藤本家の田畑の何と広いことか。

御城下を抜ければじきに仙藤支配の一ヵ村に入り、そののち馬上で迎えた朝も、弁当を拡げた茶店も、いやその間に望んだ山々も遥けき地平も、すべてが仙藤本家の土地である。

轡《くつわ》を並べて馬を歩ませながらそのことを教えると、矢部貞吉は無垢《むく》のまなこをまんまるに瞠《みひら》いて仰天した。

「いやはや、仙藤の名はかねてより知っておりましたが、よもやこれほどまでとは思うてもみませんでした。まことにござりまするか、橋爪様」

応ずる前に、左平次はたしなめた。

「サマではあるまい。橋爪と呼び捨てよ。いや、よろしゅうござりまするか、矢部様。大納戸役は国元三役のひとり、年貢および小物成《こものなり》の大元締にござりまするぞ。およそ奉行職の上に立つ御重役、口のききようにはお気を付けなされよ」

矢部貞吉は申しわけなさげに左平次を見つめ、馬上で陣笠の頭をわずかに下げた。

足軽の倅《せがれ》だというが、なかなかどうしてよくできた若侍である。陣笠に裁着袴《たっつけばかま》の同じ村廻り装束であっても、左平次が馬の鼻面を控えてさえいればけっして俄《にわか》には見えぬ。

「あいわかった。では、これより権高《けんだか》に物言わせていただくが、よろしくお引き回し下されよ」

突然の抜擢《ばってき》である。もともと江戸詰の子であるゆえ、年貢のことなどは何ひとつわかるまい。御殿様はそれを承知で勘定役を付けたのだから、十全に補佐せねばなるまいと左平次は思うた。御隠居様の耳に入ったら怒鳴りつけられるであろうが、あくまでそれはそれ、これはこれである。

いまだ刈り入れがたけなわの田は、晩生《おくて》の稲であろうか。今年は常にない豊作だと聞いている。

「仙藤利右衛門は一筋縄ではゆかぬ者ゆえ、用心なされませ」

「橋爪様――いや、もとい。そこもとは存じておるのか」

「それはもう。拙者は江戸と国元を毎年行き来しておりますゆえ、よう知っております」

「一筋縄ではゆかぬ、とはどのような人物なのだ」

「そうですなあ。ひとことで言うなら、ケチで人っ詮しで傍若無人で侍も役人もくそくらえの抜き差しならぬ百姓にござる」

「わからぬ。ひとことで言えぬのか」

「いえ、矢部様。どう縮めてもそこまで。要は怪物」

橋爪左平次は陣笠の庇《ひさし》をつまみ上げて、雲ひとつなく晴れ上がった秋空を仰いだ。すでに日は高い。提灯の火を吹き消してからこれまで、ほかの領民の土地には一歩たりとも立ち入ってはいない。見渡す限りの田畑で働く百姓どもはみな、仙藤本家の小作である。

その身代はおそらく、万石の大名に匹敵するであろう。まさに仙藤利右衛門は、豊かな越後平野と二百幾十年もの泰平が生み落とした怪物であった。

やがて田圃のただなかに、一叢《ひとむら》の杉木立が見えた。黒塀を繞《めぐ》らせた代官所である。それはそれで立派な造作の役所ではあるが、さらに進むとそのずっと先の山裾に、大名陣屋かと思えるほど豪壮な構えの屋敷が姿を現した。

「ご覧《ろう》じろ、矢部様。手前が代官所、彼方に見ゆるが仙藤本家にござる」

無駄口を叩く必要はあるまい。実にわかりやすい。仙藤本家は三十六ヵ村七百町歩の田を堂々と睥睨《へいげい》しており、代官所はいかにもその足元に、ひれ伏しているように見えた。

「でしゃばるつもりは毛頭ござらぬが、さしあたってご忠告を」

ふたたび駒を並べかけて、左平次は言うた。

「もし不正を発見いたしましても、頭ごなしに叱りつけてはなりませぬ。事案はいったん御城に持ち帰りまして、代官ひとりを後日呼び出し、詮議すればよろしゅうござる」

「待たれよ、橋爪どの――」

「呼び捨てられよ」

「もとい。待て待て、橋爪。代官所と仙藤本家の帳面をつき合わせ、もし不正あらばその場で詰問せよ、要すればひっくくって御城まで引っ立てよ、と御殿様は下知《げち》なされた」

左平次は溜息をつきながら供連れを顧みた。勘定方の下役が二人、挟箱《はさみばこ》を担いだ中間《ちゅうげん》が二人。それはよしとして、ほかに屈強な徒士《かち》が三人。これではなからそのつもりではないか。

「のう、矢部様。御殿様はおそらく、仙藤本家と代官を責めて御領内の見せしめとなさるお心づもりであろうが、ちと無理がござるぞえ。よろしいか、仙藤利右衛門が臍《へそ》を曲げたなら、御家はひとたまりもない」

「何と。百姓の顔色を見い見い帳面を検分せよと申すか。それでは夜討ち朝駆けにここまで伸《の》してきた意味があるまい」

言うて聞かせたのではきりがない。御殿様も矢部貞吉も江戸生まれの江戸育ちで、領国の越後丹生山を知らないのである。仙藤本家は領内随一の豪農である以前に、山や海と同じふるさとの風景であるということを、まずは知らねばならぬ。勘定が合わぬから引っ捕えるなど、景色が気に入らぬゆえ山を崩せ、海を埋めろ、というくらい乱暴な話であった。

まずは代官所にて五年分の帳面を受け取り、仙藤本家を訪《おとの》うてつき合わせを行う。夜っぴての大仕事となろう。

代官所の杉木立が近付いてくる。門前には見知った顔の代官と手代の侍たちが、揃うて出迎えていた。

そのときふと、左平次は考えた。領内の代官所を巡察するは勘定奉行の務めであるが、帳面を抜き打ちに検めたためしはない。盆と暮に諸代官が持ち寄った帳面を、御城内の勘定所にて検分するが常である。

　父親の見習として出仕したのは算え十五で、はたちの齢に家督を継ぎ、以来二十年に及ぶ勘定役である。しかし、やはりどう考えてもその間に、代官所で帳面を検めた記憶はない。ましてや仙藤本家に乗っこんで四の五の物申すなど、ありえぬ話であった。

「のう、橋爪どの――」

「何度言えばわかる。ドノは余計じゃ。ほれ、もう他人の耳がござるぞ」

「もとい。のう、橋爪。やはり仙藤利右衛門という者がようわからぬ。何とかひとことで言うてくれまいか」

　無理を申すな。海や山をひとことで言えるものか。しかし、大納戸役の補佐をするが務めだと思えばわからぬとは言えず、左平次は選りすぐったひとことを捻《ひね》り出した。

「仙藤利右衛門は大坂堂島の米相場を動かしまする」

　代官と手代どものまなざしは、思いがけずに若い大納戸役の顔に注がれていた。左平次が声をかけて初めて代官は気付き、地獄で仏に出会うたかのように、「橋爪様ァー」と情けない声を上げた。

　左平次は知っている。御代官様と敬われ崇《あが》められたところで、しょせんは仙藤本家が手前勝手に定める年貢と冥加金の、受取人に過ぎぬのだ。

そのころ、江戸御朱引《ごしゅびき》に近い柏木村の下屋敷――。

前《さき》の松平和泉守こと一狐斎《いっこさい》は、三畳間に炉を切った茶室にこもって、越後丹生山からの書簡を読んでいた。

腹心の江戸家老である平塚吉左衛門、並び天野大膳あてに届けられた、橋爪左平次の報告書である。しかるに、数日おきに到着する書簡は、開封されずただちに下屋敷へと回される。用心深い御隠居様は、万一ことが露見したときのために、宛名を上屋敷の両家老とさせていた。

金勘定が達者なうえに、風流を解し手先がおそろしく器用で、なおかつかくも用心深い。まこと複雑な御仁《ごじん》であった。

「クッ、クッ、クッ」

一行を読むたびに、一狐斎は忍び笑いをくり返す。その表情はまるで、猫が鼠をなぶり殺してでもいるかのようである。

折しも障子ごしの光が、庭先の矢竹《やだけ》の影を頬に倒して、獰猛《どうもう》な三毛猫の貌《かお》に変えていた。

「クックッ、何が重役会議じゃ。ほほう、喜三郎めはまだ生きておったか」

躙口《にじりぐち》に控えていた加島八兵衛《かじまはちべえ》は、あまりにも非情な物言いに驚いた。思わず上目づかいに窺《うかご》うてみれば、冗談を言うたとも見えぬ。用人としてかれこれ二十年もお側近くに仕えているが、どうもこのごろの御隠居様は尋常を欠いているように思えた。

それでも忠義者の八兵衛は、主人の老耄《ろうもう》を信じない。ご苦労が過ぎたのだと思う。十三代二百六十年も続いた御家を、みずからの手で引き倒すのである。けっして老いたのではなく、鬼になってしまわれたのだ。

「喜三郎めはたしかに頭がようて学問もあるがの、病弱な武士など何の値打ちもないわい。くたばりぞこないに何ができようものか」

言いながら御隠居様は、躙口ごしに八兵衛を睨《ね》めつけた。

「御意《ぎょい》」

そう答えたとたん、口が腐るような気がした。

もしや御隠居様は、当たり前の親の心を持たぬのではあるまいか、と思うた。たしかに武士にとって最も大切なるは強靱な体であるが、今はまさか戦国の世ではないゆえ、それは建前というものであろう。親の心があるのなら、何の値打ちもないだのくたばりぞこないだのと、言えようはずはなかった。

「八兵衛。一服点《た》てて進ぜよう。近う寄れ」

「いえ、それがしが御茶席に上がるなど、とんでもございませぬ」

「かまわぬ。丹生山松平家はもはや小四郎めが当主じゃ。わしには家来もおらぬ」

一瞬の疑念を読まれてしもうた。御隠居様は勘が鋭い。

「では、お言葉に甘えさせていただきまする。無調法はお赦《ゆる》し下されませ」

身をこごめて茶室に上がると、八兵衛は躙口を閉めて客畳の裾に座った。

茶道は欠くべからざる武士の嗜《たしな》みである。上士の家に生まれれば、誰もが武芸学問と同様に、必須の教養として茶の作法を学ぶ。ましてや茶葉の北限である越後丹生山は、「北越雪茶」と称する良質の茶を産し、武士ばかりか商家豪農に至るまで茶道が盛んであった。

「今ふと思いついたのだが、おぬしはたしか、小四郎ではのうて喜三郎を推しよったな」

香を炷《た》きながら、御隠居様はさりげない口ぶりで言うた。

怖ろしい御方である。人の親にあるまじき悪口は、この胸のうちを覗くためだったのだと八兵衛は知った。

「畏《おそ》れ入りまする。たとえご病弱であろうと、きさぶ様はご聡明にあらせられますゆえ――」

「聡明では困るのじゃ」

御隠居様が叱りつけるように八兵衛の声を遮《さえぎ》った。

家中には喜三郎様の襲封《しゅうほう》を待望する声も多かったが、ご当人の病状は日に日に険悪となり、このご様子では参勤道中どころか御登城もままならずと判断されて、末弟の小四郎様が跡をお襲《と》りになった。

次兄の新次郎《しんじろう》様のようにうつけではないが、三兄の喜三郎様ほど聡明ではない、というそのころあいが、いかにも大名倒産の主人公にふさわしく思えたものであった。

しかし——人の好いばかりかと思われていた小四郎様は、あんがい頭がよろしいようなのである。というより、たいそう生真面目なご気性に感じ入って、人心が集まっているような気がする。すなわち、徳がある。御隠居様はそのことに気付いておられるにちがいなかった。

鳥の影が障子をよぎって、八兵衛はひやりと首をすくめた。

「喜三郎めは寝たきりじゃそうな。重役会議の席で起き上がれもせぬのでは、もう長くは持つまい」

ようやく人の親らしい声を聞いて、八兵衛はほっと息を抜いた。忠を尽くす御方が、鬼であってほしくはなかった。

「で、なんじゃ。佐藤惣右衛門に鈴木右近か。あのような者ども、話にもなるまい。上杉謙信公以来の地侍じゃによって、とりあえず国家老ということになっておるがの、いったい何をしているとも思えぬ。今さら味方に引き入れたところで、糞の役にも立つまいて」

重代の家老職が糞か。おっと、色に表してはなるまいぞ。そう思うそばから、御隠居様がまたひとしおきついまなざしを向けた。

「八兵衛。もそっと近う」

茶道では一畳に三人の客が座れるとされる。だが八兵衛には、膝を進める度胸がなかった。用人の分限《ぶげん》はここまで、あくまで主人の近辺に仕えるだけで、大名倒産の謀《はかりごと》にかかわり合うているわけではない。いや、正しくはそうであると思いたい。

「いかがいたした、八兵衛。わしはおぬしの主ではない。世を捨てて草の庵を結ぶ、一介の茶人に過ぎぬ」

致し方あるまいと、八兵衛は膝を躙《にじ》らせて近寄った。御隠居様が黄色い歯を剝《む》いて笑うた。

炉端に拡げられた書簡に目を落として、御隠居様は続ける。

「磯貝平八郎と矢部貞吉は、小四郎めが寺子屋で机を並べたという御小姓《おこしょう》じゃな」

「さようにござりまする。御殿様とは同い齢の若者ゆえ、これらもまた何ができるとは思えませぬ」

「ええと、比留間か。比留間伝蔵。聞き覚えのない名じゃ。新参者、とあるが」

「それがしも一向に存じませぬ。どさくさまぎれに割り込んできた、浪人か何かでござりましょうか」

御隠居様の指が差し示すままに書簡を覗き込んで、八兵衛は胸を摑まれた。

先《まず》ハ喜三郎様依《より》　若《もし》御当家倒産ト相成候ハ《あいなりそうらわば》　東照大権現様始メ御先祖様ニ対　奉《たいしたてまつり》
無申訳《もうしわけなく》　就而《ついて》ハ各々　御家復興之為　不惜身命《しんみょうおしまず》尽力可致《いたすべし》ト御言有之候《おことばこれありそうろう》　御病状御
重篤ト拝察仕　候　得共《つかまつりそうらえども》　御聡明ニ被在《あらせらる》――。

よいのか、これで。

顔を俯《うつむ》けたまま、八兵衛は唇を引き結んだ。腹を切っていただくつもりで祀り上げた小四郎様は、御家をどうにか復興させるご所存なのだ。そして、喜三郎様はご自身にかわって家督を襲られた小四郎様の、せめて力になろうとなさっておられる。

よいのか、これで。

おのれの良心が、おのれを責めた。ともすると見えざる父祖の魂が、そう問いかけているようにも思えた。

加島八兵衛は顎を振って顔を上げた。誰が何と言おうと、おのれが忠を尽くす御方はひとりきりである。十二代松平和泉守こと茶人一狐斎、こと百姓与作《よさく》、こと名工左前《ひだりまえ》甚五郎《じんごろう》。もはや何が何だかわからぬけれど、ともかくそうした人格が寄り集まってできているらしいこの御方こそ、おのれが忠を尽くす主なのである。

武士である限り、忠にまさる理《ことわり》は何もなかった。

「君臣一同節倹に相務むべきこと、か。フン、今さら質素倹約でどうにかなるなら世話はないの」

「御意――」

「地方《じかた》収税違《たが》いなく執行いたすべきこと、か。めったなことを言うて、仙藤本家に臍を曲げられでもしたらどうする。不作も豊作もなくなるぞえ。領民の中には、仙藤利右衛門が殿様じゃと信じておる者もあるのだ。くわばら、くわばら」

「御意――」

肯くたびに八兵衛は、咽の渇《かつ》えを覚えた。忠たらんと欲すれば、主の言はすべて呑み下さねばならぬ。是非を考えぬ「御意」の声は、苦くてならなかった。丹生山にさほどの名産品があるとは思えぬ。

「殖産興業に相務むべきこと、か。ずいぶん勇ましいが、丹生山にさほどの名産品があるとは思えぬ」

書簡を脇に押しやって、御隠居様が茶を点て始めた。茶碗は家伝の黒楽《くろらく》である。もったいない限りではあるが、まさか茶席で遠慮もできまい。

「たとえばこの北越雪茶にしても、他国に売るほど産するわけではない」

「御意。なにぶん北限の茶にござりますれば」

「反物も格別な品があるわけではなし、田を潰して割の合う作物もあるまい。殖産興業など、威勢のよい掛け声に過ぎぬわい」

「御意――」

長きにわたるご在職中、さまざまお悩みになっておられたことは、八兵衛もよく承知している。万策尽きたゆえに、御家滅却の結論に至ったのだった。ご自分にできなかったことができるはずはないと、御隠居様は確信しておられるにちがいない。

「みそっかすの小四郎めに、何ができる。もはやこれまでというとき、立派に腹が切れればそれでよいのだ」

黒楽の茶碗をおし戴いて茶を啜《すす》ったとたん、あまりの苦さに八兵衛は顔をしかめた。茶は点てた者の心を映すという。

夜っぴて帳面を付け合わせたのち、橋爪左平次が丹生山城下の役宅に戻ったのは、翌《あく》る日の夕刻であった。

屋敷は大手門に近い濠端で、江戸小石川の借家とはずいぶんちがう。さすがは知行三百石の勘定方差配役、五百坪の敷地に立派な長屋門という造作であった。

ただし、かつては十人もいた使用人は、下男と女中の一人ずつを残すのみで、女房が家事に追われるのみならず、嫁入り前の娘の手は皹《あかぎ》れ、元服前の嫡男《ちゃくなん》は竹刀ではなく薪割りの斧や鋤鍬《すきくわ》の肉刺《まめ》をこしらえているという有様だった。

奉公人たちを養えなくなったのは、上士の御禄が半知《はんち》となったからである。名目上は「半知御借上《おかりあ》げ」だが、借りると言うても返すあてなどないことは、ほかならぬ勘定役がよく知っていた。

早い話が、「これまで十数代にもわたって高い給金を払うたのだから、このさきは半分で辛抱せい」というわけである。

それでも千石取りの家老職ならばどうにかなる。百石取りならばもともと所帯が小さい。だが三百石の奉行職は相応の見栄を張らねばならず、一律に半知となれば奉公人に暇を出して支出を押さえねばならなかった。

長屋門は立派でも、かつてのように番人がいるわけではない。むろん供連れもない。門前で馬を下りて轡《くつわ》を取り、「ただいま」と言うてはみたものの、屋敷はがらんと静まったままである。

厩《うまや》に向こうて馬を曳《ひ》きながら、ついに大名倒産となった折には、生まれ育ったこの屋敷はどうなるのであろうと思うた。

当面は食うに困らぬだけの金を頂戴して解散。しかし御城も屋敷も開け渡さねばならぬ。

受け取り人は幕府の役人か、それともとりあえず、隣国の黒川柳沢家か新発田《しばた》の溝口家に引き渡すことになるやもしれぬ。あるいは、御隠居様の目論見通り、嫁婿のやりとりのある米沢の上杉様に、後事を託するのだろうか。

いずれにせよ、この屋敷を開け渡していずくへかと旅立つおのれと家族の姿を、左平次はどうしても想像することができなかった。

しかし、それはたしかな運命なのである。覚悟しておかねばならぬ。なるたけありありと、胸に思い描かねばならぬ。

倒産。この二文字は重い。その日を思い描こうとすると、たちまち「倒産」の二文字が緞帳《どんちょう》のように天から落ちてきて、あらゆる想像を塗り潰してしまう。黒々とした夜の闇のように。

駒を繫ぎ、玄関へと向かいながら、左平次は今いちど「ただいま」と言うた。御禄が半知となってからは、偉そうに「只今帰ったぞ」などとは言えぬ。つまり、「ただいま」まで言うて、その後が尻すぼみになっているのである。

倒産。ああ、倒産。御家が無《の》うなってしまう。先祖代々が仕えた丹生山松平家と、その先祖代々が守り続けた橋爪家がともどもに。

末の倅が玄関の式台に駆け出てきた。嫁入り前の娘と元服前の嫡男、それからずいぶん間を置いて、いわゆる「恥じかきッ子」を授かった。

恥ずかしい分だけかわゆい倅である。しかし、父は隔年の江戸住まい、母は多忙であるからどうにも躾《しつけ》が悪い。

「とうさん、お帰りなさい」

その一言で左平次は逆上した。

「とうさんと呼ぶな！」

倅は式台にかしこまり、おろおろと言い直した。

「おとうさん――」

「なお悪い！」

御倒産。大名のなしたることならば、他家の侍たちはそう呼ぶであろう。「御倒産」と。

日ごろ甘い父親に叱りつけられたためしなどない倅は、いったい何が悪かったものかわからずにべそをかいた。

左平次は気を取り直してほほえんだ。

「武士の子ならば、父上と呼べ」

倅の前髪に手を当て、左平次は式台に腰を下ろして草鞋《わらじ》を解いた。

かつて主人が帰宅する折の玄関先といえば、上を下への大騒ぎであった。先触れの中間が門番に報《しら》せ、門番は屋敷内に報せた。主人は玄関に馬を乗りつけ、式台にどっかと腰を下ろすだけでよかった。奉公人が草鞋を解き、足を洗うてくれた。

しかし今はと言えば、袖ぐるみに刀を引き取る妻の姿すらないのである。貧すれば鈍する、などとは思いたくない。ましてや、半知となって亭主の権威も地に堕ちた、などとは。

倅の手を引いて屋敷に上がると、廊下の先に雑巾がけをする女中の尻が見えた。しかしよくよく見れば、粗末な着物の裾をまくり、襷掛《たすきが》けに頬かむりをした妻の尻であった。秋の日は釣瓶《つるべ》落としに昏《く》れて、庭先には薄闇が迫る今ごろに拭き掃除とは、広い屋敷に手が回りかねているからであろう。

暇を出さずに残した下男と女中は、ともに父親の代からの使用人で、頼る身寄りもない者どもである。どちらも年老いて思うように体が動かず、耳も遠い。

働き手を残さなかったのは人情なのだが、その人情のせいで妻は、夜明け前から日昏れまで働き続けねばならなかった。

「つや。今帰ったぞ」

腑抜けた声で、左平次は妻の名を呼んだ。それにしても、こうした暗い気分の夕まぐれには、何ともふさわしからぬ名前である。これこそ「お」を付けたらもっと悪い。

妻はあわてて振り返り、深々と頭を下げた。

「お帰りなされませ。気付かずに申しわけございません。なにぶん手が足らず――」

言いかけて声を呑み下す気配りが、むしろ哀れであった。御禄が半分となってもけっして左平次を責めず、愚痴ひとつこぼさなかった。おそらく橋爪家の家政を仕切る妻は、勘定役の立場をわが身のごとく推量《こん》できるのであろう。

「もうそれくらいにしておけ。根をつめてもきりがあるまい」

妻にかけた言葉が、おのれ自身の呟きに思えた。

汁を炊く香りが漂っている。娘と女中が夕餉《ゆうげ》の仕度をし、その間に妻は至らぬ掃除を続けていたのであろう。

「今夜もお泊まりかと思うておりました」

「仙藤本家にもてなされたのでは、何をしに行ったかわかるまい。昨夜はまんじりともせずに帳面を検め、日のあるうちにさっさと帰ってきたわい」

「で、ご首尾は」

「それがのう――」

左平次は昏れゆく庭に向いて座り、あたりを見回してから妻を手招いた。

「五年分の帳面を、どう付け合わせても齟齬《そご》がない。四公六民のご定例通りに年貢は納められている」

御役目についていちいち語るわけではないが、郡《こおり》奉行の家から嫁入った妻は読み書き算盤が達者で、ときには知恵を借りることもある。作柄やら噂話やらは、むろん一年ごとに江戸詰となる左平次よりも詳しかった。

しかし、さすがに御家滅却の企みは口に出していない。

左平次のかたわらで庭に目を向けながら妻が言うた。

「落葉を拾う間がのうて、申しわけございません」

「なになに、風流なものじゃわい。雪が降るまでこのままにしておけ」

「仙藤利右衛門ほどの者が、突然のお検めに尻尾を出すとは思えませぬ。おそらくは、常日ごろより真偽の帳面を二冊、用意しておるのではござりませぬか」

「さなることもあろうかと思い、家探しもいたしたがの」

「探して見つかるような場所に隠すものですか。おそらくは、真の帳面とともに大判小判がざっくざく」

「……よもや、とは思うが、もしやおまえもへそくりを」

「女房の心がけでございましてよ。もちろん、探して見つかるような場所にはござりませぬ。もっとも、大判小判がざっくざく、というほどではござりませぬが」

「ハハッ、それは頼もしい限りじゃ」

笑いかけて声がすぼんだ。たちまち左平次は、下屋敷の権現社の床下に貯えられた、巨額のへそくりを思いうかべたのだった。

倒産。何といまわしい言葉であろう。人を謀《たばか》り、世を謀り、畏れ多くも東照大権現様のお足元に金銀を隠すとは。

鍬を担いで野良から帰った嫡男が、庭先で頭を下げた。

「お帰りなされませ、とうさん」

ふたたび左平次は逆上した。

「とうさんと呼ぶな、父上と呼べ！」

大声を上げてしもうてから、左平次は失言を呑みこむように口を押さえた。


村里は山の端《は》の茜色をわずかに残して昏れた。

東の空に十六夜《いざよい》の月が昇り、頭上には星ぼしが瞬き始めている。

刈り入れをおえた田圃の畦《あぜ》に腰を下ろし、瓢簞《ひょうたん》酒を回し飲む二つの影は、人の目に見えぬ。かたわらには従者と見える玄鹿《くろじか》が、のんびりと草を食《は》んでいた。

痩せた影はものすごく貧乏くさく、小柄だがでっぷりと肥えた影は月も星もめしいるほどに輝かしい。しかし、話を聞けばどうやら邪神が攻め手、善なる神はやりこめられているようである。

「そりゃ、あんた。わしだって頼まれりゃ嫌とは言えぬ性分じゃによって、ひとりひとり口説いてみたよ。しかし、二つ返事で引き受けてくれたのは、福禄寿《ふくろくじゅ》だけじゃ。まあ、やつは常日ごろから、わしの賽銭をそっくり分捕《ぶんど》っておるゆえ、致し方なかろうがの」

貧乏神は苛立った。寿老人の悠長な口ぶりは気に食わぬ。不幸は突然やってくるが、幸運は徐々に訪れるという世のならいは、ひとえに善悪正邪の神々の、こうした性格のちがいによるのである。

「ええいッ、だったら二人でよいわい」

「だから言うておるではないか。わしらの間には契約というものがあって、ピンの仕事は許されぬのじゃ。七柱そろうて一人前なのじゃよ」

まったく、売れぬ神はこれだから困る。いや、横着なのだ。あちこちに社を建て、拝むだけ拝ませて仕事をせぬとは、いったいどういう了簡《りょうけん》なのであろう。われら邪神は宿りとする社も持たぬのに、八面六臂《はちめんろっぴ》の大活躍ではないか。

「で、寿老人《じゅろうじん》さんよ。二つ返事で引き受けたのは福禄寿さんひとりにしても、その二人して説得すれば拝み倒せる神もいるじゃろう」

「はあ、そうじゃのう。だとすれば、恵比寿《えびす》かの」

恵比寿。その神なら知っている。そこいらの居酒屋で幾度か飲んだこともある。むろん勘定は向こう持ちだが。

しかし、知り合いだなどと言うてこっちの名前を出されでもしたら、たちまち破談になると思い直し、グッとこらえて空とぼけた。

「ほう、恵比寿さんかね。つまり人柄がよい、と」

「いやいや、わしらはみな人柄はよい。恵比寿はこの日の本の生まれじゃによって、やはり日本人に福をもたらしたいはずじゃ」

「エッ。というと、ほかの神々は日本人ではないのか」

寿老人は長い頭を振り向けて、蔑《さげす》むような目付きで貧乏神を睨《にら》んだ。

「あんた、あんがい物を知らんのだな。よろしいか、七福神のうちで日本生まれは恵比寿ひとり。ほかは大黒天《だいこくてん》、毘沙門天《びしゃもんてん》、弁財天《べんざいてん》が天竺《インド》生まれ、布袋《ほてい》と福禄寿は唐国《ちゅうごく》、かくいうわしも唐国の生まれじゃわい」

「エッ、エエッ。それは知らなんだ。いやァ、意外じゃのう。だとすると、おのれの国に肩入れするは人情じゃによって、いずれは天竺と唐国ばかりが栄えることになる、と」

「いかにも。ところで、あんたはどこの生まれじゃね」

貧乏神は渋団扇《しぶうちわ》で顔を扇《あお》ぎながら、さざれ溢れる村里の星空を見上げた。いつしか茜空は退き、月は雲間に隠れて、星かげがまさっていた。

祀られる社《やしろ》はない。手を合わせる者もない。それはそれで仕方ないが、どう思いたどっても生国の知れぬことは悲しかった。人に祟《たた》るばかりで救う気になれぬのは、ふるさとを持たぬせいなのかもしれぬ。

「のう、寿老人さん。わしは、薬師如来との約束を果たそうとしているわけではないよ。邪神が改心して何が面白い。そうではのうて、この美しい丹生山の里を、美しいままにしておきたいと思うた。それだけの話じゃ」

邪神のふるさとは、日の本でも唐天竺《からてんじく》でもなく、あの星ぼしの中のどれかであろうと貧乏神は思うた。

寿老人はグビリと瓢簞酒を呷《あお》ると、貧乏神に手渡した。古木の杖にすがって、星あかりの村里を見つめる。そのまなざしの先には、大名陣屋とも見紛《みまご》う豪農の館があった。

「いずれ七柱揃うて芸をするにしても、七人うち揃うて稽古をする必要はあるまいの」

独りごつように寿老人が言えば、玄鹿がクンと鳴いた。

「そうじゃ、寿老人さん。稽古じゃ、稽古。もしくは小手調べ、あるいは下検分」

そう言いながら緞子《どんす》の袖を摑んで歩み出したものの、さて豪農に取り憑《つ》いたところで何が変わるものかと、貧乏神は小首をかしげた。

改心したところで貧乏神は福など授けられぬから、旧知の寿老人を頼ったのである。そして寿老人はどうにかその気になって、ならば稽古をしてみようという話になったのだが、だにしても目の前の屋敷に飛びこんでどうする。

しかし、ここで福の神の気持ちを挫《くじ》いてはなるまい。なあに、うまく行かねばわしが取り憑いて、このお大尽《だいじん》を引き倒すだけじゃ、と貧乏神は開き直った。

門前に佇《たたず》んで、二柱の神はその威容に舌を巻いた。一千町歩の田畑を営み、大坂の米相場をも動かすと聞く越後の豪農である。

「ありゃまあ、ここは福の神なんぞに用はあるまい。あんたの出番じゃろう」

「いやいや、寿老人さん。そうはおっしゃらず。稽古じゃよ、稽古」

などと妙な譲り合いをしながら、したたか酔うた勢いもあって、二柱の神は門をすり抜けて仙藤本家の屋敷内へと消えた。

あとにはさえざえとした星空の残るばかりである。


「いやァ、これはこれは。さすがは名にし負う越後の豪農じゃ」

勝手口をすり抜けて屋敷に入ったなり、寿老人は手を叩いて感心した。

仙藤本家は折しも夕餉《ゆうげ》の時刻である。台所では大勢の女中どもが忙しく働いており、つごう百畳はあろうかと思える板敷に、番頭手代から丁稚小僧までが上《かみ》も下《しも》もなく居流れて飯を食ろうていた。

一日の仕事をおえて帳場や店から戻ってきた者には、あちこちから「おづかれさんです」と声がかかり、女中がたちまち膳を運んでくる。

炊きたての飯に具だくさんの汁、鮭の切身と煮しめ。大人の膳には一合の酒が、丁稚小僧には甘酒が添えられる。ごちそうである。しかも飯と汁は食い放題。どの顔も満足げで、板敷はいったい何の祝儀《しゅくぎ》かと思うほどの活気に満ちている。

「こんな繁昌ぶりを見るのは、久しぶりじゃわい。いやはや、けっこう、けっこう」

酔うた勢いで寿老人は、扇を片手に踊り始めた。

貧乏神は呆れた。福の神という連中は人間の幸福を素直に喜ぶらしい。世話のない神じゃわい。

「一の蔵、ただいましまいました」

「おづかれさんです」

「油屋、ただいましまいました」

「おづかれさんです」

「ただいま酒店《さかだな》しまいました。お膳に呼ばれます」

「おづかれさんです」

奉公人たちは次々とやってくる。梁《はり》からは蠟燭《ろうそく》を惜し気なく盛ったぼんぼりがいくつも下がり、囲炉裏《いろり》の燠火《おきび》もあかあかと燃えている。

貧乏神は気持ちが悪くなった。繁昌《はんじょう》、活気、ごちそう、満足げな顔、何もかもが不快であった。よりにもよって、なぜこんな屋敷に入ってしまったのだろうか。

豪農の館とはいえ、領主たる御大名があの有様では、ここもさぞかし物入りだろうと思うたのである。しからば寿老人を屋敷に引っぱりこんで、稽古もしくは小手調べに、ちょいと福を授けるというのはどうだ。さすれば人が好いばかりの寿老人も、その気になるにちがいない。

しかるに、どうやらこの館は世間の不景気や領主の窮乏とは、まるでかかわりがないらしい。

「寿老人さん。いくら人の目に見えぬからと言うて、はしゃぎ回るのはいかがなものかね」

お供の玄鹿までもが、土間にかつかつと蹄《ひづめ》を音立てながら踊っていた。

「ハハッ、これが踊らずにおられよか。不景気、不作、天変地異に疫病の流行。おかげでここ幾十年というもの、出番らしい出番もなかったのじゃ。いやァー、けっこう、けっこう。チョイナ、チョイナ、っと」

ばかめ、と貧乏神は心の底から蔑んだ。そもそも不幸には無限の諸相があるが、幸福は一律なのである。よって貧乏神はじめ、厄病神、死神、悶着神、色欲神等の邪神は、おのが務めをなすために知恵を絞らねばならず、一方の福神たちは物を考える必要がない。

「とまれ、この館はわしにしてみればいささかお門《かど》ちがいじゃによって、よそへ行くとしよう。うう、気持ち悪い」

「何をおっしゃる、貧乏神さん。おのれで言い出しておきながら、手前勝手も甚だしいぞえ。さあさあ、久しぶりに見る大繁昌じゃ。もそっと見物してゆこうではないか。あー、楽しやなー」

そう言いながら寿老人は、そこいらの膳から銚子をつまみ上げて、ぐびりと呷った。

「おお、蔵出しの酒じゃぞえ。さすがは米どころ、この瓢簞につめた神仙の酒よりずっとうまい」

どれどれ、と貧乏神もそこいらの膳に手を伸ばした。常日ごろは水ばかり飲んで暮らしているのだが、実はあんがいイケる口である。

うまい。くやしいけど。

「しかしのう、貧乏神さん。節句でも祝事でもあるまいに、塩引鮭《しおびきじゃけ》に燗酒《かんざけ》をつけて、飯も汁も食い放題とはのう」

「どうせ阿漕《あこぎ》な銭儲けをしておるのじゃろうよ。田畑を質に取って高利の金を貸し、代官に袖の下を摑ませて年貢を払わぬ、と」

「いやいや、何でもそんなふうに悪く悪く考えるもんじゃあない」

「何だって悪く考えるのは商売のうちじゃわい。おっと、寿老人さん、どこへ行きなさる」

止める間もなく寿老人は、土間から板敷にひょいと跳び上がると、「はい、ごめんなさいまし」などと言うて飲み食いする奉公人たちをかき分けながら、館の奥へと向かう。玄鹿も後に続いた。

「待て待て、寿老人さん。わしはこの屋敷が苦手じゃと言うとろうが。オエッ、気持ち悪い」

館の奥へと向かうほどに、こってりとした黄金《こがね》の匂いが濃くなった。貧乏神にしてみれば毒である。瘴気《しょうき》である。弊衣《へいい》の袖で鼻を被い、渋団扇で煽《あお》り立てたところでどうにもならぬ。

いやはや、それにしても宏壮《こうそう》な屋敷である。月あかりに照らされた庭はよく手入れがなされ、池泉に沿うて一間幅の回廊がめぐっていた。

優雅にして端正。贅を尽くしてはいるが、謙譲。オエッ、気持ち悪い。生臭い鰯《いわし》油の匂いが漂うてきた。

廊下をしばらく行くと、奥居と見える座敷に灯がともっていた。生臭い鰯油の匂いが漂うてきた。


これは妙である。台所では高価な蠟燭をぼんぼりに吊るしていたのに、なにゆえ家族の居間に安い魚油の行灯《あんどん》など使うているのであろう。

貧乏神は真黒に伸びた爪の先を障子のすきまに差しこんで、座敷を覗きこんだ。

「どれどれ」と、寿老人も屈みこみ、玄鹿もつぶらな瞳を並べた。

主人と見ゆる太り肉《じし》の男。その妻とおぼしき小柄な女。そして若夫婦。四人《よったり》が無言で飯を食うている。

奉公人たちがあれほど豪勢な夕飯をふるまわれているのなら、主人家族は定めし鯛の尾頭付きであろうと思いきや、膳は目を疑うほど淋しい。

一尾の目刺と梅干。酒どころか汁もなく、湯呑の中味は白湯《さゆ》であった。しかも、そのわずかなおかずすら、家族はなかなか箸を付けぬ。どうやら、じいっと見つめたあとで唾が湧いたころあいに、飯を掻きこんでいるらしい。

美しい、と貧乏神は思うた。しかし、よう考えてみれば、これは貧乏の姿ではないのである。つまり、ケチ。

「どう思う、寿老人さん」

障子のすきまから様子を窺《うかが》いつつ、寿老人はウームと唸《うな》った。邪神にとって美醜善悪の判定がつかぬと同様に、福の神から見てもはたして褒むるべきか貶《おとし》むるべきか、よくわからぬらしい。さてもケチとは厄介である。

「冷飯じゃぞい」

寿老人が唸りながら呟いた。たしかにそう言われて見れば、飯椀からは湯気が立っていない。これはただのケチではない、と貧乏神は思うた。

奉公人には炊きたての飯をふるまい、おのれらは残りものの冷飯を食うている。見上げた心がけと言いたいが、邪神にしてみれば噴飯《ふんぱん》ものであった。

貧乏神の主食とするところは、井戸端の残飯もしくは饐《す》え飯と定《き》まっている。しかるにそれも「心がけ」であって、べつだん好きこのんで食うているわけではない。うまいものをしこたま食うていたのでは、この肋骨の浮き出た胸板も、かさかさに干からびた肌も保つことはできまいと思うからである。残飯や饐え飯をむりやり食ろうて、滋養をつけるどころか常に腹を下していることこそ、貧乏神の心がけなのであった。

ゆえに、金持ちのくせに冷飯を食うなど、赦し難い。

「クソッ。引き倒してくれるわ」

貧乏神は立ち上がった。日ごろ無気力に見えるだけに、気合の入った貧乏神はあんがい怖い。

「マアマア、きれいごとを嫌うあんたの気持ちはわからんでもないが、それでは話があべこべではないか。改心したと言いながら豪農を引き倒したのでは、薬師如来にも申し開きができまい」

　寿老人に宥《なだ》められて、それもそうだと貧乏神は思い直した。

「ケチは嫌いじゃわい。大金持ちのくせしおって、何が冷飯じゃ」

「そこじゃよ」と、寿老人は貧乏神の腰の荒縄を引いて、廊下を歩み出した。

「どうも臭い」

「わしか。すまんのう、しかし稼業が稼業じゃによって仕方がない」

「いや、そうではない。ケチというのは、なかなか身代を保てるものではないぞよ。むしろ、ケチが身を滅すということは、ままあるものじゃて」

　なるほど、そうかも知れぬ。だが、この家の主はただのケチではない。奉公人には炊きたての飯をふるまい、おのれと家族は冷飯に甘んじているのである。

「何が臭いのじゃ」

「ケチは身を滅す。さりとて、きれいごとはいっそう身を滅す。いずれにせよ、あの主人が身代を保っておるのには、何かほかのわけがあると読んだのじゃがの」

　十六夜《いざよい》の月は正中に懸かって、とうてい吝嗇な主人のものとは思われぬ庭を、しらじらと照らしていた。

「ほうれ、見たことか」

　池の水面《みなも》に張り出した露台の欄干に腰を下ろし、釣糸を垂れる人影があった。

　ずんぐりとした体に狩衣《かりぎぬ》と指貫《さしぬき》、頭には風折烏帽子《かざおりえぼし》。どこかで見た覚えはあるが、こんな身なりで歩いている人間はおるまい。ましてや月夜の池で釣りなどと。

廊下を踏んで露台に向かいながら、寿老人が呼びかけた。

「夜が更けるまで精が出るのう、えべっさん」

えべっさんって、誰？

滋養が足らぬせいで夜目が利かぬ貧乏神には、その奇怪な者の顔がよう見えぬ。

「おお、誰やと思たら、寿老人はんやないか。ずいぶん久しぶりやなあ」

「そりゃあ、あんた。世の中こうも不景気では、わしら福の神が顔を合わせることもそうはなかろう。あんたもヒマそうじゃのう」

月あかりの露台には、主人の道楽であるらしい盆栽の鉢が並んでいる。

福の神、と言うたな。なるほど、ケチのくせに繁昌しているのは、こやつの仕業か。

「わしァもう、ヒマでヒマで。なにしろわしが人間どもに与うるは長い寿命じゃによって、このごろでは手を合わする者もない。苦労はもう沢山ゆえ、寿命を詰めてくれと願掛けする者までおる始末じゃ」

「ひゃあ、それはしんどい話やな。ところで、その様子の悪いお連れさんは、どなたはんですやろ。どっかでお会いしたよな気ィがするんやけど」

貧乏神は思わず渋団扇で顔を隠した。おたがい幾千年も生きておれば、おつむはすっかり錆《さ》びついて、知った顔も名前も思い出せぬのは当たり前である。

誰だっけ。こうしたとき、破《や》れた渋団扇は都合がよい。おのれの顔を隠したまま、貧乏神は骨の間から福神の相を窺うた。

　ありありと思い出した。あのエビス顔。たしかそこいらの居酒屋で飲んだこともある。勘定はむろんあっち持ちで。

「アッ、もしやおまはんは貧乏神」

「ばれたか」

「ばれるも何も、弊衣蓬髪渋団扇、荒縄のしごきをずるずる曳いて、洗濯板のあばら骨を剝き出しとる者はそうそういてへんやろ。やあ、懐かしいなあ、いったい何年ぶりやろか」

　日本橋の魚河岸に近い居酒屋で飲んだのは、たしか五代将軍常憲院様の時代であったと思う。ついさっきのことは忘れても、昔の記憶が損なわれぬのはどうしたことであろうか。

「懐かしや、懐かしや。何年ぶりかと問われれば、まあザッと百六、七十年前になろうかの」

　それはさておき、ここで会うたが百年目というは、まさにこのことであろう。恵比寿は七福神中唯一の日本生まれじゃによって、力を貸してくれるやもしれぬと寿老人は言うていた。

「さよかァ。百六、七十年にもなるか。どこもお変わりのう、達者そうで何よりやなあ」

変わりようがないのである。達者と言えば達者だが、おまえらの達者とはわけがちがうのだと、貧乏神は暗い気分になった。

寿老人が袖を引いて囁《ささや》いた。

「恵比寿は心の寛《ひろ》いやつじゃ。あんたから直《じか》に頼みなされ」

はっきり言うて、他人に物を頼むことには不慣れである。ましてや七福神はみな、幾千年にもわたる商売敵であった。

「のう、貧乏神さん。恵比寿は力があるぞえ。この家の大繁昌も、やつの功徳《くどく》に決まっておる。頭を下げて頼んでみい」

改心がこれほど苦くつらいとは思ってもいなかった。貧乏神はしばらく露台に佇んで、月光が切り落としたおのれの影を踏んでいた。

「ええお月さんや」

貧乏神に背を向けて欄干の上に大あぐらをかいたまま、恵比寿は夜空を仰いでいる。恵比寿様と言えば釣竿を背負い、大きな鯛を脇に抱えている図が思いうかぶ。鯉を釣り上げても絵にはなるまい。

「実はのう、えべっさん――」

言いかけたとたん、恵比寿の澄んだ声が遮った。

「おまはんの胸のうちはお見通しや。つらい話はせんとき。ましてや神が神に頭を下げるなんぞ、あってはならんことやんけ」

貧乏神は福の神の寛大さに泣いた。

そのとき、恵比寿の握った竿がぐいと撓《たわ》んだ。

「よおし。来た、来た、来よったで」

花のいろの鱗を輝かせて、みごとな大鯛が宙を飛び、月かげも清《さや》かな露台の上に跳ね上がった。

十九、国家老之憂鬱《くにがろうのゆううつ》

木々の葉が落つれば雪が降る。

長い越後の冬がやってくる。

雲の切れ間から射し入る陽光が勿体なく思えて、佐藤惣右衛門は南向きの障子を開けた。大手御門内の役宅の庭には、城下の喧噪《けんそう》が伝わらぬ。しんと静まり、石も苔《こけ》も乾ききった寒々しい庭である。

算え六十五歳、すでに実役を務むる齢ではない。国家老の職に今もとどまっているのはけっして執着ではなく、いかんともしがたい事情による。

安政の午《うま》の年に猖獗《しょうけつ》をきわめたコロリの病で、家督を譲った倅と、長年連れ添うた妻を同時に喪《うしの》うた。たった四年前の出来事であるのに、惣右衛門には遠い昔話のように思えてならなかった。

家老職を継いだばかりの倅は、領内を巡って惨状を確かめ、ついにみずからも病に倒れたのだった。俗に「三日コロリ」と呼ばれるごとく、倅は腹を下すや数日で虚《むな》しゅうなった。あえて家族を遠ざけ、離れ家で看病にあたっていた母親も、後を追うように亡《の》うなった。

かくして、佐藤家には舅《しゅうと》と嫁と、忘れがたみの幼い女子が遺された。あまりのことに呆然自失した惣右衛門には、もはや養子を迎えて家を継がせる気力もなく、せめて老骨に鞭《むち》って家老職に復するほかになすすべを持たなかった。

枯れ庭の先には、離れ家の焼跡が今も望まれる。倅と妻の葬いをおえたあと、惣右衛門が手ずから松明《たいまつ》を投げて、病魔もろとも焼き払った家であった。

妻と倅の終《つい》の棲《すみか》となったその離れ家の残骸を、惣右衛門はどうしても取り片付ける気にはなれない。もとは八畳間に水屋を付けた古い茶室だが、丹生山《にぶやま》に産する北限の雪茶を天下一と信じてその道に打ちこんだ妻の、灼《あら》たかな墓標にも見えるからである。

四年の歳月を経て、焼けそこねた床柱や沓脱石《くつぬぎいし》は苔に被《おお》われている。早う雪が来て、何もかも隠してくれぬものかと、惣右衛門は老いた顔を庭のなかぞらに向けた。

「何も茶飲み話をするつもりで、そこもとを誘うたわけではない」

嫁が下がるのを待って、惣右衛門は語りかけた。承知していたとばかりに、同役の鈴木右近はひとつ肯いた。

家老職の屋敷は丹生山城の大手廓内《くるわうち》にある。八ツ下がりの帰りがてら、拙宅で茶でも飲んでゆかぬかと、右近を誘ったのだった。

「俸禄の半知お借上げなど、他家では当たり前の話じゃと聞くが、おつむを下げて詫びる御殿様はおられまい」

「いかにも」と言うたきり、右近は口をとざしてしもうた。国詰の侍は総じて口数が少ない。むろんそれは惣右衛門も同様であるから、隣屋敷に住まい、同じ国家老の要職にあっても、二人が親しく言葉をかわすことはめったになかった。

ましてややはり安政のコロリで父を喪い、若くして家督を襲《と》った右近とは、四十いくつも齢が離れていた。

しばらくの間、惣右衛門は繋ぐ言葉を探して、曠《あ》れ庭を渡る風の音を聴いていた。右近も物を言わぬ。いまだ稚気《ちき》の残る顔を伏せ目がちにして、黙したまま茶を啜っている。

鈴木の御家老様は佐藤の御家老様からコロリを貰うたのだ、などという心ない噂も立ったものだが、遺された家族は労《いたわ》り合いこそすれ、悪い噂など聞く耳持たなかった。

「まこと、もったいない限りにござります。御殿様はご苦労なお育ちゆえ、頭を下げずにはおられぬのでしょうか」

それだけではあるまい。きっと御当代様は、御先代の父君とは似ても似つかぬ、誠実なお人柄なのであろう。

先日の重役会議に際して、御殿様は何を申されるより先に、まず頭を下げたのであった。

武門における御禄は、対価でも報酬でもない。命を懸けた戦の恩賞である。よって負け戦であれば賜わる禄などあるはずはなかった。それでも御殿様は、上士に対する半知お借上げ、すなわち御禄半分という事態を、おのが失政として詫びて下さった。

「のう、右近殿。それがしはいっそ三千石の地方《じかた》を返上して、佐藤の家をしまいにいたそうと思うている。どうかご承知置きねがいたい」

「何と」と面《おもて》を上げたきり、右近はまた押し黙ってしまった。

国家老の両家が拝領している三千石の知行は、江戸家老として家政を取りしきる平塚、天野の両家よりさらに多い。三万石の大名家としては、過分の待遇と言うてよいであろう。すなわち、表高のおよそ二割を佐藤鈴木の両家がせしめているという勘定であった。

こうした格別の扱いには由来がある。戦国の昔、両家はかの上杉謙信公よりこの丹生山一円を安堵《あんど》される地侍であった。そこに初代松平和泉守が三万石で封ぜられ、いわば既得権者である佐藤鈴木の両家を、「三千石高の国家老」として召し抱えた。

さは言えど、なにしろ二百六十年前の話であるから、あまたある言い伝えのうちどこまでが真実でどこからが伝説であるのか、もはや誰もわからなかった。

しかし、両家でつごう六千石という知行は、たしかに法外である。また、国家老という役職は両家の世襲と定まっており、にもかかわらず実務は大目付や奉行衆が執り行うので、どことなく存在そのものに意味があるだけの、いわば貴族のふうがあった。

「佐藤の御家を滅す、と――」

悲しげに右近が呟いた。

「いかにも。嫁と孫娘だけの家族となり果てては、半知の千五百石すら持て余してしまう。この期に及んで御家のために何ができるでもなし、おのれで口べらしをするがせめてもの忠義であろうと思うての」

「で、惣右衛門殿は向後《こうご》いかがなされますのか」

いささかうろたえながら、右近が訊ねた。

「今さらではあるが、仏門に入ろうと思う。浄観院《じょうかんいん》の御上人《おしょうにん》様とは長い御縁じゃによって、否《いな》とは申されまい」

「御家族は」

「嫁も孫も義絶する。佐藤の家はしまいじゃ。実家に戻すほかはない」

「さような勝手を、義絶とは申せますまいぞ」

おとなしい気性の右近が、声をあららげたのには驚いた。思えば先ごろ人の親となったからには、惣右衛門の決心が許しがたいのであろう。

腕を組み、目をとじて惣右衛門は冷ややかに言うた。

「あのように健気な御殿様に対し奉り、今のわしができることと申せば、地方《じかた》の返上のほかにはない。それも忠義のうちと信ずるゆえ、嫁と孫を手放すは義絶じゃ」

「なりませぬ」と、右近が背筋を伸ばして言い返した。

「ほう。ならぬ、と申されるか。それがしは相談を持ちかけたわけではないぞ。同役の耳に入れておかねばなるまい、と思うただけじゃ。そこもとにならぬと言われる筋合いではない」

佐藤家と鈴木家の間には、長きにわたる血縁があった。武家の嫁入りや婿取りの多くは、同格の家の間で行われるからである。

近年の例でいうなら、惣右衛門の叔母が佐藤家から鈴木家に嫁いでいる。すなわち、右近の亡父は惣右衛門の従弟であった。

しかし、家門の面目を第一とする武士の間で、たがいの血縁を軽々に陳《の》ぶるは禁忌《きんき》であった。家格とは別の序列を、世間に喧伝《けんでん》することにもなりかねぬからである。

だから惣右衛門は、とっさに右近の口から出た「なりませぬ」を、ありがたい諫言《かんげん》と聞いた。親類でなければ言えぬひとことであった。

だが、ありがたくとも容《い》れてはならぬ。両家は親類である前に、同役の国家老であった。

「惣右衛門殿。ご決心は変わりませぬか」

「決心というものに変わりようのあるはずはない」

あくまで血縁として憂えてくれるこの若侍が、惣右衛門はまばゆくてならなかった。生まれたときも育ちゆくさまも、つぶさに知っている。亡き倅を、兄のように慕う子供であった。

「そのご決心は、嫁御殿やお孫様にお伝えになられましたか」

「僭越じゃぞ、右近殿」

言うたとたんに声が詰まって、惣右衛門は廊下ごしの枯れ庭に目を向けた。するとそのまなざしの先に、苔むした離れ家の焼跡があった。たまらずに惣右衛門は、口を押さえ咽《のど》を鳴らして泣いた。

右近は怯《ひる》まなかった。

「もし、ぬい殿にご相談もなく、おさよ殿にも言うて聞かせずにさなるご決心をなされたのなら、惣右衛門殿はまちごうておられまする」

「ならばそこもとに訊ぬる。御殿様は半知お借上《は》げを失政と恥じて、おつむを下げたもうた。何の働きもせず、ただ三千石の大禄を食み続けてきたそれがしが、いったいそのご鴻恩《こうおん》にどう報いればよい。若いそこもとならば、まだまだお役にも立てよう。だが、六十五の老いぼれには、もはや何ひとつできぬ。どう考えても、三千石の知行をすべて御家に返上いたし、俗世を去るほかに忠節の道は見当たらぬ」

右近がずいと膝を進めた。目が合うたとたん、死んだ倅によう似ておる、と惣右衛門は思うた。

「御殿様がおつむを下げられたとき、それがしはちがうことを考え申しました」

「何を思うた。聞かせてくやれ」

「家族三人、年に二十俵もあれば食うてゆけると思いました」

ああ、ああ、と惣右衛門は泣く泣く肯いた。私を去ってこその武士であろうに、どうしておのれは不憫な嫁やかわゆい孫を捨ててまでも、私にこだわろうとするのであろうか。それこそが武士道の最も戒《いまし》むるところの、「怯懦《きょうだ》」にちがいないのに。

庭のなかぞらに円《つぶ》らかな影が舞ったような気がして、惣右衛門は座敷から這い出した。

「おじじさま、雪が」

廊下の先から、愛らしい声が聞こえた。家族三人、年に二十俵もあれば食うてゆける。その言葉を胸に括《くく》って、御殿様に報いようと惣右衛門は誓うた。

仰ぎ見る間に雲を騒がせて、越後の冬がやってきた。


鈴木右近が佐藤家を辞去したころには、霙《みぞれ》まじりが大粒の綿雪に変わっていた。

大手御門内には佐藤鈴木の両国家老を始め、奉行職の役宅や江戸詰重臣たちの留守宅が建ち並んでいる。五間幅の道の片側には、丹生山の中腹から湧き出ずる清水がせせらぎをなしており、それぞれの屋敷の台所にまで引き込まれていた。

こたびの御帰国はお初入りにもかかわらず、すこぶるお供が少なかった。重だった家来は御勘定役の橋爪左平次ぐらいのもので、常の御在国ならば一気に華やぐこの屋敷町も、相変わらず深閑としている。

御家の貧乏が極まって、とうとうまともな道中揃えもできなくなった。上士の御禄を半知としても、まるで間に合わなかったのである。

さなる話であるなら、残りの半知も返上して絶家すると言い出した佐藤惣右衛門の覚悟もわからぬではなかったが、右近は懸命に説得した。それはけっして忠義ではない、むしろ、ご苦労なさっておられる御殿様を見捨てる不忠である、と。

惣右衛門は翻意してくれた。だが一方では、頑固者であるはずの惣右衛門が、おのれの言にやすやすと順《したご》うてくれたことが悲しくもあった。その翻意に、紛れもない老耄《ろうもう》と救いがたい失意を見たからだった。

豊かな水流れのほとりを俯きかげんに歩みながら、はたして説得が正しかったのかどうかと、右近は悩み続けた。

老いて傷つき、戦えなくなった武士が、もはやこれまでと腹を切ろうとしたようなものだ。ならばせめて介錯《かいしゃく》をするのが情であろうに、自分はむりやり立ち上がらせ、ともに戦えと言うたのではあるまいか。ただ、血縁の濃い家を絶やしたくないゆえ。父祖代々の同役を喪いたくないゆえ。だとすると、道理を説いたのではなく私欲を押しつけただけではないのか。

ふと足を止めて、右近は肩ごしに傘をさしかける中間に訊ねた。

「弥助《やすけ》。おまえ、齢はいくつになる」

右近が物心ついたころには、すでに門長屋に住もうていた使用人である。少しためらうふうをしてから、何やら申しわけなさげに弥助は答えた。

「はあ、おらも六十になってしょもで。したども旦那様。足も腰も、まだまだシャンとしとります」

上士の御禄が半知となってから、どこの屋敷でも使用人たちに暇を出し始めている。給金はせいぜい年に一両だが、飯は腹いっぱい食わせねばならぬ。男の使用人なら一日五合、女中ならば三合五勺《しゃく》、その食い扶持《ぶち》が大きいゆえ、口べらしをするのである。

「いや。齢を訊ねただけで他意はない。安心せい」

弥助は法被《はっぴ》の背を丸めて、綿雪を吹き散らすほどの溜息をついた。

使用人たちはあらまし小作の生まれで、帰る家はない。ましてや長い冬のかかりに暇を出されようものなら、弥助のような年寄りは生きてふたたび春を見られぬやもしれなかった。

半知というても鈴木家は、もともと三千石の大身《たいしん》であるから余力はある。家士《かし》郎党が三人、中間が三人、女は女中頭から子守女まで、しめて十幾人の大所帯であった。それら使用人はみな年貢の上がる采地《さいち》の出身で、つまり口べらしの子らを食わせることも、知行取りの上士の務めなのである。

屋敷までの一筋道が、妙に長く感じられた。歩みながら右近は、惣右衛門を説得するにしても軽はずみな口を利いたものだと悔いた。

家族三人、年に二十俵もあれば食うてゆける、などと。

家族と言うなら鈴木家も三人、佐藤家も三人、たしかに足軽なみの二十俵でも食うだけは食うてゆけるであろう。だが両家にはそれぞれに、知行地の百姓から預った多くの命があった。

初代松平和泉守様御就封《ごしゅうほう》以来、長きに渡って国家老を務むる鈴木家は、その歴史をおのずと語る老杉の森の中に鎮《しず》まっている。

帰宅すると着替えもせず仏間へと向かい、香を炷《た》いて般若心経を誦す。そののち妻を労《ねぎら》い、赤児をおくるみごと抱いて祖宗《そそう》の霊に低頭し、加護を願う。

鈴木右近は律義者であった。算え二十四という年齢に見合わず物静かで、無口である。これといった仕事がないかわり、余分なこともしない。よって御城内では、いてもいなくてもわからず、それどころか国家老の佐藤惣右衛門と鈴木右近は、どっちがどっちかよくわからぬ家来衆も多かった。

むろん、今に始まった話ではあるまい。おそらく二百六十年もの間、両家の当主はどっちがどっちかよくわからなかったはずである。要するに佐藤家と鈴木家は、多くの御家来衆にとって「国家老・甲」、「国家老・乙」に過ぎぬ。

しかるに、二百六十年の伝統とは大したもので、だからと言うて両家が軽侮《けいぶ》されているわけではなかった。その存在はむしろ神格化されて、たとえば御殿様を薬師如来とするなら、その両脇に侍《じ》する日光月光の両菩薩のごとく敬されていた。すなわち、日光月光のどっちがどっちであるか知る人はほとんどおらず、むろんどっちがどっちだってかまわぬのである。

鈴木右近がかくも律義者となったわけが今ひとつ。

天保十年亥《い》の年の生まれは、松平喜三郎様と同い齢で、物心ついたときからの主従であった。藩校では机を並べ、道場では剣を交えた。しかし何事につけても、主たる喜三郎様にまさってはならなかったのである。

もっとも、喜三郎様に引き比べて右近の何がまさっていたわけでもなかった。それでも万事において身を慎しむという心がけは、すっかり習い性になった。

「まだもみじも散りおえていないというに、今年は冬が早うございますねえ」

障子ごしの冬空を見上げて、カネが言うた。むろん金が物を言うたわけではない。妻の名がカネである。十五の春に嫁入ってはや七年、その間に舅と姑を亡くしたが、さきごろようよう子を挙げた。祖父母のおもかげを顔立ちに宿す男児である。

おくるみごと子を抱きながら、右近も膝を回して雪降る庭に目を向けた。

「なになに、この綿雪ならばまだ積もりはすまい。それより、新之助《しんのすけ》にとっては初めて見る雪じゃのう。ほれ、見ゆるか。美しいであろう。これが越後の雪じゃぞえ」

座敷のきわまでにじり寄って、赤児の顔を支えた。つぶらな瞳に降りしきる雪が映ると、よほど奇《めずら》しく思うたのであろうか、新之助はにっこりとほほえんだ。

丹生山の冬は雪との戦いだが、その煩《わずら》わしい雪が多い年ほど豊作が約束される。雪が少なければ定めて不作だった。去る冬はよう降ってくれたゆえ、今年の作柄は上々である。

「ところで、カネ――」

ところで金、ではない。右近は思い定めて妻に語りかけた。

「はい。カネはここに」

金がここにあるのではない。妻のカネがここにいるのである。

嫁に貰うたときは、縁起のよい名じゃと父も母も大喜びであったが、どうしたわけかそののち飢饉だの流行《はや》り病《やまい》だのと怖ろしい災厄が重なって、妻にも苦労をかけてしもうた。

「わが家にカネはいくらある」

「は。カネならここに」

「いや、そうではなく。金銀のカネの話じゃ」

ハハッと夫婦は声高に笑うた。どうにもこの女房は、洒落ッ気があってかなわぬ。わかっていて笑いを取るのである。もっとも、その洒落にみなが救われているのだが。

「で、いくらある」

「はい。現金現銀のみの高《たか》でよろしゅうございますか」

「そうじゃ。まじめな話じゃによって、洒落は飛ばすなよ」

「はい、かしこまりました。先月末に検めましたところ、現金で二千五百四十八両と四分《し》、そのほか丁銀《ちょうぎん》にて――」

「わかった、わかった。つらいときほど笑わねばならぬという、おまえの心がけは見上げたものだ。しかしの、カネ。これはまじめな話じゃによって、しめて二十五両ならばそう言うてくれ」

「いいえ。しめて二千五百四十八両と四分、ほかに丁銀が――」

「待て」

と、右近は女房の言をふたたび遮り、赤児をその胸に托した。気が動顚《どうてん》して、取り落としたり投げ出したりしてはならぬ、と考えたからだった。

銭金は不浄なるものゆえ、武士はかかわり合うてはならぬ。むろん一家の主は、竈事《かまどごと》の委細など知らぬ。つまり鈴木家の金銀は亡き祖母から母へ、そして母から妻へと申し送られており、祖父も父も右近自身も、まったく与《あずか》り知らぬ話であった。

落ち着け、とおのれに言い聞かせながら右近は廊下に出た。雪降る庭の先には蔵がある。ところどころ漆喰《しっくい》が剝がれ土壁が露《あら》わで、おぬしはいったいいつからそこに建っておるのだと、訊ねたくなるような蔵である。

あの中に二千五百四十八両と四分。あまりに巨額すぎてどういうものかはわからぬが、要するに千両箱が二つ半。

くらり、と目まいを覚えて右近は踏み堪《こた》えた。赤児を妻に托しておいてよかった。

「アッ、あなた。いかがなされました」

「いや、大事ない。ただの立ちくらみじゃ」

「よかった。卒中ではないのですね」

どうにもこの妻の申すところは、どこまでが洒落でどこからまじめなのかわからぬ。しかしおそらく今の場合は、「卒中」は洒落で「二千五百四十八両と四分」は本当であろうと右近は読んだ。とたんに今いちど目まいを覚えて柱を抱いた。かえすがえすも、新之助を妻に托しておいてよかった。

上士の禄が半知となった折には、どこの家でも大騒ぎだったそうだが、妻はまったく動じなかった。

そのときは、さすがわが妻と惚れ直したものであったが、考えてみれば蔵の中には二千五百四十八両と四分、一生かかっても食うに困らぬ金銀が唸《うな》っていれば、半知のご沙汰など痛くも痒くもなかったのであろう。

右近は気を取り直して仏間に戻り、まずは贅沢をせずにそうした財産を遺してくれた祖宗に謝した。それから、位牌に向き合うたまま言うた。

「カネ」

「はい。カネはここに」

妻は愛嬌があるわけではなく、むしろ冷ややかな感じのする美形である。だから尚のこと洒落が切れる。

「今しがた、惣右衛門殿と申し合わせてきた」

「おやまあ、改まって何の言談《いいだん》にございましょう。今宵は夜っぴて飲み明かす、とか」

「ちがう」

「では、連れ立って瀬波《せなみ》あたりで湯治とか」

「ちがう」

「なるほど。瀬波の湯では傍目《はため》があるゆえ、五頭《ごず》か岩室《いわむろ》の湯まで足を延ばす、とか」

「そういう話ではない。実はの――」

そこで声が裏返り、右近は咳《しわぶ》きをして肚《はら》を定《き》めた。

「家政切迫の折から、国家老の両家は三千石の知行をそっくり返上いたす。両家とも家族三人、年に二十俵の扶持を頂戴できれば食うてゆける。主家の実情を思えば、家人や奉公人にも暇を取らせるほかはあるまい。よって向後、それがしは手ずから薪も割る、雪も掻く。おまえもそのつもりで、足軽の妻女同様、家事にいそしんでもらいたい。よいか、カネ。しかと申し付くるぞ」

当然これは口論になるはずである。そうとなれば背筋を伸ばして説諭し、要すれば頭も下げるつもりであった。御殿様が家来におつむを下げられたことを思えば、女房の膝前に手をつくなどどうともあるまい。

しかし、妻は顔色ひとつ変えるでもなかった。玲瓏《れいろう》たる声で、「承りました」と言うたきりである。

「のう、カネ。洒落でも冗談でもないのだぞ」

「はい、わかっておりますとも。ところでおまえ様、二十俵の御禄と申せばたしかに足軽なみでございますが、身分はいかがなりますのか」

「いや、まさか身分まで足軽に落つるわけではない。従前通り、国家老のままじゃ」

「ならば結構にござりまする。もし鈴木の家が身分を落とさば、娘を嫁に出した里の面目がござりませぬゆえ」

妻の実家は、隣国新発田《しばた》は溝口主膳正《しゅぜんのかみ》様が御家の家老を務むる名家である。娘の嫁ぎ先が没落したとなれば、黙ってはおるまい。妻にしてみればそのあたりが気がかりだったのであろう。

それはそうだ。はっきり言うて、カネならある。二千五百四十八両と四分。それがどれくらいの財産か見当もつかぬが、今の暮らし向きのままなら、べつだん使用人に暇を出すまでもなく、たぶん親子三代かかっても食い潰せぬカネであろうと思う。

「よくぞ了簡してくれた。さすがはわが妻じゃ」

「おまえ様こそ、よくぞそこまでのご覚悟をなされました。これでご近所の皆様にも、顔向けができるというものでございます」

おそらく蔭口を叩かれていたのであろう。三千石が千五百石になったところでどうともあるまい、などと。

「しかるに、おまえ様。足軽なみの二十俵でよいというのは、どうにも足軽を馬鹿にした話ではございませぬか。そればかりの御禄なら、頂戴せぬほうがよろしゅうございます。前々から思うていたのですが、おまえ様は何をなされるにつけても、潔さを欠いております。それとも、二十俵をいただくことに、何かほかの意味がおありなのですか」

いや、まさかわが家が大金持ちだとは知らなかったから、食い扶持だけは欲しいと思うただけである。今さらそうとは言えぬが。

「さようか。それがしは潔さを欠いておる、とな。ハハッ、これはなかなか手厳しい」

妻は笑うてくれぬ。しかも笑わぬまま赤児を畳の上に寝かせて、ズイと膝を乗り出した。何だか怖い。

「ど、どうした、カネ」

「どうもいたしておりませぬ。わが家にカネはたんとございます。二十俵などと申さば、今もお借上げされずに御禄を賜わっている足軽どもは、何と思いましょう。これは鈴木の御家老様のお指図にちがいないと読んで、二十俵の御禄のうち十俵を返上するのではございませぬか。よって、二十俵でよいなどと軽々にお口に出してはなりませぬ」

うう、と右近は唸った。洒落の才があることはたしかだが、これほど思慮深いおなごだとは知らなかった。

「よし、おまえの申す通りじゃ。かくなるうえは十も二十もない。三千石の知行はすべて返上いたそう」

何と潔い決断であろうと、右近はおのれに酔うた。ところが、賛同してくれるかと思いきや、妻の白い顔がいっそう怜悧《れいり》に固まった。

「おまえには苦労をかける」と少し頭を下げてはみたものの、妻の表情はほどけなかった。

「おまえ様――」

「はい。右近はここに」

洒落が通じぬ。障子の間から、ひょうと風が吹き抜けた。

「いっそのこと、蔵の中の二千五百四十八両と四分、御殿様に献上なされませ」

これは洒落ではない、冗談にしてはきつすぎる。返す言葉が何ひとつ思いつかずに右近は天を仰いだ。

「おまえ様、ご覚悟を」

まるで切腹をせかす介錯人のような口調で妻は言うた。

そもそもわが家にそんな大金があろうとは、つゆ知らなかったのである。ならば、そもそもはなからなかったことにするのも、できぬ話ではないと右近は思うた。

「よろしゅうございますか、おまえ様。献上するにしても半端な金銀は、一切合財のようでいやらしゅうございます。まずは二千と五百両。残る四十八両四分に丁銀を併すれば、当面は使用人どもに暇を出さなくてもようございましょう。ちいとも難しい話ではございませんことよ。カンタン、カンタン」

簡単と言われればそんな気もするが、やはりこれは切腹人と介錯人の関係であろう、と右近は思うた。

ここまで来ればもはや、未練も躊躇《ちゅうちょ》もあってはならぬ。思い切りよく腹を切れば首が飛ぶだけ、たしかにちいとも難しい話ではないような気がしてきた。

ハハハッ、と右近は大声を出して笑うた。きっと腹を切る刹那、人はみなこうしてわけもなく大笑いをするのではあるまいか。

すると妻も、手の甲を口元に添えてオホホッと笑うた。きっと首を落とす刹那、介錯人も大笑いをするにちがいない。

　苦難に満ちた人生の果てに、これほど呆気なく命が絶ゆるとは、まずこのうえない洒落であると、両者が悟るからである。

「もしやおまえ様、惣右衛門様もお蔵の中はご存じないのでは」

　やや、そうかも知れぬ。何しろ鈴木家と佐藤家は、日光月光みたようにどっちがどっちだかわからぬのである。だとすると、佐藤家の蔵にも二千五百四十八両と四分ぐらいの金が唸っており、それを知るはあの薄幸の嫁御ぬい殿ひとりというのはどうだ。

「すると、鈴木佐藤の両家を併せて、献上金が五千両。わー、豪気じゃ、豪気じゃ、これでもう、いてもいなくてもよい国家老などとは誰にも言わせぬぞ」

「では、善は急げ。これより佐藤家を訪《おとの》うて、惣右衛門様とぬい殿を説得いたしましょう」

　夫婦は腹を抱えて笑い、赤児は泣いた。洒落や諧謔《かいぎゃく》は厳粛な事実を救いうる、唯一の方法なのかもしれぬ、と右近は思うた。

「ハハッ、ああおかしい。五千両といえば、御当家歳入の半分じゃぞえ」

「それはそれは、大助かりでございますねえ、ハハハッ」

「しかるに、カネ」

「はい、カネはここに」

「おまえ、知っておるか。御家の借金はしめて二十五万両、ハッハッ、五千両など焼け石に水じゃわい」

「それでけっこうでございますとも。何かのお役に立とうなどという、さもしいことはお考え下されますな。焼け石に水を振れば、ジュワッと物を言いまする。ワッハッハッ、あー、おかしやなー」

おかしゅうてならずに、腹をズタズタに切ってしもうた武士もいるのではあるまいか。あるいは、手元が狂うて首を打ち損じた介錯人もいるのではなかろうか。その修羅場を想像すると、いよいよ笑いがこみ上げて、右近は畳に俯した。

「もう何も言うてくれるな。武士の笑い死には恥――ハハッ、おっかしい」

「それを言うなら、おまえ様。父母が笑い死んだとあらば、この子が不憫。あ、もうダメ。息が、息が」

「しっかりせい、カネ。おい、カネ。返事をせい」

ついに死んだか。思えば苦労の多い妻であった。舅姑に死なれ、厄病神だの死神だのと噂されたこともあった。

「許せ、カネ。おまえには苦労をかけた。新之助は立派に育ててみせる。心置きのう逝くがよい」

息を吹き返して妻が言うた。

「わたくし、苦労などいたしておりませぬ」

「ならば、なにゆえ朝から晩まで洒落を飛ばすのじゃ」

「それは、おまえ様。笑う門には福来たる、というではございませんか」

夫婦はともに肘を立てて身を起こし、已《や》むとも思えぬ綿雪を見上げた。


笑う門に福が来た。

弁財天ことサラスヴァティーは、インド生まれの女神である。

輝かしいほど白い肌に薄絹の衣をまとい、豊かな胸に琵琶を抱き、大きな孔雀《くじゃく》の背に跨《また》がってしずしずと歩む。その姿は気高く、美しい。

「弁天様。何やら笑い声が聞こえますなあ」

門前に足を止めて孔雀が言うた。

「サラスヴァティーとお呼び」

この東の島国に引越してきてからずいぶん経つが、いまだになじめない。弁財天だの弁天だのと呼ばれるのも好きではなかった。もともとサラスヴァティーは聖なる大河の神であり、肌身離さず持ち歩く琵琶が示す通り、音楽と芸術の神である。

「これはご無礼を。では、サラスヴァティー様。笑い声が聞こえませぬか」

耳を澄ませば、たしかに男女の笑い声がする。どうやらこの門の中の、古い屋敷から洩れ出ているらしい。このところ不景気もきわまって、人間の笑い声など絶えて聞かぬというに、まったく何がそんなにおかしいのやら。

サラスヴァティーは暇である。福神たちはみな同様であるが、景気が悪くなればまずまっさきに切り捨てられるのは芸術や学問なので、その暇さかげんというたら諸神の比ではなかった。

これが目に見える芸人ならば、辻に立って琵琶を弾き語り、賽銭にありつく手もあろうが、神ゆえにそうした暇潰しもできぬ。よって諸国漫遊の旅を思い立ち、竹生島《ちくぶじま》の社《やしろ》を出て東国へと向こうたのであった。

「さて、いかがいたしましょう、弁天様」

「サラスヴァティーとお呼び。笑う門を通り過ぎるわけにはいきません。様子を窺いましょう」

大孔雀は勇み立って久しぶりに羽を拡げ、古い長屋門を潜った。折しも綿雪が舞っていたが、サラスヴァティーの腋《わき》から零《こぼ》れ落ちる金粉は煌《きら》めきながら漂った。

門の先は杉木立が続く。屋敷はこんもりと繁る森の中にあった。その佇まいだけでも、屋敷が幾百年も続く名家であると知れた。

笑い声は庭を隔てた座敷から聞こえてくる。大杉の幹から顔の半分を覗かせて、サラスヴァティーは好奇の目を瞠《みは》った。どうせ人間からは見えないのだから堂々と眺めればよいのだが、天《あま》の岩戸の故事を思い出して、少しばかり天照大神様を気取ってみたのだった。

夫婦とおぼしき男女が、仏壇の前で笑い転げている。耳を欹《そばだ》てれば、特段の洒落を飛ばしているとも思えぬ。何かの拍子にツボにハマッたというところか。

きっと慎ましくも律義な夫婦なのであろう。そうした人間は、鬱積《うっせき》した感情をどこかで発散させねば身が持たぬ。

「おや、いかがなされました、サラスヴァティー様」

塞《ふさ》いだ心を孔雀に読まれてしまった。サラスヴァティーが国を捨てたのは、神々の数の多さにうんざりしたからだった。

天竺《てんじく》は人間も多いが神も多いのである。人間にとって人ごみは嫌であろうが、神にとっての神ごみはさらなる苦痛であった。しかも、みめ麗《うるわ》しく情も濃ゆいサラスヴァティーの身辺にはゴタゴタが絶えなかった。そんなこんなで、あるとき神ごみにウンザリしている幾柱かが誘い合って舟をあつらえ、生まれ育った国を捨てたのである。

ところが、神も仏もいない辺境の地であろうと胸をときめかせて瀬戸内の浜辺に上がったところ、案外のことに神仏だらけであった。信じ難い話ではあるが、たとえば在来の神だけで八百万《やおよろず》。これに外来の仏を加うれば、その総勢は人間の数にまさるのではないかと思われた。つまり、「かかりつけの神仏」である。

そこで、売れぬ神々が七柱集まって「七福神」なる講を結成した。その中にあって、紅一点のサラスヴァティーは花形であった。何となく、一人でほかの六人を食わしている気もしないではないが、ことの成り行き上、それはそれで仕方ないと思う。

「わたくしにもいろいろあったのですよ。そうこう思えば、あのように仲睦まじく生きる人間たちが、羨《うらや》ましくなったのです」

「しかしながらサラスヴァティー様、人間は命に限りがございますぞ」

人の耳には届かぬ琵琶をひとくさり爪弾《つまび》いて、サラスヴァティーは唄うように言った。

「限りある命ゆえ、愛しいのです」

二十、御留守居役之憂鬱《おるすいやくのゆううつ》

今年もはや師走である。

それにしても多難な一年であった。年が明けて早々に若殿様が亡くなられ、さんざすったもんだしたあげく、ご末弟の小四郎様が家督を襲《と》られ、大殿様は下屋敷に隠居なされた。

そうした混乱のさなかにも、御家倒産の計略は着々と進んだ。まだ齢もお若く、まじめ一方の小四郎様をこれ幸いと、大殿様はよりいっそう現金現銀の掻き込みに走った。

そもそも四男で庶子の小四郎様にとって、襲封《しゅうほう》はまこと思いも寄らぬ話であったから、恃《たの》みとする家来もない。大名にはつきものの繁文縟礼《はんぶんじょくれい》を、どうにか粗相なくやりおおすだけで手一杯とお見受けする。

「うー、さぶ、さぶ」

駕籠《かご》のすきまから冷たい夜風が吹き抜けて、思わず声が出てしもうた。暑いの寒いの、痛いの痒いのは、武士の禁句である。

かつて上屋敷には、重臣が公用に使う引戸付きの乗物が常備されていたが、さような無駄はならぬという大殿様の御下知により、そのつど水道橋際で客待ちをする町駕籠を雇うようになった。担ぎ棒に畳表を掛けただけであるから、これは寒い。

越後丹生山《にぶやま》松平家江戸御留守居役　楠五郎次郎《くすのきごろじろう》は当年四十二歳、数年前に才を認められて、御目付から御留守居の大役へと一躍出世を果たした。

それまでは江戸家老の平塚吉左衛門が留守居を兼務していたのだが、老体には荷が重すぎるとして、弁もたち人柄も如才《じょさい》ない楠が抜擢されたのだった。

御留守居役の本来の務めは、御殿様が在国中の代理人であり、幕府との折衝役である。しかし当家に限っては、平塚吉左衛門と天野大膳の両江戸家老がいるので、事実上は渉外の専門職に過ぎなかった。

夜も更けた戌《いぬ》の下刻、師走の満月は南天に明るい。しかしその分、ものすごく寒い。往復二貫文の駄賃をはずんだ駕籠舁《か》きは張り切り、先棒の片肌脱いだ彫物と、尻端折《しりっぱしょ》りの空ッ脛《からっぱぎ》が躍る。急げと申し付けた手前、寒いからゆっくり行けとはまさか言えぬ。

行先は外桜田御門外、御老中板倉周防守《いたくらすおうのかみ》様が御屋敷である。供は腕の立つ下士がひとり、ほかには提灯持ちと挟箱持ちの奴《やっこ》のみで、いかにもお忍びの夜行であった。

道筋の諸門は宵の口の酉《とり》の刻には閉まるが、いいかげんなことに深夜の子《ね》の刻まで潜り戸は開いており、それ以降でも御門番の吟味のうえで通行は可とされた。要するに、袖の下を落とせば門は開くのである。

よって、いくらか遠回りでも門の少ない道筋を選ばねばならぬ。小川町から御濠端に出て神田橋御門を抜け、日比谷御門。この道筋ならば用意する賂《まいない》も二度で済む。ただしずっと御濠ぞいの広い道であるから、乾いた夜風に吹き晒《さら》されねばならぬ。

「エイホッ、エイホッ」

駕籠舁きの掛け声に合わせて、楠五郎次郎も白い息を吐き出した。そうでもしなければ唇が凍えてしまって、到着したあとろくに物も言えまいと思うたからである。

神田橋御門は将軍家が上野寛永寺に向かう際の御成道にあたるので格式が高く、それなりの大名家が月番で警護をする。丹生山松平家にも隔年に一度は、この御役が回ってきた。

同様に、芝増上寺への御成道にあたる外桜田門の御門番も譜代御家門三万石格の務めで、どちらも上番《じようばん》月には七十人の家士を出さねばならぬ。その間、上屋敷の台所から三度の飯を炊き出して届け、一月の勤めをおえて下番《かばん》すれば、いくばくかの褒美も取らせねばならぬ。たかが門番とは言えぬ出費であった。

その神田橋御門は、鎌倉河岸から大手前へと渡された木橋の先に、高麗《こうらい》門と櫓《やぐら》門を備えている。門前には篝《かがり》が焚かれ、六尺棒を立てた足軽が踏ん張っていた。

もっとも、気合を入れて門番に立っているわけではない。閉門後に駕籠が来れば金になるとわかっているので、「通さぬ」という顔をしているのである。

「どこの御家じゃ」と、楠五郎次郎は挟箱持ちの奴に訊ねた。経費節約のため、このごろの奴は常雇《じようやと》いではなく、年雇い一人扶持の渡り中間《ちゆうげん》である。素性は悪いがそのぶん物知りでもあった。

奴は御門に向こうて歩みながら、高張提灯《たかはりちょうちん》の御家紋に見当をつけた。

「へい。藤の御紋は信濃高遠《たかとお》内藤駿河守《するがのかみ》様にござんす」

さすがは大名屋敷を転々とする渡り中間である。しかも御譜代内藤家はいくつもあるのに、「信濃高遠」まで言い切るのはすごい。ころは師走、おそらくここで曖昧な返答をすれば来年はお払い箱、と読んだのであろう。

「あいや、しばらく」

神田橋を渡りかけたところで、門番の足軽が六尺棒を突き出して呼ばわった。

「二ノ曲輪《くるわ》神田橋御門は酉の刻にて閉門にござる。お戻りなされよ」

そんなことはわかっている。通るのなら金をよこせ、と言うているのである。

ところが、そこで門番どもは何ごとかを囁き合うた。どうやらこちらの提灯の御家紋に気付いたらしい。なにしろ三葉葵《みつばあおい》である。

間髪を入れず、楠五郎次郎は畳表を翻《ひるがえ》して駕籠を下りた。こうした場合、引戸の付いた乗物ならばさもありなんというところであるが、流しの町駕籠というのがどうにも情けない。

「松平和泉守家中、留守居役楠五郎次郎と申す。お取り次ぎ願いたい」

足軽では話にならぬ、上の者を出せと言うているのである。すると取り次ぐまでもなく、聞こえよがしの大声に釣られて、貫禄たっぷりのたくましい侍が出てきた。

「ご無礼つかまつった。して、松平和泉守様の御留守居役が、かような夜更けに何の御用向きにござるか」

まこと面倒臭い。やれ寄合いだの接待だのと忙しい留守居役が、夜更けに出歩くは当たり前で、早い話がこの侍も袖の下を要求しているのである。

「火急の御用にて、御老中板倉周防守様が御屋敷に参上つかまつる」

さすがに侍は、太い眉をぎょっと吊り上げた。しかし銭金は別としても、家名や用件を聞いてあっさりと通しはすまい。武門の面目にかかわるからである。この寒風の中、まことに面倒臭い。

「火急の御用とは穏やかならず。さて、いかなる御言談《ごいいだん》か、さしつかえなくばお聞かせ願いたい」

貫禄はあるが、たぶん剣一筋の馬鹿であろう。筋骨隆々として、顎の先が二つに割れていた。この手の侍はあらまし、さっぱりしているようでねちねちしている。

「これはしたり。当家の事情を、なにゆえ御尊家にお伝えせねばならぬのか」

「御門番の務めにござる」

「そこもとが御門番の公用をお務めならば、それがしも公用にて御老中役宅まで罷り通るのだ」

どうやら奴の言うた通り、今月の御門番衆は「信濃高遠の内藤様」であるらしい。だとすると丹生山松平家とはほぼ同格、同じ城持ち大名で、石高は高遠のほうが少し上であるが、詰席《つめせき》は帝鑑《ていかん》の間の丹生山のほうが一枚上、というところ。よって門番の侍は意地を張るのであろう。あんがい馬鹿ではないのかもしれぬ。

それはそれとして、通す通さぬなどと押し引きしている場合ではなかった。

「マアマア。相身たがいの宮仕え、この際は固いことを申されるな」

などと急に相好《そうごう》を崩して楠五郎次郎は侍に歩み寄り、羽織の袂《たもと》にかねて用意してあった二朱金のおひねりを落とした。

高い。だが、開門の相場なのだから仕方がない。

「いや、さようなお気遣いは――」

「気遣いというほどのものではござらぬ。みなさまで夜鳴き蕎麦でも」

「さようか。では、遠慮のう」

侍が合図をすると、大仰《おおぎょう》な軋《きし》りを上げて御門が開いた。二朱金をぶっつければ勝手に開く門があればよい、と五郎次郎は思うた。不要な切口上を述べ、御家の面目を立て、あれこれ押し引きしなければ本音が言えぬ、武士とは何と面倒な稼業であろうか。

「帰りもよろしゅう」

高麗門に続いて、櫓門も駕籠が抜けられるほど開いた。乗り打ちは無礼ゆえ、楠五郎次郎はいかにも「通していただいた」というふうを装い、歩いて神田橋御門を抜けた。

濠向こうの町人地とはがらりと様子のちがう、大手前の屋敷地である。塀も小路もしらじらとして松の影を落とし、瓦屋根はくろぐろと月明かりに濡れていた。

しばらく歩いてから、五郎次郎は駕籠に乗った。

御門がふたつで二朱金が二枚。さしあたっての痛恨事は、この大金が経費で落ちぬことである。勘定役の橋爪左平次がおれば、とりあえず仮払いを立ててあとはどうにかしてくれるところであるが、今は御殿様の御供で在国中、御隠居様のお下知により経費節約の鬼と化した平塚吉左衛門様は、「心付け」などという科目は断じて認めぬ。すなわち、御老中宅を訪ぬるは公用であるにもかかわらず、この二朱金二枚も、むろん往復二貫文の駕籠代も自腹であった。

そう思うと寒さがいっそう身に応えて、楠五郎次郎は麻縄の吊手を握りながら、「エイホッ、エイホッ」と声に出した。

ところで、御留守居役が人目を忍んで御老中を訪ぬることになった経緯は、およそこうしたものであった。

諸家の江戸屋敷には、定府《じょうふ》の御留守居が必ずある。幕府との交渉事、あるいは他家との申し合わせ、世情の収集等、その役目は渉外のすべてに及ぶ。

そうした役目を十全に果たすために、「留守居組合」なるものがあった。むろん、三百諸侯の御留守居役が一堂に会するわけはない。

まず、御殿様の殿中詰席が同じという、「同席組合」がある。丹生山松平家の場合は、帝鑑の間に詰める大名家の留守居役が集う。おおむね同種同格とされる御家であるから、利害も共通するのである。

次に、血縁に基く「近縁組合」がある。松平姓という意味ではない。代々にわたり婿取り嫁入りをくり返している御家はあらまし定まっているので、血縁というひとつの集合が生ずる。あんがいのことに、家格も領国も詰席も異なっている。よってさきの「同席組合」では入らぬ情報も捉えることができる。

もひとつ、「近所組合」というものがある。これは読んで字のごとく、江戸屋敷のご近所が集まって周辺の風紀や衛生、百姓町人との付き合いや神社の祭事などについて、意見を交換する。江戸詰の家来衆も土地の住人にはちがいないので、なかなか大切な組合である。丹生山松平家の場合は、小石川上屋敷のご近所である水戸徳川家、美濃郡上《ぐじよう》青山家、播州安志《あんじ》の小笠原家、駿河小島《おじま》の松平丹後守家をはじめ、中屋敷や下屋敷を持つ諸家や、旗本家の用人なども寄り合った。また、この近所組合は、駒込の中屋敷と柏木村の下屋敷にも、規模は小さいながらもやはり存在した。

つまり、大名諸家の留守居役は、さまざまのかたちで会合を持ち、あらゆる方向からの情報を求め合っているのである。

三百諸侯が平穏無事に存続するためには、どの御家も突出してはならぬ。よってそれぞれの意見を交換して、幕府に対しては横並びの姿勢をとる。二百六十年にも及ぶ泰平がもたらした、究極の服従の姿である。

たとえば、幕府が一律に下す法令は簡潔に過ぎて、どのように遵守すべきかよくわからぬものが多い。そこで留守居組合の議題となる。上意下達の幕命は、質問も反論も許されぬ。そのくせ違《たが》えた際の懲罰は容赦がない。留守居組合では法令についての解釈を統一し、やはり横並びに遵守するのである。

かにかくに御留守居役とは、けっして大名在国中の留守番ではなく、あらゆる情報を収集して家政に反映させ、なおかつ主家をつつがなく三百諸侯の一として永存せしむる要職であった。

したがって、どの大名家の留守居も、みな人柄が如才なく、弁もたつ。楠五郎次郎は定めて適材であった。ただし、主家が倒産を目論んでいるなどとは噯《おくび》にも出せぬゆえ、このごろでは御留守居仲間を裏切っているような気がして、持ち前の笑顔もしばしば曇るし、冗談にも切れがなくなっていた。

ところで、ところで――つい先日のこと、同席組合の寄合いでよからぬ噂を耳にしたのである。

この春に御老中となられた板倉周防守様はたいそうな働き者で、手つかずとなっていた多年の懸案を次々と片付けておられるそうな。寺社奉行兼帯ゆえよほどお忙しかろうに、と諸家の御留守居役はしきりに感心した。

なるほど、言われてみればたしかこの夏、わが御殿様が殿中で居残りを命ぜられ、板倉周防守様より直々に、「目録不渡《ふわたり》」の一件につききついお咎《とが》めを蒙《こうむ》った。

本来ならば御留守居役が呼び出されるところを、御老中が御殿様を捉《つか》まえて叱責するなど、まこと畏れ入った話である。要するに周防守様はほかの御老中とはちがって、懸案をなおざりにはせぬらしい。

感心している場合ではない。地獄耳で知られる某家の御留守居役が自信たっぷりに申すところによれば、周防守様はついに、小名木川《おなぎがわ》の浚渫《しゅんせつ》と拡幅の大工事を決心なされた、というのである。ついては、昨今の不穏なる政情に鑑み、将軍家が股肱《ここう》と恃む帝鑑の間詰の御譜代数家にこれを請け負わせる、という。

一座はどよめいた。どういう伝《つて》があるのかは知らぬが、その地獄耳の口にする話は概《おおむ》ね中《あた》るのである。

「数家とは、いかほどか」と、楠五郎次郎は思わず聞き返した。

「いや、そこまではわからぬが、小名木川ならばさだめし大工事になるであろうゆえ、四家や五家が合力《ごうりき》してかからねばなるまい」

周囲はふたたびどよめいた。中にはそのとたん、こうしている場合ではないと席を立つ者もあった。

帝鑑の間詰の大名は六十四家。「お手伝《てつだい》」には在府も在国もない。しかし幕閣に参与する者、あるいは現在なにがしかの「お手伝」をしている御家を除けば、五十家かそこいらということになるであろう。

五十のうちの四か五。このいかにも中《あた》らなそうで中りそうな感じが怖かった。

幕府は原則として大名から税は取らぬ。そのかわり必要な土木工事は、「お手伝」と称して諸大名に命ずる。東照神君家康公が江戸の町を造成した、いわゆる天下普請以来の伝統であった。すなわち夫役《ぶえき》によって忠誠心を試されるのであるから、指名されたら最後、否《いな》とは言えぬ。むろん費用はいっさいこっち持ちである。

小名木川はその天下普請の昔に開削《かいさく》された、中川と大川を繋ぐ大運河である。房総に産する塩や農海産物を、いち早く江戸に運ぶための要路であった。

しかし、この小名木川はしばしば氾濫して、深川一帯を水びたしにした。町家が犇《ひし》めいているうえに、大名家の下屋敷や開府以来の名刹《めいさつ》も多いあたりである。よって浚渫と拡幅の工事は、多年の懸案であった。

長らく手つかずであったわけは、どれくらい費用と人手がかかるかわからぬ大工事だからである。四家五家が合力したところで、それぞれの家政に与える打撃は計り知れなかった。

五十家のうちの四か五。しかし籤《くじ》引きで決まるわけではない。あくまで御老中の指名である。御兄君様のご不幸、急な家督相続といった当家の事情はいくらか斟酌《しんしゃく》されようけれど、例の目録不渡の一件で、ほかならぬ板倉周防守様のご不興を買うているのもたしかであった。

そうこう考えれば、中りそうもない五十分の四か五が、何だか急に的が膨らんで、五十分の四十四《しじゅうし》か四十五《しじゅうご》のように思えてきた。いや、もしや百発百中ではないのか、などと。

今ここで小名木川のお手伝など申し渡されようものなら、御隠居様の計略はすべて水の泡、商人どもがこのうえ大金を用立ててくれるはずもなし、せめて下屋敷の床下に眠る金銀を費用に当てるほかはあるまい。御兄君様は犬死に、これまでの苦労はくたびれ儲けとなる。

こうしたお手伝の噂が耳に入った場合、諸家の御留守居役のなすべきことは決まっている。祈禱《きとう》である。

まずは御歴代の信仰篤《あつ》い、角筈《つのはず》村は熊野十二社《じゅうにそう》権現に詣で、お手伝除けの祈禱を行う。しかるのち、さらに霊験灼《れいげんあらた》かな御社に向かうのである。そこがどこかといえば、外桜田御門外、御老中板倉周防守様が屋敷内に鎮座まします稲荷社であった。

早い話が、小判百両の束《ずく》をお供えし、心をこめてお手伝除けの祈禱をするために、楠五郎次郎は寒い思いをして駕籠をせかしているのである。

さて、日比谷御門にてまたぞろ似たようなやりとりをし、自腹の賂《まいない》を落として通り抜ければ、備中松山板倉家の上屋敷は指呼《しこ》の間であった。

その途中、日比谷の濠端道で二挺の駕籠とすれちがった。もしや祈禱かもしれぬ。だとすると、日比谷御門の門番どもは大儲けであろう。

濠端の辻を曲がれば、外桜田でもわけてご立派な毛利様と上杉様の御屋敷に囲まれて、御老中邸はすこぶる地味な門構えであった。その御門前に板倉巴《ともえ》の御家紋もきわだつ提灯が掲げてあるは、もしや夜半の祈願人のための目星ではなかろうか。

門番が寄ってきて、言葉少なに「しばらく」と言うた。どうやら先客が祈禱中であるらしい。

二の腕を撫《ぶ》して震えながら、やはり先刻すれちごうた二挺の駕籠は、ご祈禱の帰りだったのだろうと思うた。しかも門内には先客があるので待てと言う。初不動でもあるまいに、まさかの御祈禱渋滞であった。

かえすがえすも、無理をしてよかった。百両を出し渋る天野大膳を、楠五郎次郎と平塚吉左衛門が二人して、どうにか拝み倒したのだった。もしお手伝を命じられれば、少なく見積もっても一万両はかかる、百両で免ぜられるなら安いものじゃ、と。

やがて先客の駕籠が門から出てきた。だいたいからして、御老中邸の表門を下乗《げじょう》せずに駕籠のまま乗っ込むなど、無礼にもほどがある。だが、どうやらそれが祈禱の作法であるらしい。

挨拶もなく先客の駕籠が行き過ぎると、門番が偉そうに「前へ」と言うた。なにげなく畳表のすきまから後ろを見返れば、半町ほど隔てて次なる駕籠があった。まさに渋滞である。

屋敷内は深い黙《しじま》にくるまれ、月かげが眩《まばゆ》いほどであった。鯔背《いなせ》な駕籠舁きもすっかり面食らったとみえて声もない。そのまま敷石ぞいに進み、門番がまた偉そうに「ここ」と言うたあたりで駕籠を捨てた。

懐には百両の束と寄進状。「御寄進　金壱百両　松平和泉守」。余分な文言は何ひとつない。御殿様はご不在だが、御隠居様すなわち先代和泉守様の直書であるから、偽文書には中らぬ。

御庭に歩みこめば、月かげを映す池のほとりの木叢《こむら》がくれに、灯明の上がった赤い祠《ほこら》が鎮まっていた。

まずは両袖のお狐様に一礼し、小さな鳥居を潜る。それからゆっくりと高らかに柏手を搏《う》って、楠五郎次郎は祈願を声にした。

「オン・キリカク・ソワカ。オン・キリカク・ソワカ。冀《こいねが》わくは稲荷大明神、越後丹生山松平和泉守家に災厄なからぬよう、謹《つつし》み畏《かしこ》みて御《おん》願い奉《たてまつ》りまする。オン・キリカク・ソワカ。オン・キリカク・ソワカ」

むろん口から出まかせである。要は「これでご勘弁」と言うているのである。どこかで誰かが聞いているはずであった。

三宝の上に小判と寄進状を置き、ふたたび手を合わせて「オン・キリカク・ソワカ」と真言《しんごん》を唱える。同時に、これはあくまでお手伝除けの祈禱である、とおのれに言い聞かせた。

もともと神仏を恃むたちではない。老母も妻も、おまえ様は不信心じゃと詰《なじ》る。しかし、いやしくも政《まつりごと》に携る者、けっして神仏を恃んではならぬ。領民たちにとっては神仏にも等しき権威を持つ武士が、みずから神仏を頼ってどうする。

それでもこれは祈禱なのだと五郎次郎は信じた。門番に袖の下を落とすのとはわけがちがう。天下のご政道を金銀の力で捻《ね》じ曲げるくらいなら、神恃みとするほうがいくらかましというものではないか。

御留守居役への一躍出世は糠《ぬか》喜びであった。大役を仰《おお》せつかったからには、否も応もなく御先代様の計略に加担しなければならず、それこそが忠義であると、二人の家老から説諭された。だが五郎次郎は、その忠義が正義であるとは、どうしても思えなかった。

今も思えぬ。思えぬままに、こうしておのが務めを果たそうとしていた。

「こちらへ」

耳元に囁かれて、五郎次郎はようやく祈禱の合掌を解いた。振り返れば見知った顔の用人が佇んでいた。軽々に挨拶などしてはならぬ。あくまで霊験灼かなる他家の稲荷社に、願掛けをしただけである。

御城に呼び出されたとき、多忙な御老中がいちいち対面するわけではない。たいていはこの用人が応対する。

提灯の要らぬ月夜の庭をめぐり、用人は奥まった書院の縁先に五郎次郎を導いた。

「お目通り叶います。格別のご沙汰にて」

たちまち五郎次郎はその場に蹲踞《そんきょ》した。何か無礼があったであろうか。しかし無礼の何のと咎めを受くる場でもあるまい。

用人は無言で去り、やがて閉《た》て切られていた雨戸が少しずつ送られて、目の前に戸板半分ばかりのすきまができた。

書院に行灯《あんどん》をともし、火鉢に片手をかざしながら、周防守様が座っておられた。ひとめ見たなり、五郎次郎はにじり下がって平伏した。

「和泉守殿は息災か」

書物から顔を上げもせず、ひとりごつように御老中が仰せになった。そのとたん、けっしてお叱りなどではない温かな気が押してきて、五郎次郎をわけもなく泣かせた。

「ははっ、国元にてゆるゆると」

多くを語ってはならず、また言うこともできなかった。

「それは重畳《ちょうじょう》」

おのれの不甲斐ない影を、五郎次郎はじっと見つめた。俯《うつぶ》した背のそこかしこを月の光が打擲《ちょうちゃく》した。

誰も彼もを欺《あざむ》いている。御殿様も御老中様も、ひいては上様も、むろん丹生山の領民どもも。御隠居様や御家老方にどれほどの深慮があろうと、これはやはり正義ではないと五郎次郎は思うた。

それから、怪しむほどの間があった。御老中は座敷で書物を読み、五郎次郎は縁先にこごまったままであった。

ふいに人の気配がしたかと思うと、用人が目の前の沓脱石《くつぬぎいし》に、百両の束と寄進状を載せた三宝を置いて去った。先ほどのお供えである。

五郎次郎は青ざめた。やはり目録不渡の懲罰として、小名木川のお手伝を命じられるのだと思うた。そうとなれば、腹を切って詫びねばならぬ。

「なにとぞ、なにとぞお納め下されませ」

「ならぬ。持って帰れ」

そこで周防守様は初めて書物から目をお上げになり、すがるまなざしをたどるようにして、五郎次郎を見つめた。

「たしか楠と申したな」

「ははっ。お耳覚え、もったいのう存じまする」

「和泉守殿がお国元でゆるゆると過ごしておられるはずはない。物入りの御尊家にあえて無理など言わぬ。お稲荷様に寄進する金があるなら役立てられよ」

聞きながら五郎次郎は、ああ、ああ、と白い息を吐き続けた。周防守様のご炯眼《けいがん》に感じ入ったのではなく、霊験灼かなお稲荷様か熊野十二社の権現様が、お憑《かか》りになられたのだと思うたからであった。

「忠義者よのう」

しみじみと仰せになられたその一言が、月光のようにひたひたと楠五郎次郎の胸にしみ入った。

二十一、私財献上快雪之朝《しざいけんじょうかいせつのあした》

光溢るる雪晴れの朝、上士の屋敷が列《つら》なる大手御門内の道を、粛々と進む二台の橇《そり》があった。

三層の天守を戴く丹生山《にぶやま》は白無垢に被われている。海風を含んだ重い雪は何もかもを円くくるみこみ、人の声も橇の軋みもくぐもっていた。

すでに掃雪の時節ではない。師走もなかばを過ぎれば、雪は積もるに任せて道をせり上げる。屋敷の門前には階段が切られる。

そうした土地柄ゆえ、冬場に大荷物を運ぶことなどはめったにない。なすべきことは雪の来る前になしおえ、御城との往還のほかにはまず外出もしないというのが、丹生山の武士たちの暮らしであった。

そこで沿道の屋敷に住まう人々は、すわ何ごとぞと門前に立ち、あるいは門長屋の曰《いわ》く窓から外を窺う。

橇を押し引きする奴《やっこ》の腕には力がこもっている。菰《こも》を被《き》せた荷は小さいが重たげである。その荷に指したる徽旗《しるしばた》は下がり藤と抱稲《だきいね》。国家老を務むる佐藤家と鈴木家の紋所《もんどころ》と知れる。

そして何よりも目を奪われるのは、橇の後から藁沓《わらぐつ》で歩む、二人の奥方であった。鈴木右近様が妻御カネ女と、佐藤惣右衛門様が嫁御ぬい女である。

知行三千石の奥方様が御屋敷の外に出ることなどめったにない。しかも御両人はいずれ劣らぬ美形との噂であるから、この揃い踏みを目にした者は果報であった。

これからご登城になるのであろうか、お二方は眩《まばゆ》いばかりの盛装で、みずから小袖の褄《つま》を取り、裲襠《うちかけ》の裾は女中が手にしていた。こうした難儀をするくらいなら橇の荷台に乗ってしまえばよかりそうなものであるが、大手廓内《くるわうち》は御殿様のほか下乗下馬が定めなのだから仕方がない。たとえばご両家の当主が外出する折でさえ、馬も御駕籠も濠向こうに待たせるか捨てるかして、大手橋を徒渡《かちわた》るのである。

よって盛装の奥方様も、藁沓をはいて歩かねばならぬ。まこと難儀であろう。

しかし、それにしても御両人の美しさというたら、雲に乗って来迎《らいごう》なされる天女か仏のようで、雪晴れの曙光《しょこう》を浴びていよいよこの世のものとは思われなかった。

果報な門番は頭《かしら》を下げつつ上目づかいに眺め、曰く窓の内にある陪臣や奴どもは思わず掌《て》を合わせた。

はてそれにしても、両家の徽旗に並んで立つ「御用」の木札は、どうした意味なのであろうか。

「孔雀よ孔雀、世界で一番美しいのは、だあれ？」

琵琶を爪弾きながら、サラスヴァティーは唄うように訊ねた。

背中に乗せた主人を振り返って、孔雀が即座に答えた。

「それは申し上げるまでもありますまい。弁天様は世界一お美しく――」

「サラスヴァティーとお呼び」

「あ、これはご無礼を。サラスヴァティー様が世界一にございますとも」

物を考えるふうもなく、とっさの返答が疑わしい。孔雀の鸚鵡《おうむ》返しである。そんなおべんちゃらを信じるものか、とサラスヴァティーは意固地になった。

越後は美人の国と聞いているが、朝早くから盛装で御城に向かう二人の奥方は、たしかに美しかった。負けてるかもしれない、と思ったとたん、何だかたいそううろたえて、サラスヴァティーは行列の後を追ったのだった。

人間の目に見えぬをこれ幸い、孔雀の背に趺坐《ふざ》したまま後になり先になりして、奥方たちを観察した。負けてないと思う。でも、勝っているとも言い切れぬ。

まず羨んだのは、向こうが透けて見えそうな白い肌であった。白いというだけなら西洋人はより白いが、彼女らの肌は陶器のようにきめ細かく、しっとりと潤っている。

竹生島《ちくぶじま》の社を出て北陸道を東漸《とうぜん》するうち、人々の肌の白さと潤いとが次第に増してゆくように思え、なおかつ目鼻立ちはくっきりとし、身丈も明らかに伸びてゆくのであった。

その白い肌に、なぜさらなる化粧を施すのか、サラスヴァティーには理解できなかった。

た。眉を剃って黛《まゆずみ》を引き、唇には小さく紅をさし、さらには歯を黒く染めておしろいを塗りたくる。そうして出来上がった顔はよほど奇怪なのだが、見ようによっては物凄いくらいに美しかった。

見ようによっては、と言うのは、髪型や服装や立ち居ふるまいを綜合すると、というほどの意味である。

おおむね灼熱の地である天竺には、当然のことながら色白などという美人の基準はなかった。小麦色の肌こそが貴ばれていた。しかし、いざこの国に来てみると、おのれの小麦色の肌が白くつややかな米の肌にまさっているとは思えず、のみならず肌の白さが七難隠すという諺《ことわざ》も思い知った。早い話が、色白の女はそれだけでモテるのである。

「おや、いかがなされました、サラスヴァティー様」

孔雀に落胆を悟られてしまった。背筋を伸ばしてサラスヴァティーは答えた。

「いえ、どうもいたしておりません。ただ、少々肌寒く感ずるだけです」

少々どころではない。竹生島を出たのは夏も盛りであったが、のんびりと旅するうちにやがて秋が去り、冬が来た。天竺はおおむね灼熱の地ゆえ、サラスヴァティーの衣裳はいにしえより、胸も尻も透けて見える薄絹と決まっている。

「おいたわしや、鳥肌が」

と鳥に言われて、サラスヴァティーはうんざりと息をついた。しかしさすがは神である。吐息はたちまち七色に煌《きら》めく氷の粒となって舞った。

行列は奥方たちの歩みに合わせて、ゆっくりと進んでゆく。辻を曲がれば丹生山の裾に、こんもりと雪を冠した本丸御殿の大屋根が聳《そび》えていた。

サラスヴァティーは鳥肌立ちながら、奥方たちの艶《あで》やかな重ね着を羨んだ。

この島国には四季があり、またさらに精妙な節気が配されていて、人々はしばしば衣裳を替え、あるいは重ね着を工夫しなければならない。面倒ではあるが、贅沢な話でもある。

それに引きかえ、おのれが身にまとっているこの黄色の薄絹は、たぶん千二百年ぐらい着たきりだと思う。さんざゴタゴタした末に別れた男からの贈り物であるから、なかなか着替える気にはなれなかった。

「それにしても、サラスヴァティー様。貧乏なマハーラージャに家来が私財を寄進するとは、見上げたものではございますが、どうして妻御と嫁御が参上するのでしょう」

サラスヴァティーは琵琶をひとくさり搔き鳴らし、腋《わき》から金粉を撒き散らして答えた。

「わたくしがそのように導いたのです」

「ほう。それはまた、なぜ」

「男たちが申し出たのなら、マハーラージャはおいそれと受け取るわけにもゆきますまい。きっとややこしい話になります。でも、女たちの決心とあらば問答にはなりません」

「なあるほど、それは妙案ですなあ。さすがはサラスヴァティー様」

さすがは、という物言いが癪《しゃく》に障った。何がさすがなのだ。口で言うほど手練手管《てれんてくだ》に長《た》けた女ならば、毎度ゴタゴタするわけはない。しかもまずいことに、死にもせず老いもせず、永遠に煩悩《ぼんのう》を去らぬいわば恋愛適齢期にある。人を導く神である限り地獄極楽とは無縁だが、実に恋獄の囚人《めしうど》であった。

「おや、サラスヴァティー様。やはり何かお悩みごとでも」

「畜生の分際で、神の心を覗くのはおよしなさい」

ほんの行きがかりとは言え、何やらたいそう面倒な話にかかずらったような気がする。だが今さら知らんぷりもできまい。

「孔雀よ孔雀、世界で一番美しいのは、だあれ？」

「それは弁天様、じゃなかったサラスヴァティー様。もちろんあなた様にございます」

う、そ、つ、き、とサラスヴァティーは声に出さずに呟いた。

不老不死の神が、命に限りある人間にまさって美しいはずはない。いつか滅びるがゆえに、無常であるがゆえに美しいのだ。

そうした真理を悟りながらも、なお人間に福を授けんとする神の浅ましさについて、サラスヴァティーはお里丸出しの苦悩をしなければならなかった。

「ご就牀《しゅうしょう》の折から御免つかまつりまする」

障子ごしに声が通って、松平和泉守は悪夢から解き放たれた。

このところ夜を日に継いで帳面を検《あらた》めている。むろん御殿様のするべきことではないが、柏木村の寺子屋で算盤も帳付けも習うていたゆえ、みずからやらねば気がすまぬ。

昨夜も深更《しんこう》まで没頭し、牀《とこ》についたのは付書院の小障子が明るむころであった。

「早朝より何用か」

真綿の蒲団にくるまってぬくぬくと身を丸めたまま和泉守は言うた。

「朝ではのうてすでに四ツ、日も高うござりますれば、どうかお目覚めを」

磯貝平八郎の野太い声である。かつては同じ足軽の子であったゆえ、いつまでたっても主従の物言いに慣れぬ。

「今しがたまで算盤をはじいておったのじゃ。急用でないならも少し寝かせてくれ」

「急用にござりまする」

言うが早いか障子の開く気配がして、雪の匂いのする寒気が、さあっと寝所に浸《し》みてきた。「ううっ、さぶ」といっそう身を縮かまらせる主君を物ともせずに、平八郎は枕元ににじり寄ると羽二重の襟をまくり上げた。

「急用じゃ。さっさと起きろ」

「ひえっ、さぶさぶ。もし急な話でなかったなら手打ちにしてくりょう。頼む、平八。もう小半刻《こはんとき》」

「いいや、ならぬ。蒲団ごと曳《ひ》いてでも連れてゆく」

「吉報か、凶報か」

「くだらん時間稼ぎはするな。吉報だぞ、小四郎。どうやら五千両が天から降ってきたらしい」

とたんに和泉守は蒲団もろとも跳ね起きた。物の譬《たと》えにしても、五千両が天から降ってくるとはめでたい。ぬくぬくと朝寝を決めこんでいる場合ではなかった。

「で、どのような話なのだ」

「いや、実はわしもようわからん。佐藤惣右衛門様が嫁御と、鈴木右近様が妻御がお目通りを乞うている」

和泉守は首を傾《かし》げた。国家老の女房と嫁が直訴とな。さてはお内儀が打ち揃うて、半知借上げの沙汰に文句をつけにきたか。あるいは勝手向きが苦しいゆえ金を貸せか。

「吉報とは思えんの」

ふたたび蒲団に潜り込もうとする和泉守の背を押し戻して、平八郎はまこと信じ難いことを言うた。

「いずれも弁財天のような美形じゃぞい。いや、まっこと弁天様の化身やも知れぬ。なにしろ両家の私財しめて五千両、お役立て下さいと言うておるのだ。これを吉報と言わずに何と言う」

平八郎はもともと口下手な武辺者《ぶへんもの》であるが、だにしてもまるでわけがわからぬ。要は国家老たちの美形の妻女らが、五千両は物の譬えにせよいくばくかの金を献上する、ということであるらしい。

「家老衆からは何か聞いているか」

考えてみれば妙な話である。日ごろから影が薄く、いてもいなくてもわからぬ両家老ではあるが、八ツ下がりには必ず下城の挨拶にやってくる。

「いや、これっぽっちも。しかもきょうに限って、佐藤様も鈴木様も姿が見えぬ」

「面妖《めんよう》じゃな」

「それは小四郎、御家来が御殿様に献金などという話は恥ずかしいゆえ、妻女に届けさせたのであろうよ」

いよいよ得心ゆかぬ。それとも、善行をひけらかしてはならぬ、というのが国侍の道徳なのであろうか。そうした場合には当人が顔を見せず、女房か嫁が代行する、とか。

五千両はおそらく、五十両のまちがいであろう。それにしたところで大金にはちがいないが、女房どものへそくりを献上するという体裁にすれば、非礼にはあたらぬし美談ともなろう。

とまれ国家老たちの殊勝な心がけは嘉《よみ》せねばならぬと思い、和泉守は枕頭《ちんとう》の鈴を振って小姓を呼んだ。

「磯貝——」

「ハハッ」

「両名の申し出、祝着である。褒めてとらせるゆえ、書院にて待つよう伝えよ」

「ハハッ、かしこまりました。ではお待ち申し上げまする」

じきに二人の小姓が、ぬるま湯を張った盥《たらい》と着替を捧げ持ってきた。

いそぎ洗顔と結髪をおえ、表書院に出たのはものの小半刻後である。丹生山の麓に建つ本丸御殿は、初代和泉守が入封の折に設《しつら》えた代物で、以来二百六十余年もの間、一度も火災に遭わず今に伝わっていた。

よほど選りすぐった材料を用い、名立たる棟梁が腕を揮《ふる》ったのであろう、古調ゆかしく、なおかつ歪《ゆが》みひずみのないことに驚かされる。しかし翻って思えば、借金がなく年貢もつつがなく上がった昔には、こんなふうに贅の限りを尽くせたのである。その後十三代を経て、今は一文なしのうえに借金ばかりが二十五万両、それでも父祖の伝えたこの御城のおかげで、大名の体面を保っておられるというのだから情けない。

「御殿様ァ、おーなーりィー」

小姓が甲高い声を上げると、書院の襖が左右に開かれた。

大名は権威であり、神秘である。軍勢を率いる御大将である前に、おのれひとりが「武将」という怪物でなければならぬ。よって庶人と似た喜怒哀楽の表情を見せてはならず、過分な口をきいても、余計な動作をしてもならなかった。

まずは上段の間に上がり、背筋を伸ばして正座し、三十畳の下段の間を睥睨《へいげい》する。父の教えによれば、「御大将が軍勢を閲《けみ》するがごとく」である。正面奥に裲襠《うちかけ》姿の女人が二人、艶なる片外しと初々しい吹輪《ふきわ》の髷《まげ》を深く傾げて平伏している。甚だ美形というからには早う顔が見たい。

左手の障壁の前には勘定役の橋爪左平次と比留間伝蔵。この二人はかつて不仲を伝えられたが、近ごろでは力を合わせて働いている。

右手には近習から重臣に引き立てた幼なじみ。大納戸役の矢部貞吉と御用人の磯貝平八郎が控えおる。たしかに国家老両名の姿はない。

まあ、女房どものへそくりか何だかは知らぬが、献金の儀ならば役者は揃うていることになろう。

しかし——と、和泉守は一同を見渡したまなざしを上段の間の袖に滑らせた。太刀持ちの小姓の向こう側、緋毛氈《ひもうせん》の敷物の上にデンと積み上げられているのは、千両箱ではあるまいか。

ふいに咽《のど》の渇《かつ》えを覚え、和泉守は作法の手順をたがえて茶を啜った。

たしか平八郎は、五千両がどうのと言うていた。よもやとは思うが、五十両ではなく五千両か。

落ちつけ、とおのれを叱りつつ和泉守は礼式通りに命じた。

「苦しゅうない。面《おもて》を上げよ」

うろたえてはならぬ。あせってはならぬ。けっして動揺を色に表してはならぬ。だが正直のところ、大声で快哉《かいさい》を叫びたい。黙っていたら咽から手が出そうだ。

なにしろ不渡となって大恥をかいた献上目録の額面がたったの二両。五泊七日の御暇《おいとま》道中の費用だってわずか四十両なのである。

一同は顔をもたげたが、礼式に則って二人の奥方は俯いたままであった。これではせっかくの美形が見えぬ。「もそっと」などと言えば武将の沽券《こけん》にかかわると思い、平八郎に目配せを送った。

「御殿様におかせられては、佐藤、鈴木の両家の忠功を親しく嘉《よみ》される。遠慮のうお顔を上げなされよ」

とたんに和泉守は息を呑んだ。これこそが噂に聞く越後美人である。

「かたじけのうござりまする。御国家老鈴木右近が家内にござります」

「畏れ多い限りにござりまする。佐藤惣右衛門が嫁にござります」

鈴木と佐藤のどっちがどっちだか、いまだにようわからぬ。だが、この際どっちだってよい。

鈴木の妻はいかにも女盛りと見え、小袖は鈍藍《にびあい》の納戸《なんど》色、きりりと引き締まった瓜実《うりざね》顔にまことよく映る。髷は黒くつやめいた片外しである。

一方の佐藤惣右衛門が嫁は、いまだ娘の愛くるしさを残す顔立ちで、赤みがかった蘇《す》芳《おう》色の小袖を着ている。吹輪の髷に秀でた額が桃色に上気していた。

よだれが垂れるすんでのところで、和泉守は口を引き結んだ。重臣どもはしきりに嫁取りを勧め、せめて側女《そばめ》を置けと言う。言うは勝手であるがそれどころではない。兄が卒し父が隠居し、今は男子二十一歳の全精力を傾注して、御家再建に努力するのみであった。

「大儀である。目録を、これへ」

あらゆる感情を削りに削って、和泉守は厳《おごそ》かに言うた。

だいたいからして、「大儀」という言葉の意味がいまだにわからぬ。字面からすると「大きな儀式」のことであろうが、要するに「面倒な儀に骨を折ってご苦労様」というほどの意味を力いっぱいちぢめて、「大儀」の一言とするらしい。主君からの労《ねぎら》いの言葉ゆえ、一同はたちまち恐懼《きょうく》し、低頭する。

平八郎が目録を載せた三宝を捧げ持ってきた。ここでも御殿様は格別の動作をしてはならぬ。なるたけ人間めいてはならぬ。

「お検めいたしまする」

うろたえるな平八、と和泉守は胸の中で督励《とくれい》した。剣を執れば家中に敵なしの磯貝平八郎だが、思わぬところで気が小さい。たとえば大の苦手の蟷螂《かまきり》に出くわせば、たちまち足が竦《すく》んで物も言えなくなる。

はたして平八郎の月代《さかやき》にはみっしりと脂汗が浮き、目録を開いたとたん力余って折目を破り、いよいよ動揺して手が震えた。

「も、目録。一金、ご、ご、五千両。み、右、御家政に役立てられたく、け、献上いたしそうろう。ぶ、ぶん、文久 壬戌《みずのえいぬ》十二月吉日、鈴木右近、佐藤惣右衛門——御殿様、お検めを」

膝前に拡げられた目録を一瞥《いちべつ》し、めまいによく耐えながら和泉守は言うた。

「大儀である」

それだけでよいのか、と内なる良心が和泉守を責めた。

たしかに両家の知行は過分であるが、戦国の気風さめやらぬ昔に、初代和泉守様が下したご沙汰である。すなわちそうした契約により、かつて丹生山一円の支配者であった鈴木佐藤の両家は、知行三千石の国家老として当家に召し抱えられた。以来二百六十余年、十数代の当主の貯えがこの五千両なのである。

大儀の一言で片付く話ではない、と和泉守は思うた。そこで、武将のふるまいをかなぐり捨てて声をかけた。

「両国家老はいずくにある。かような大事を、なにゆえおなご衆に任せたのか」

御殿様が家来の妻女に親しく下問するなど、ありえぬ話であった。

「仔細はお控え下されませ、御殿様」

たまりかねて口を挟んだ橋爪左平次の諫言《かんげん》は「かまわぬ」と斥《しりぞ》けられた。

三ツ指をついたまま、鈴木右近の妻が淀みなく答えた。

「畏れながらお答え申し上げます。献上いたしましたる五千両は、両家累代のおなごが永きにわたって貯えましたるものなれば、やはり嫁の手にてお運びするべきと存じつかまつりました。また、おのおの二千五百両は私財ことごとくにござりますゆえ、先祖のみたまに了簡《りょうけん》たまわりたく、当主両名は菩提寺たる浄観院に詣でておりまする」

和泉守はいよいよ黙っておられなくなった。御殿様、御殿様と家来どもは口々に諫《いさ》めたが、権威も神秘ももはやくそくらえであった。

「なにゆえ私財ことごとくを献上せんとするか」

鈴木の妻はにべもなく答えた。

「分限わきまえずお答え申し上げます。聞くところによれば、御家政は危殆《きたい》に瀕《ひん》していると。しからばこれは合戦にござりまする。御家存亡の戦に臨んで、私財にこだわる家老のいずくにござりましょうや」

「合戦じゃとな。それはいささか大げさであろう。いずれにせよ私財ことごとくを受け取るわけにはゆかぬ。引き取るがよい」

失言である。売り言葉に買い言葉とはいえ、いくら何でも五千両を「引き取れ」はあるまい。言うたとたんに和泉守の唇は氷のごとく罅割《ひびわ》れ、家臣どもは一斉に腰を浮かせ、心から「御殿様、御殿様」と諫めた。

そのとき、愛くるしい佐藤の嫁が涙ながらに訴えた。

「御殿様に申し上げます。わたくしどもにとって、合戦と申すは少しも大げさではござりませぬ。去る年のはやり病にて、鈴木様のご先代様は亡うなられ、佐藤家ではわたくしの主人も幼子を遺して虚しゅうなりました。義父《ちち》は家を絶やすと申しております。ならば私財をことごとく献上し、知行もことごとく返上してもうひといくさと、肚《はら》を定めた次第にござりまする」

それは知らなんだ。武士は弱音を吐かず愚痴をこぼさず、また聖なる武将に穢《けが》れを伝えてはならぬ。

「何と。そこもとの夫は幼子を遺して亡うなられたか」

余りの不憫さに和泉守は思わず御座所を下り、よよと泣き崩れる愛くるしき後家の裲《うち》襠《かけ》の肩に、そっと手を置いた。

「もったいのうございます、御殿様」

「知らぬこととは申せ、言葉が過ぎた。許せよ。両家よりの献上は、ありがたく頂戴する。まこと大儀であった」

表書院にはもはや諫める声もなく、さざ波の寄するがごとく貰い泣きの噎《むせ》びや咳《しわぶ》きに満ちた。

その中で、「チェッ」と舌打ちがひとつ聞こえたは、むろん空耳であろう。

振り返れば小姓どもが引き開けた襖の向こうに、雪晴れの庭があった。


「チェッ」

琵琶を爪弾くのも忘れて書院の様子に見入っていたサラスヴァティーは、とうとうたまりかねて下卑《げび》た舌打ちをした。

「美人は得よねー」

そういう言い方はなかろう、と孔雀は思った。乗物兼召使いの立場では、お諫めすることなどできないが。

世界一かどうかはともかく、美人というならご本人だって滅法《めっぽう》な美人なのである。男運に恵まれないのは、難しい性格のせいだということに気付いていない。

「寒うはございませぬか、弁天様」

「サラスヴァティーとお呼び。寒くないはずはありません。この雪のお庭に、薄絹一枚なのですから」

言ったとたん、サラスヴァティーは孔雀の背の上で、天竺ふうの嚔《くさめ》をした。とたんに夥《おびただ》しい金粉が舞った。

「もしや弁天、じゃなかったサラスヴァティー様。あのお方に恋をなさったのではございませぬか」

そうでなければ、寒さをこらえて雪の庭にじっとしているはずはない。老いた孔雀が言うのも何だが、若きマハーラージャはなかなかの美形であり、なおかつサラスヴァティー様の好みであることに疑いようはなかった。たとえば、確かな時代は忘れたが、大ざっぱに千年か二千年ぐらい前、さんざゴタゴタした末に別れたマハーラージャとおもざしが似ていた。ターバンのかわりにチョンマゲを載せれば、そっくりと言ってもよかった。

「サラスヴァティー様。どうかご助力はほどほどに。恋愛と信頼は別物でございますぞ」

人間は神を恃《たの》むが、神は人間を信じてはならぬ。だが悲しいかなわが主は、ひとたび恋に落つると見境いがなくなった。ゴタゴタの原因は常におのれの歪んだ愛情にあることにも、いまだ気付いてはいない。

「承知しておりますとも。でも、恋愛は愛されることより愛することなのです。さあ、行きましょう。わたくしにはやらねばならぬことがあります」

うるわしき歌声に合わせて歩み出しながら、孔雀は涯《はて》なき恋獄をさまよう女神のために泣いた。


丹生山城下大手筋の両替商大黒屋《だいこくや》に百両の包金《つつみがね》が届けられたのは、久しぶりにお天道様が眩《まばゆ》い雪晴れの午下りであった。

大黒屋は江戸日本橋室町に本店《ほんだな》を構える豪商である。その出店《でみせ》は蝦夷《えぞ》箱館から長崎まで十七軒を数え、先店《さきだな》と呼ばれるそのまた出店は数え切れない。すなわちこの丹生山先店は、開港場として繁栄する新潟に置かれた大黒屋支店の、そのまた支店であった。

「まづがいねえなあ」

番頭伊兵衛《いへえ》は包金の封印を解いて中身を確かめ、添状をためつすがめつして呟いた。

江戸屋敷から国元への送金である。伊兵衛がこの丹生山の店に流されてからかれこれ十三年になるが、こうした先例はなかった。

依頼人は江戸御留守居役の楠五郎次郎様。この御方なら知っている。数年前に御目付から抜擢された働き者である。添状によれば、その楠様が日本橋室町《むろまち》の本店に現金を持参し、為替にして新潟店に送り、換金されて丹生山に届いた、という次第であるらしい。むろん手間賃を頂戴する商売であるから、あれこれ事情を詮索する必要はない。

だにしても先例のないことゆえ、とりあえず伊兵衛は帳場の神棚に灯明《とうみょう》を上げ、百両の包金を供えて柏手を打った。

「オン・マカキャラヤ・ソワカ。オン・マカキャラヤ・ソワカ。よろしゅうお願いいたしまする」

何をお願いするわけでもないが、まちがいがあればたちまち馘《くび》がかかる大金である。算え十一の丁稚奉公から始まって、以来勤続三十一年、先店を預かる番頭にはもう出世どころか後がない。

「オン・マカキャラヤ・ソワカ。オン・マカキャラヤ・ソワカ」

しかも来年は四十二の大厄である。正月を待たずに早くも厄を背負ったような気がして、真言には力がこもった。

神棚に鎮座まします大黒天は、長い時代を経て黝《くろず》んでいる。大黒屋の守護神であり、看板である。

言い伝えによれば、三代将軍大猷院《だいゆういん》様の御代に近江から江戸に出た大黒屋初代が、多摩川の渡しで拾った三寸ばかりの大黒像から福運を授かったらしい。その御本尊は今も本店の五十畳敷の帳場に祀られている。毎日の開店前には、九代目大黒屋幸兵衛《こうべえ》がみずから踏台に乗って灯明を上げ、総番頭から丁稚女中に至るまでの奉公人が、膝を揃え声を合わせて御真言を唱える習いであった。

出店先店を開くに際しては、何よりもまず大黒天が勧請《かんじょう》される。上野東叡山寛永寺の、護國院にて魂込めされた三寸大黒である。十七軒の出店はむろんのこと、数え切れぬ先店のどこであろうが、大黒屋の看板を掲げる限り必ず、帳場には小さな大黒様が鎮座ましましている。

「オン・マカキャラヤ・ソワカ。オン・マカキャラヤ・ソワカ。そんじゃ、よろしゅう」

真言を唱えおえると、伊兵衛はかしこまったまましばらく大黒天を見上げて物思いに耽《ふけ》った。

丹生山先店は間口二間、とうていこれが天下の大黒屋とは思えぬ小店である。

奉公人は前髪の取れぬ丁稚が二人、賄《まかない》の女中が一人、店を任せられている番頭伊兵衛もともに、間口は狭いが奥行のある店に住み込んでいる。

丁稚とはいうても、新潟店《みせ》のように縞の着物に藍の前掛けなどという上等な身なりではない。丹生山領内の百姓の子を、口べらしに預かっているようなものである。しかし二人とも読み書きは達者だし、伊兵衛の厳しい躾《しつけ》もあって、物言い物腰はきちんとしている。

女中のウシは三十なかばの、いわゆる「いかず後家」である。生年の干支にちなんだ名前が、おかしいぐらい顔かたちに表れてしまった。ただし働き者で気立てがよく、今からでも遅くはないから縁づく先はないものか、と伊兵衛は心を摧《くだ》いている。

しかし、かく言う伊兵衛も独り身なのである。丹生山領内の小作の家に生まれ、間引きされる命を救われた。そののちは寺子として育てられ、利発な子供であったことから大黒屋先店に奉公することができた。

十五の年に前髪が取れると、名も伊助から伊兵衛に改まり、新潟のお店《たな》に移った。二《は》十歳《たち》で手代となり、江戸の本店に初登《はつのぼり》。旦那様から直々に褒美銀を頂戴したときは、ありがたくて涙が出た。

むろん江戸の本店に奉公するのは夢であったが、それは江戸ッ子か京大坂、あるいは近江か伊勢の出身者と定《き》まっている。読み書きも客あしらいも負けはせぬと思うても、やはり「出店者《でみせもん》」には叶わぬ夢であった。

新潟店に帰ってさらに五年。手代から小頭《こがしら》に出世して、ふたたび江戸本店に中登《なかのぼり》。代替わりした旦那様から褒美銀を頂戴しても、さほどありがたいとは思わなかった。出店者には出店者の人生があるのだと、はっきりわかっていたからだった。

それでも親に捨てられ寺で育てられた子が、三度の白い飯を食うて商いまで教わるのは、果報にちがいなかった。伊兵衛は身を粉にして働いた。嫁取りなどは考える間もなかった。

二十七の齢に、手不足となった金沢出店に出向し、気にかかった女中があったのだが、お店内《たなうち》での好いた惚れたはご法度《はっと》、雪の降る日に手を引いたのがせいぜいのところで、たがいに何も言い出せぬまま、伊兵衛は三度登《さんどのぼり》で江戸に出た。

本店からの呼び立てには必ず意味がある。初登の折には何日か店に出て、人品器量を見定められた。同行した三人のうち二人は、新潟に帰ったとたん御暇《おいとま》となった。

中登の後は、店方小頭から帳方小頭に出世し、ほどなく金沢店に移った。「出店者」どころか「先店者」である伊兵衛にしてみれば、およそ考えつく限り、この上はないというほどの経緯である。

三度登の帰途は伊勢参りが許され、およそ二月もかけて金沢に戻ってみると、意外な話が伊兵衛を待っていた。

番頭への昇格は、「先店者」にとって異例の出世である。ただし、生まれ故郷の丹生山に戻って、先店を預かってもらう。

むろん、拒否はすなわち暇乞《いとまご》いである。迷うほどほかの道があるわけではなかった。ふりだしに戻るのではない。丁稚が番頭に出世して故郷に錦を飾るのだと、伊兵衛は思い定めた。

気がかりであった女中とは、べつだん何を言いかわしたわけでもなかったから、改まった別れもなかった。

ただ、見送る人もない旅立ちの朝、台所の上がりかまちで草鞋《わらじ》を履く伊兵衛の背に、震えながら合羽《かっぱ》を被《き》せる女があった。ほかの誰とも思えぬのだが、振り返るのが怖ろしくて、確かめもせずに店を出た。外はあの日と同じ雪であった。早足で歩みながら、伊兵衛は手甲《てっこう》を軋ませて、ありもせぬ女の手を握った。

働きづめに働いて、嫁を取る間もなかったのだろうか。

おのれにはそう言い聞かせているのだが、やはり四十を過ぎて今さら嫁取りでもあるまいという齢になれば、そんなはずはなかったのだと知る。どうしてもあの娘が忘られぬ。はにかむ笑顔も、ゆきという名も、手のぬくもりも。

「フム。なかなかに美しい話である」

大黒柱の陰でいちいち肯きながら、大黒天は独りごちた。

偉そうな言いぐさである。神仏は尊いものにはちがいないが、べつだん偉いわけではないという当たり前の理屈を、この福神は弁《わきま》えていない。

七福神の筆頭はおのれである、という思い上がりが大黒天を増長させていた。しかし、そうとする根拠はない。しいて言うなら、大国主神《おおくにぬしのかみ》という日本古来のたいそう人気のある神様と同一視されているせいはあるが、大黒天は天竺生まれなので、実はまったく縁もゆかりもないアカの他神であった。

誤解の原因は、「大黒」も「大国」も同じ「ダイコク」と読まれたからであろう。しかるに読んで字のごとく、「大黒」は肌の色が真黒だからそう呼ばれ、一方の「大国」

はもともと国譲りがなされる前は国の主だったのである。

ずいぶん昔の話ではあるが、庶人の誤解に気付いた大黒天は、それまでの天竺ふうの衣裳をかなぐり捨てて、いかにも和様の大黒頭巾を冠り、大きな袋を肩にかけ、打出の小槌を手に持って米俵を踏み、ニッカリと笑うという格好に改めた。

この演出が当たって、庶人は大黒天こと天竺渡来の神「マハーカーラ」を、畏れ多くも大国主大神と混同してしまったのである。

そうして千年の歳月を経るうちに、誤解はゆるぎがたい既成事実となり、今では誰もが大黒様すなわち大国主神と信じている。

実はいまだに大黒天は、「どこかで本物と出くわしたらどうしよう」と怯《おび》えているのだが、幸い貴《たっと》き大神は出雲の御社からめったに外出なされぬらしく、また仮装神の噂が耳に入っても気になさらぬくらい、寛容なご神格にあらせられるらしい。

それにしても――この番頭が声にせず胸のうちに甦らせた懐旧譚は、美しき物語であった。

大黒天は大黒柱の陰から顔だけ振り向いて、誠実な番頭を見つめた。

来年は四十二の大厄と聞くが、苦労の多かったせいか四つ五つばかりも老けて見える。それでも情誼《じょうぎ》に篤く仁義を重んずる、ひとかどの人物にはちがいなかった。

しばらくこの小店の客になろう、と大黒天は思うた。

上野寛永寺の護國院には、日本橋室町の大黒屋幸兵衛から例年大枚の寄進が上がる。

なにしろ九代二百年にわたる氏子であるし、毎度ありがたく頂戴するだけではすまされぬ。そこで、年の瀬には日本橋の本店を皮切りに、諸国の出店を訪ね歩いて福を授くるのが、大黒天の恒例行事となった。

はっきり言うて、大黒屋の繁盛は大黒天の冥加《みょうが》なのである。しかし、冥加を蒙《こうむ》る人間は九代も入れ替わるが、冥加を垂れる神は不老不死であるから、恒例行事とは言え多少は飽きる。そこでこのたびは、諸国の出店を訪ねたあと、さらにその出先である小さな先店を回ってみようと思うた。

すると、これがなかなかに面白いのである。先店を任せられている番頭のあらましは、出世も暖簾《のれん》分けもかなわなかった年寄りなのだが、人柄はさまざまで味がある。また中には、才覚を嫉《ねた》まれて罠に嵌《は》められ、左遷の憂き目を見た者もある。酒色に溺れて悶着を起こし、それでも馘にはできぬ後ろ楯がある者もいる。

つまり本店や大きな出店の番頭手代は、みな一様の選良で面白くもおかしくもないのだが、鄙《ひな》の出店や先店には人間味が詰まっていた。

「のう、伊兵衛。百両は大金じゃぞえ。新潟の大番頭はの、おぬしの裁量に任せたのじゃ。やや、わからぬか。ならばわかるように言うてやる」

大黒天は大きな背負い袋から算盤を取り出した。むろんその姿は見えもせず、声は聞こえぬ。しかし神の心は伝わるのである。

「大黒屋が丹生山松平家に貸し付けたる金は、しめて四万《しまん》六千両。これは三井越後屋、鴻池《こうのいけ》に次ぐ大口じゃぞえ。すると年の利息が建前としては五千五百両ほどになる。それすらまるで無理じゃによって、貸金は膨らむ一方じゃ。さて、そこにあろうことか百両の為替がきた。いったい何の金かは知らんが、江戸表の御留守居役は、それはそれ、これはこれと高を括《くく》っておるようじゃの。しかし、本店の元締番頭や名代《みょうだい》番頭の面々が、それでよしとするはずはあるまいて。だにしても揉めた際の責任は誰も取りたくはなし、そのまま為替を送って、新潟出店の裁量に任せた。ところが新潟の大番頭はやはり腰が引けて、この丹生山先店に丸投げした。さあ、どうする。侍どもを説得して、百両を押さえれば大殊勲。臆病者にかわって新潟大番頭に抜擢されるやもしれぬ。だが、事と次第によっては無礼打ちに果たされるやもしれぬ。かと言うてそのまま金を渡せば、機を逸した廉《かど》で御暇は確実。所詮おぬしのような番頭は、給金泥棒のように言われておるのだから、ひとたまりもあるまいて」

神棚の前に座ったまま、伊兵衛は考えこんでいる。心は通じたはずである。

「さあ、どうする伊兵衛。ここは正念場じゃぞえ」

大黒柱に背を預けたまま、大黒天は地黒のうえに煤《すす》をかぶった真黒な顔を向けて、偉そうに言うた。

伊兵衛は悩んだ。

御真言を唱えおえたとたん、まるで大黒様の啓示のように、ひとつの考えが降り落ちてきたのである。

この百両を貸金弁済に繰りこむことができたなら、さだめし大手柄であろう、と。いや、もしかしたら、そうせよという本店からのお指図なのではあるまいか、と。

そもそも新潟から十五里ばかりしか離れていないこの丹生山に、昔から先店が出ている理由は、領主松平家に大金を貸し付けているからである。

大手筋に店を構えているのも、御城内の噂を察知し、日ごろから諸役人と誼《よしみ》を通じておくためであった。

利息にすら届かぬけれど、毎年の盆暮にはいくばくかの御弁済は頂戴できる。三井や鴻池にはけっして回らぬ金である。それもこれも、勘定方からのお召しがあればただちに登城して、不明のことは相談に乗り、ときには帳付けを手伝い算盤をはじくような付き合いの賜物《たまもの》であった。

幸い勘定方の橋爪左平次様は在国である。親しい仲ゆえ、無礼打ちはあるまい。お頼みするだけはしてみようか。

「いややれ、そんげなこどは筋違いじゃ」

伊兵衛は気を取り直して顎を振った。利を計るは商人《あきんど》の本分ではあるが、何でもかでも利に変えれば盗ッ人と同じである。銭金には名前が付いているはずであった。

そのとたん、ゴトンと不穏な音がして見上げれば、神棚の大黒様が転んでいた。

「ややっ、どうしなすった大黒様」

地震でもあるまいに、きっとこれは大黒様が、おのれの決心をお褒めになったのだろうと伊兵衛は思うた。

丹生山はふるさとである。帰るべき家はないが、雪をかむった城山も蘆川《あしかわ》の流れも、ささやかなりに整然たる御城下も、幼い日々に見た景色のままであった。たかだかの商いを覚えたからというて、ふるさとを食うような真似をしてはならぬ。

据え直した大黒様がまたバタリと倒れた。

「やっ、ややっ。いってえ、どうやんばね大黒様」

もしやこれは、褒められているのではないのかもしれないが、それならそれで仕方がないと伊兵衛は思うた。

洟《はな》たれの丁稚小僧に精一杯のおめかしをさせ、雪道を踏んで御城に上がれば、御本丸表御殿の勘定所には幸いなことに、御役人みなさまが出揃うていた。

江戸屋敷より届いた公金ゆえ、懐や袂に入れてはならぬ。お店から白木の三宝に包金を載せ、恭《うやうや》しく捧げ持ってきた。

勘定方の橋爪様はよう存じ上げているが、ご年配の比留間様というお方は知らぬ。江戸詰の御家来であろうか。いまひとり、大納戸役の矢部様。このお顔にも憶えはない。

御殿様が代替わりなされたのだから、御家来衆にもずいぶん御役替えがあったと見ゆる。

「こちらが大黒屋本店《ほんだな》総番頭、および新潟店《みせ》大番頭の添状にござりまする。どうぞお検《あらた》めを」

御役人方は無言で添状を回覧した。その表情から察するに、どうやら思いもよらぬ送金であったらしい。

本店の添状には、江戸御留守居役様より預かった百両を、たしかに為替とした旨が記されており、新潟店のそれには為替を現金に替えたと書かれている。

どのお顔も、まるで天から百両が降ってきたように、わけがわからぬというふうであった。

橋爪様が依頼人からの書状を開いた。これは私信ゆえ、むろん伊兵衛は読んでいない。

「まちがいなく楠殿の筆跡じゃな。ええと、何だ――これなる金子《きんす》は外桜田御門外のお稲荷様に寄進いたしましたるところ、御家にて役立てよとの神言たまわり、ついてはさなる奇特《きどく》は他言無用、まずは御殿様へと送金いたす次第にござそうろう――いかん、他言無用を読み上げてしもうた」

矢部様がかたわらから書面を覗きこんで首をかしげた。

「外桜田にお稲荷様などあったか。しかも、百両の大金を寄進とはどうしたことだ」

伊兵衛も同感である。江戸の地理はよう知らぬが、御家が昨今のご事情で神仏に百両を寄進するなど、まず考えられぬ。ましてや神言がどうのと、話が怪しい。

しかし、ただひとり比留間様だけは疑念を表さず、じっと腕組みをしていた。

この貫禄は只者ではない、と伊兵衛は感じた。銭金のしがらみを、いくども潜り抜けてきた人ではあるまいか。たとえば、「お断り」の宣言によって、何軒もの商家を踏み倒してきた非情の勘定役、とか。

そう思うたとたん、背筋がざわりと震えた。御当家はのらりくらりと利息にも足らぬ金を返済し続けているが、それはそれでひとつの信用なのである。伊兵衛の知る限り、商人たちが最も怖れる「お断り」という名の踏み倒しを、御当家はしたためしがない。

もしやこの比留間様は、ご縁戚の御家から出向いた辣腕《らつわん》の勘定役、もしくは幕閣がひそかに派遣した「お断り」専門の役人なのではなかろうか。

もしひとたび御殿様のお口から、「お断り」の声がかかれば、たちまち何軒もの商家が倒産する。天下の大黒屋は倒れはすまいが、少くとも新潟店の大番頭は首が飛ぶ。むろん伊兵衛などひとたまりもない。「奉公中不始末有之《これあるにつき》付絶縁」の回状が同業に出回れば、再び職にありつくこともできぬ。お店に積み立ててある褒美銀や養老銀も没収である。

「この書状については、のちほどそれがしからご説明申し上げる。べつだん怪しい話ではない」

目をとじたまま比留間様が言うた。町人に聞かせる話ではないのだろう。

「ところで――」

ふいにくわっと目を瞠《みひら》いて、比留間様が伊兵衛を睨みつけた。

「大金を借りたまま利息も満足に付けてはおらぬ大黒屋に、百両の大枚を預けるとは楠殿の粗忽《そこつ》であろう。しかも為替とあらば、この添状の通り江戸本店と新潟出店の帳場を経由する」

ひやりと肝が縮んだ。この侍は精通している。大名家の勘定ばかりではなく、商いを知りつくしている。

「伊兵衛とやら。おぬし、この場で願い出ることはないのか」

伊兵衛は障子に映る雪上がりの光に目を細めた。

この雪の中に生まれ、この雪の中で育った。江戸の本店で働くことも、新潟出店で外国船や北前船の荷を売り買いすることも、金沢で惚れたおなごと所帯を持ち、通い番頭の幸せを得ることすらも、実は本意ではなかったのだと伊兵衛は思うた。

「どうした、伊兵衛。たとえ十両でも二十両でも持ち帰らねば、商人の面目が立たぬのではないのか。それはおぬしの進退にかかわる話ではないのか」

このお侍様はけっして怖い人ではない。もしその通りに願い出れば、無礼打ちどころかそのように計ろうて下さるつもりなのであろう。

そこまで読み切ったうえで好意に甘えるのは、商人のすることではないと伊兵衛は思うた。

いちどグイと奥歯を嚙みしめてから、伊兵衛は大黒様のような笑顔を向けた。

「いいやのう、比留間様。金銀にはそれぞれ名前が付いておりますけ、ここからなんぼくれっさなどと、どの口が言えますものか。お心づかい、かたじけのうございまする。そんじゃ、これにて」

浄観院の御上人様は、年が明くれば九十五歳になられる。縁側の陽だまりに猫を抱いてちんまりとお座りになっておられるお姿は、すでに人ではのうて木像か何かのようであった。

きょうは風もなく、雪晴れの空は抜けるように青い。ときおり老杉の枝を弾ませて雪の塊が零《こぼ》れ、本堂の軒からは滴が伝い落ちている。

「手ぶらで来てしもたで、せめて雪搔《こ》ぎでも薪割りでもさしてくだしえ」

仁王丸《におうまる》がそう願っても、上人様は黙ってほほえむばかりである。

月命日の墓参りを欠かさぬおかげで、仁王丸は暦を失わずにいるのだが、冬にはお布施とする山の実りもなかった。それでも上人様は、ありがたいお経を上げて下すった。

いずくからか琵琶の音が流れてくる。その調べは風のごとく水のごとく、この古刹《こさつ》になじんでいた。

雪搔きというても、境内の雪は寺子や僧たちによってていねいに搔かれている。薪は軒下に堆《うずたか》く積み上げられている。お布施がわりに何かできることはなかろうかと、仁王丸はあたりを見回した。

そのとき、山門の石段をせり上がってくる人の姿が見えた。老若の様子のよい武士である。あとにはお供衆が続いた。

「御家老様じゃ。控えよ」

上人様がぽつりとおっしゃった。仁王丸はたちまち縁側から飛び降り、雪の上にごごまった。

御家老様などという雲上人《うんじょうびと》は、遠目に拝んだためしすらなかった。

「おらを捕まえにきただべかやあ」

上人様が笑うてお答えになるには、「おめさんはそれほど偉くはあるまい」。それはそうだ。

はたして、様子のよい二人の侍は山賊なんぞ洟もひっかけず、僧侶たちに傅《かしず》かれて本堂へと上がる。

「これはこれは、佐藤様、鈴木様。お二方お揃いでお出ましとは、何か火急のご用向きにござりまするかな」

仁王丸は雪の上にごごまったまま、身じろぎもできなくなった。目の前には屈強な奴《やっこ》が片膝立てており、縁側には供侍《ともざむらい》たちが控えている。今さら逃げ出そうものなら、無礼打ちに果たされそうな気がした。

「いやいや、火急の用というわけではござらぬがの」

「ご先祖様に了簡していただかねばならぬことがござって、罷《まか》り越した次第にござる」

佐藤様だか鈴木様だかは、そんなことを交互に言うた。

このまま聞いていてもよいのか、と思いもしたが、どうやら仁王丸は御家老様方の目には入らぬらしく、いや、むろん見えてはいるのだろうが、木の根か庭石か、せいぜい飼い馴《な》らされた熊ぐらいにしか思われていないらしかった。おかげで仁王丸は、膝小僧と掌《てのひら》と額にしみ入る雪の冷たさに、耐え続けねばならなくなった。木や石の苦労を知った。

「それにしても、正心坊《しょうしんぼう》はよい声ですのう。鄙《ひな》の座頭にしておくのはもったいない」

「お耳ざわりでございましょうか」

「いやいや、耳ざわりなどと。遠慮のうお続け下されよ。話が話ゆえ、心も和むというものでござる」

小僧が茶を運んできた。仁王丸の野性の耳は鋭く、御家老方の忍び声も、茶を啜る音も、溜息も袴《はかま》の衣《きぬ》ずれも聞き逃さなかった。

「実は本日、家伝の蓄財一切を御家に献上させていただき申した」

「家産の始末はおなごの務めゆえ、拙者の家内と佐藤家の嫁御殿が、先ほど御城にお届けいたしました」

わけがわからん。しかし、何やらたいそうな話であるらしい。仁王丸はひれ伏したまま、かたずを呑んだ。

上人様は何も仰せにならぬ。もしや驚きの余り死んでしもうたのではなかろうかと、仁王丸は気を揉んだ。

「ご上人様もお聞き及びと存ずるが、御家は困窮をきわめておりましての。私財をお役立て願えればと、われら二人して考え申した」

「されど、代々のご先祖様が貯えにござれば、菩提寺を詣でてご霊位にお報せいたさねばと、かく罷り越した次第にござりまする」

死んだと思われた上人様が、ようやく物を言うて下さった。

「それはそれは、ご奇特な。……で、御両家の蓄財一切とは、いったいいかほどか。もし、おさしつかえなくばお聞かせ下され」

今にも死にそうだ。仁王丸は無礼打ちを承知で顔をもたげ、堂内の様子を窺った。

「両家あわせて五千両ほどにござる」

佐藤様だか鈴木様だかがそう言うたとたん、ふいに琵琶の調べが已《や》み、磬子《けいす》がゴオンと鳴った。

「あっ、いかがなされた、ご上人様」

「いや、少々よろけただけじゃ」

僧たちが駆け寄り、磬子に頭をぶつけて昏倒《こんとう》した上人様を支え起こした。

仁王丸は立ち上がって泣いた。わけのわからぬ話が、その音ひとつですべてわかってしまったのだった。

おらほばかりではなく、御殿様までが貧乏するのはたまらなかった。だのに何もできぬおのれが情けなくてならず、仁王丸はおふくろが死んだときと同じくらい大声を上げて、わあわあと泣きわめいた。

二十二、歳末支払無情之御仕打《さいまつしはらいむじょうのおしうち》

文久二年壬戌《みずのえいぬ》もいよいよ押し詰まった師走二十日、小石川の松平和泉守家上屋敷に、御用商人三十余が召し出された。

歳末御支払の当日である。本年はどちらの御領分も天候に恵まれて作柄は上々、ましてや越後丹生山《にぶやま》は言わずと知れた米どころゆえ、商人たちの期待は大きかった。

御殿様の在府在国にかかわらず、毎年の盆と暮にいくばくかの支払をするが当家の習いである。むろんそれは、元本の返済どころか利息にも満たぬのだが、たとえわずかであっても金銀が動き、お店と勘定方が帳面を付け合わせる大事な儀式であった。

しかるにこの夏の御支払は、小店《こだな》が一律二両、大店《おおだな》でもせいぜい五両というひどいものので、これにはどの番頭たちも呆れ返ったが、若殿様の急なご逝去、大殿様のご落胆、御当代様の襲封《しゅうほう》という御家事情を察すれば、不満の申し立てようもなかった。

さらには、御殿様お初入りということで、いくらも経たぬうちに御用金の拠出を命じられた。どのお店にとってもまったく納得できなかったが、筆頭貸元たる三井越後屋の仕切りでは致し方なく、盆の集金額に数倍する貸金を積み上げねばならなかった。

そうしたいきさつもあって、豊作と聞くこの歳末御支払は、いやが上にも期待が高まるのである。

出入商人、というか債権者一同が会するは表書院だが、格式高い広敷に町人は上がれず、唐紙を閉《た》てた二十畳の下座敷に、概ね五人七列の紋付袴を並べる。

この並び順が、ほぼ貸金の高となっているのは妙である。百年越し二百年越しのつきあいともなれば、払えぬ利息が積み重なる老舗大店の貸高が多くなるのは当たり前で、すなわち一列目には、三井、住友、鴻池を始めとする豪商が並ぶ。

そもそも商人には、武士とちがって格式などないのだから、この序列は貸高にほかならず、たくさん金を貸しているやつが偉いという、しかも利息すら取れぬ塩漬けの死に金を貸しているやつが偉いという、ふしぎな図なのである。

また、まるで奇態な生き物のようなこの五人七列は、後ろの一列分だけが年ごとに増えたり減ったり、顔ぶれを変えたりする。ものすごく気持ちが悪い。

ところで、本年の歳末御支払《しまん》の席を取り仕切るは、日本橋室町に本店《ほんだな》を構える両替商大黒屋。噂によれば当家に四万六千両を貸しているという。偉い。建前としての利息が年に五千五百両とか。建前にしても偉い。

その大黒屋が、このたびに限って常の番頭ではなく、九代目大黒屋幸兵衛みずから出張ってきたのだから、さしもの三井鴻池も仕切りを譲るほかはなかった。

しかも幸兵衛はひとり肩衣《かたぎぬ》半袴の正装で、やる気まんまんであった。ちなみに、肩衣に打った紋所は看板と同じ「打出の小槌」である。

大店の主人は商いを番頭まかせにするものだが、歴代の大黒屋幸兵衛は常に店頭にあった。毎日の開店前には、総番頭から丁稚小僧に至るまでが、主人の音頭で大黒天に真言を唱えるという。そうした生真面目さ、熱心さが大黒屋の家風であり、信用でもあった。

「みなの衆、聞きやれ」

幸兵衛が膝を回して一声かけると、商人たちの雑談はやみ、下座敷はしんと静まった。叱りつけたわけでもないのに、さすがは大店主人の貫禄である。

「きょうは御家老の天野様より、直々《じきじき》のご沙汰をたまわるそうだ。くれぐれも粗忽《そこつ》のないようにな」

人々は「天野様が」「御付人様《おつけびと》が」とどよめいた。天野家の祖は譜代の陪臣ではない。初代和泉守の丹生山入封にあたり、東照神君家康公が遣わした家老である。よって今も「御付人様」と呼ばれ、他の家老とは異なる権威を持っていた。

日ごろ商人と接するのは、勘定役の橋爪左平次であるが、今は御殿様に従って在国である。ならば如才ない江戸家老の平塚吉左衛門が出るかと思いきや、銭金とは無縁なはずの天野大膳が対面すると言う。

居並ぶ番頭たちは、そのとき吉凶二通りのことを考えた。

（今年はずいぶんと無理も聞いたゆえ、きっとたくさんの御支払を頂戴できるのだろう。大手を振ってお店に帰れる）

などと思うてにんまりとしたのは、何だっていいふうに考える気性。（もしやこれは、「お断り」ではあるまいか。だとしたら何としょう。日ごろの付き合いが悪いからだと責められ、軽くても遠くの出店にお店替え。へたをすれば馘《くび》）

今後借金は一切払わぬ、という甚だ勝手な宣言が「お断り」である。その瞬間に膨大な貸金は棚上げどころか消えてなくなる。むろん御大名が相手では訴訟も起こせぬ。ただし大名家の名誉にかかわるゆえ、めったにある話ではない。一年に一度か二度耳にするのは、せいぜい小禄の御旗本か御家人の場合で、御大名の踏み倒しは商人が一生に一度、遭うか遭わざるかというほどであるらしい。

「それからな、庭先の手代さんは御付人様のお目汚しじゃによって、下がっていなされ」

大黒屋幸兵衛は障子を隔てた庭に向こうて言うた。

座敷に上がるのはひとりと定まっているので、お供の番頭手代は廊下や庭前に控えている。じきにどやどやと、人々の下がる気配がした。

「大黒屋さん。手前どもの頭越しに、よその奉公人を動かすとは、いささか度が過ぎていやしませんか」

そう苦言を呈したのは、三井越後屋の元締番頭たる清右衛門《せいえもん》である。幸兵衛が思いがけずに出張ってこなければ、きょうの仕切りはいつもと同様、清右衛門にちがいなかった。

なにしろ三井八郎右衛門《みついはちろうえもん》が股肱《ここう》と恃《たの》む、越後屋大元方《おおもとかた》の総番頭である。大黒屋の一声で退けられたお供の番頭手代も、五人や六人はいるであろう。

「ほう。おまえさん、この私に向こうて物を言いなさるか。八郎右衛門さんがそうおっしゃるのなら聞かぬでもないが、番頭に四の五の言われるほど、大黒屋の看板は安くありません」

物言い物腰は双方とも商人らしい柔らかさで、たがいに笑顔を見せてはいるのだが、下座敷の一同はみな凍えついた。主人と番頭の分限はあるにせよ、店の格はちがう。越後屋は御公儀御用達、それにひきかえ大黒屋は大名伺《うかがい》の商人に過ぎぬ。

いや、そうしたことの何よりも、古株の番頭たちはこの二人の立場をよく知っている。大黒屋幸兵衛の御当代は養子なのである。それも名のある商家から婿入りしたわけではない。丁稚から叩き上げて番頭に出世し、御先代にその才覚を買われて娘婿となった。

一方、越後屋の清右衛門は、幼いころから商人になるべく読み書き算盤を叩き込まれる近江筋《おうみすじ》の出身で、よほどの粗相がない限りは出世を約束されていた。しかし、もともと同族経営に揺るぎない三井家では、元締番頭が職階の極みであった。おまけに嫁御は、三井分家筋の出である。

それから二言三言、笑顔で嫌味の応酬をしたあと、たがいにプイとそっぽうを向いて、ようやく抜きさしならぬ口論は終わった。

下座敷の空気は重く澱《よど》んだ。居並ぶ商人たちはみながみな、「たくさんの御支払」などという希望を捨ててしもうた。

聞くところによれば、「お断り」という伝家の宝刀を抜くことができるのは、御殿様だけだそうな。そのご本人が在国ならば、きょうのきょうはあるまいけれど、「来年秋のご参府のあとにお断りがあるゆえそう思え」という、予告ぐらいはあるやもしれぬ。

いや、あるいは「御付人様」が御殿様からの下達書を読み上げておしまい、というのはどうだ。天野大膳様に限ってはそのようなお役目が許されているのやもしれぬし、第一「お断り」自体が竹の花でも咲くような滅多にはない話なのだから、正しい作法などはあるまい。

要は侍が権柄《けんぺい》ずくに、借金をちゃらくらにするのである。そう思えば悪い想像は等しく膨らんで、あちこちから溜息が洩れ、中には想像しすぎてガックリと肩を落とす者や、畳に片手をついて腹をさする者も出る始末であった。

そうした重い空気を打ち払って、颯爽《さっそう》と天野大膳が登場した。

下段の間にこちらを向いて座ると、唐紙が左右に引かれる。そのご威光というたら、さては御殿様の急なお中返《なかがえ》りかと誤解した者もいるほどであった。

「一同、面《おもて》を上げよ」

商人たちはおそるおそる、いくらか額をもたげた。

「遠慮のう面を上げよ。向き合うてかまわぬ。存念あらば聞きもしよう」

大黒屋幸兵衛が肩衣の背を伸ばすと、一同はそれに倣《なら》った。御付人様は黒紋付を召されて座し、背うしろの上段の間には、火のない火鉢と主のいない脇息《きょうそく》が置かれているきりである。しかしそのさまは、いかにも松平和泉守が名代《みょうだい》、というふうに見えた。

「さっそくではあるが、歳末御支払の一件につき申し伝える。心して聞けい」

ハハアッ、と一同はふたたび平伏した。

「本年の支払は、ない」

ほんの少しの間を置いて、あちこちから「アッ」「イッ」「ウウッ」「エッエッ」「オー」、といったア行五音の声が上がった。

それぞれの心のうちを覗けば、「驚愕《きょうがく》」「痛苦」「呻吟《しんぎん》」「とまどい」「余りのことにかえって感動」というところであろうか。

どよめきが静まるのを待って、大黒屋が訊ねた。

「それは御家老様。一両一分も頂戴できぬ、ということにございますか」

天野大膳は冷ややかに答えた。

「さよう。諸事物入りの折ゆえ、金がない」

金がない。この一言は効いた。詫びも言いわけもないが、金がないのでは仕方がなかった。

「しかし、御家老様。本年は豊作と聞き及んでおりまするが」

「さよう。しかるに米俵は、大坂の蔵屋敷にて、あらまし蔵元と掛屋に押さえられてしもうた。よって、金どころか米もない」

ふたたびあたりは、ア行五音の絶望と感動に満ちた。

越後屋の清右衛門が、さすがに笑みを絶やして訊ねた。

「それは、御家老様。よもやまさか、お断りではございますまいな」

「お断り――いやいや、案ずるな。貸し借りを帳消しにするわけではない。さような理不尽はまさか申さぬ。今は金がないゆえ払えぬ、と言うておるのだ」

ア行五音の声はいや増した。「お断り」ではなかったのだから一安心ではあるが、手ぶらでお店に帰らねばならぬのはたしかであった。喜ぶべきか嘆くべきかと、人々は混乱した。

「さて、存念あらば聞く。何なりと物申せ」

あくまで怜悧《れいり》に、何ら悪びれるふうもなく、天野大膳は下座敷を見渡した。

ややあって、言い出しかねていたものがようやく意を決したというふうに、震える声が上がった。

「分限わきまえず、御家老様に申し上げます」

人々は一様に肩をすくめて振り返った。

高貴なる侍の言は提案ではなく宣告である。よって、存念あるかと問われて存念を陳《の》ぶるなどとんでもない無礼であり、またありえぬことであり、たとえば坊主の読経に死人が声上げて応ずるような話なのであった。

下座敷のうしろで青白い顔をもたげたのは、本郷菊坂にて小間物商を営む白銀屋《しろがねや》小兵《こへ》衛《え》である。

存念を聞くまでもなく、人々は気の毒に思うた。小兵衛は職人上がりで、四十を過ぎてからようよう小店を持った苦労人である。

銀細工の櫛笄《くしこうがい》を主人みずからこしらえて売るささやかな商いが、近在の大名家の御用を承るようになったのは、加賀百万石の上屋敷にある御女中たちの評判となったからであった。やがてその噂を聞きつけた、ほかの屋敷の奉公人たちが競って求め、とうとう奥方様やお姫様のおぐしを飾ることになった。

人々の知る白銀屋小兵衛の話は、およそそれくらいである。つまりそれくらいの噂話にしかならぬ、小店なのであった。しかし売り掛けで納めた品物が品物であるだけに、さぞ掛金は重かろうという察しはついた。

小兵衛は手を付いたまま、切々と訴えた。

「手前どもの商いには、元手がかかっております。御支払が頂戴できぬからと言うて、職人や材料屋に待ったは利きませぬ」

「そら、あんた。どこの商いも同《おんな》しですやろ」

と、上方なまりの呉服屋が言うた。たしかにその理屈は、物を納めている商人ならみな同じである。

「いえ、手前どもはみなさんとは比べようもない小店にございます。ましてや地金《じがね》の仕入れには、盆暮の晦日《みそか》に決済する手形を振るが仲間うちの習いにございまして、盆にはどうにかやりくりして落としましたものの、この暮の手形には宛《あて》がございません」

「そやから、物売りはみな似たようなもんやて。だいたいからしてこのご時世、盆暮の手形なんぞ振り出すほうが悪い。振るなら振ったで、二重三重の備えをしておくのんが当たり前や」

小兵衛は耳を貸さず、面を上げて御付人様に懇願した。

「そうしたよんどころない事情にございますゆえ、のちほどご相談させていただきたく――」

「ならぬ。いちいち相談に乗るのであれば、みなを召し出し、かつそれがしがこうして出てくる意味があるまい」

小兵衛は怯《ひる》まずに続けた。もはや必死の形相である。

「ではこの場でご相談申し上げます。細工物のあらましは、今は亡き大奥方様がご注文にございます。ならばお代金のかわりに、その品々を引き取らせていただけませぬか。金銀細工は容易に金に替わりまする。売らずとも質には入りまする」

御付人様の顔色が変わった。亡うなられた奥方様の、形見の品を借金のカタによこせと言うているようなものであった。

大黒屋が間に入った。

「いくら何でも白銀屋さん、その言いぐさはありますまい。お控えなさいまし」

越後屋の清右衛門も叱りつけた。

「おまえ様にとっては、御大名家の御用達というだけで金看板になったはずだろう。亡き奥方様のご愛顧を蒙《こうむ》りながら、物を返せだの質入れするだの、忘八《ぼうはち》も甚だしいわい。御託《ごたく》を並べている間があったら、金繰り算段をするがいい」

大黒屋が座を締めた。

「では皆の衆。本年の歳末御支払はこれにてしまいといたします。くれぐれも御家にご迷惑をかけぬよう、この大黒屋幸兵衛の顔を潰さぬよう、お願いいたします」

商人たちが最も怖れる「お断り」ではなかったものの、暮の支払は一両一分も頂戴できぬ、という結論である。

唐紙が閉められ、商人たちがどやどやと去った下座敷に、白銀屋小兵衛はしばらく悄《しょう》然《ぜん》と座りこんでいた。


その日の夕刻、柏木村の松平和泉守家下屋敷――。

何やら香ばしい匂いが漂っている。奥向《おくむき》の書院にて大きな金火鉢を囲むは、歳末の大仕事をおえた江戸家老、天野大膳。その向こう前には、大黒屋幸兵衛と越後屋の元締番頭清右衛門。この顔ぶれ、どうも怪しい。

「鍋てえのはお客さん、けっして急《せ》いちゃあなりやせん。箸で掻き混ぜてもいけません。こう、よだれが出るくれえに辛抱して、すっかり味のしみたころにかぶりつくもんで。マア、それまでは燗酒でも舐めてておくんなせえ」

火鉢のかたわらに据えた俎板《まないた》で菜を切りながら、熟練の板前はしゃべり続ける。ねじり鉢巻に藍の腹掛け、片肌脱いでまこと威勢がよい。包丁さばきも見惚れるほど鮮やかである。

「お客さんたちは運がいい。きょうは山くじらが上がりやしてね。河豚《ふぐ》か鮟鱇《あんこう》かと迷っていたところに、落合《おちあい》の先の雑木林で山くじらが罠に嵌《は》まったって言うじゃあござんせんか。ええ、そう、山くじら。世間じゃあ猪《しし》なんぞと呼ぶが、そいつァ野暮だ。ハテサテ、これを食わぬは信心深《ぶけ》えか、いやそうじゃああるめえ。ただの食わず嫌《ぎれ》えでござんしょう。頬が落ちちまうぐれえうめえうえに、精力増強、万病退散、延命長寿の薬膳にござんす。で、せっかくだから腕によりをかけ、天下一品の牡丹《ぼたん》鍋をふるまわしていただきやす。山くじらが御大将なら、こいつらは働き者の御家来。御家来が働かなくっちゃあ、御家名は上がりやせん。へい、まずは千住葱《せんじゅねぎ》。滝野川牛蒡《ごぼう》は笹掻《ささが》きで。小松川の青菜に豆腐。味付は仙台辛味噌の蔵出し。煮上がったんなら卵にくぐらせて、薬味は唐辛子。臭み消しに生姜を使う板前もいるが、そいつァ食い合わせだ。松平和泉守様御用達の板前長七《ちょうしち》、このあっしが捌《さば》いた山くじらに、臭みはこれっぽっちもござんせん」

よくしゃべる。しかもその間、包丁はかたときも止まらぬ。名人である。

三人の客はころあいの燗酒を酌み、突出しの肴に箸を付けた。煮物が二品。薄口は若布《わかめ》と姫竹、一方の濃口は里芋と干鱈、出汁《だし》も異なるとみえてたがいに喧嘩せず、まこと絶妙の取り合わせである。

大黒屋幸兵衛はたいそう感心した。贔屓《ひいき》の料亭といえば、山谷の八百善《やおぜん》、深川の平清《ひらせい》、芳町《よしちょう》の桜井、といった名店だが、この味は別格に思えた。

「いい仕事をなさるねえ、板さん。この煮付の味からすると、まさか牡丹鍋の板前じゃあござるまい。お店はどちらだね」

するとと、どうしたわけか御家老様と越後屋が、同時にコンコンと咳《しわぶ》いた。

「へい、お客さん。店がどちらかと訊ねられても困りやす。あっしァ、一本独鈷《どっこ》の渡り職人なもんで」

二人の咳は止まらぬ。のみならず、妙な流し目を送るのだが、大黒屋には意味がわからなかった。

「いや、何と何と。もったいない話もあったものだ。その齢になるまで、ずっと渡りの板前かね」

御家老が膝を崩し、火鉢の蔭で大黒屋の尻を蹴った。

「エ？　何か」

と訊ねても、答えてはくれぬ。つまり、余計なことは言うな、という意味なのであろうが、板前の腕を褒めるのに何の遠慮があるのだろうか。

「さあ、さあ、お待たせいたしやんした。これぞ一本独鈷の板前長七が腕によりをかけましたる牡丹鍋にござんす」

そう言いながら板前は、卵を溶いた鉢に猪肉と菜を取り分け、唐辛子を振ってそれぞれに勧めた。茶の心得があるのだろうか、所作の逐一が優雅である。

ほんの一口、嚙んだところで顎が止まった。うまい。たしかにわずかな臭みもなく、かわりに武蔵野の風が薫った。

「お客さん、お口に合いませんかね」

「いや――ちょっとびっくりした。おまえさん、店を持つ気はないかい。その気があれば、私が段取りをつける」

まるで話に割り込むように、清右衛門が「わー、うまい」と大声を上げた。

「ママア、大黒屋さん。野暮な話はよしにしましょうや」

そこで清右衛門は酌をしながら大黒屋に耳打ちした。「ゴ・イ・ン・キョ・サ・マ」と。

御隠居様すなわち先代松平和泉守。こと茶人一狐斎、こと百姓与作、こと名工左前甚五郎、こと一本独鈷の板前長七。

まさしく道楽の怪物である。二百六十年の泰平が生み落とした奇蹟、西洋にたとえるならば、教養と閑暇《かんか》と、血脈のもたらした才能によって出現した、ルネッサンス的綜合芸術家と言えよう。

御当家と大黒屋の付き合いは長い。当代幸兵衛は九代目、松平和泉守は十三代目であるからして、考えても仕方がないくらい長い。その間に嵩《かさ》んだ貸金が四万六千両というのは、むしろ少い気がするくらいである。

しかしその長い交誼《こうぎ》があっても、商人は御殿様の顔など知らぬ。せいぜい一言二言のお声と、衣ずれの音を聞くばかりであった。

「畏れ入りまする。ご無礼の段は平にお赦《ゆる》し下さいまし」

とっさに後ずさってひれ伏したが、板前長七こと御隠居様は、まるで目に入らぬように手を動かし続けていた。

「えー、締めは今が旬の練馬大根《でえこ》にござんす。ちょいと冷めちめえましたが、女衆《おなごし》の手は借りたかねえもんで、ご勘弁下さいやし」

まめまめしく客のうしろをめぐって、箱膳に椀を置く。米の白と菜の緑が初々しい、大根葉の糅飯《かてめし》。香香《こうこ》は沢庵漬。吸物は蛤《はまぐり》。

「江戸の名物と言ゃァべったら漬けだが、あっしァどうもあの甘味が苦手でござんしてね。やっぱし飯のおかずは、沢庵漬に限りやんす」

漬物を口に入れて、馥郁《ふくいく》と拡がる香りにまた驚いた。陽向《ひなた》の匂いがした。

「もしや、これも御隠居様が――」

答えはない。思い当たって言い直した。

「この沢庵も、おまえさんが漬けたのかえ」

「へい。お口に合いましたかね」

「いやはや、みやげに持って帰りたいぐらいだよ」

「がってんにござんす。そんじゃ、長七の沢庵漬をおみやげに」

するとと御家老様が席を立って、二人の商人の箱膳の上に、重い包みをごとりと置いた。沢庵ではない。百両の包金である。

　大黒屋はいよいよ感心した。歳末御支払を仕切り、越後屋の清右衛門と申し合わせて商人たちを黙らせる。鴻池も住友も蚊帳《かや》の外である。例年なら少くとも千両は覚悟せねばならぬところを、百両ずつ二軒で済ませようという大芝居であった。

「これはこれは、女房が喜びます。のう、大黒屋さん」

「さいですなあ。何よりのみやげにございます」

　御隠居様は顔色ひとつ変えぬ。どうやらただの座興ではなく、「板前長七」になり切っているようであった。しかもこの板前はたいそう働き者で、女中も小僧も使わずに何から何までおのれですますのである。

「どっこいせ」と鍋を火鉢から下ろし、塩引鮭を焼き始める。締めのまた締め、これでもかと言うほどとっておきの肴は、丹生山御領分の鮭であった。

　糅飯も吸物も平らげたあと、塩引鮭をねぶりながら名残り酒を飲んだ。至福の味であった。

「いやはや、ごちそうさまでございました。御隠居様にも一献《いっこん》」

　答えはない。ふたたび思い当たって言い直した。

「板さん、一杯どうだえ」

「へい。頂戴いたしやんす」

長七はクイッと盃を乾《ほ》した。どこかで素《す》に戻るのではないかと思うと気が気ではないが、御家老の様子を窺う限り、どうやら今宵はこのまんまであるらしい。

「ところで、お客さん――」

一同はひやりとして背筋を立てた。

「あっしの料理はみなさんうめえと言って下さるんですがね。中にはつむじの曲がったお客もいらっしゃいやす。きょうのところはいかがでしたかねえ」

やはり御隠居様は正気なのだ。きょうの首尾はどうだったかと、暗にお訊ねになっているのである。

清右衛門が答えた。

「それァ板前さん。あんたの料理に文句をつけるはつむじも臍《へそ》も曲がっているやつだが、ひとりだけいるにはいましたのう」

「へえ。そのお客はどこのどなたさんで」

清右衛門は言い淀み、弱ったまなざしを御家老に向けた。天野大膳の白面はほんのりと酒気に染まっている。

「たしか、本郷菊坂の白銀屋小兵衛とか」

火鉢の向こう前にちんまりと座り、飲みさしの盃を見つめながら、板前長七は低い声で独りごつように言うた。

「つむじ曲がりに妙な噂を撒かれるのも、迷惑な話にござんすねえ」

この謎かけばかりは解きようもないが、大黒屋幸兵衛の耳には、老いた板前が何かとても怖ろしいことを言うたように聞こえた。

「まことに申しわけござんせん。これっきりで看板にさしておくんなさい」

熱燗の酌をしながら、亭主は白髪頭を下げた。

白銀屋小兵衛はあたりを見回した。宵の口には賑わっていた居酒屋もすっかり客が捌《は》けて、おのれのほかには小上がりの壁に倚《よ》りかかって酔い潰れた、浪人者のいるばかりである。

酒は嫌いではないが飲みつけぬ。手先の細やかさが命の職人であるから、深酒をせぬようみずからを戒《いまし》めてきた。気が向けば晩酌に一合飲《や》るのがせいぜいのところで、通りすがりの縄暖簾《なわのれん》を分けるなど、まず年に一度か二度であろう。

「いや、こっちこそ申しわけねえ。ちょいと過ぎちまったようだ」

卓の上には二合の銚子が二本も転げていて、思い起こせばたしか、昌平橋《しょうへい》の袂の屋台でも飲んできた。

やけ酒ではない。大晦日まではあと五日、きょうは神田の材料屋に頭を下げて、暮の手形をどうにか二月末に差し替えてもらった。明日からもこうして走り回れば、年の瀬を乗り切れそうな気がしてきたのである。そこで本郷菊坂の店に帰るみちみち、酒でも飲もうと思った。

商人のなりこそしているが、職人上がりの小兵衛は人付き合いが得意ではない。だから昌平橋の屋台では冴えた星空を見上げながら、明神下の居酒屋では土壁に向き合うて、独り酒を酌んだ。

「お侍様、お侍様、お目覚《めざ》になっておくんなさい。看板でございます」

亭主がおそるおそる声をかけても、酔い潰れた浪人の高鼾《たかいびき》は止まらない。小上がりの壁にもたれ、いぎたなく眠りこける顔に目を凝らせば、百日鬘《ひゃくにちかずら》に無精髭、着たきりと見える単衣《ひとえ》物はてらてらと垢《あか》じみて、まこと様子が悪い。

「もし、お侍様」と、亭主が肩を揺すったとたんに、何を勘違いしたか膝元の刀を摑んだ。小兵衛はワッと叫んで立ち上がり、亭主は腰を抜かした。それでようやく浪人は我に返った。

「じゃじゃ、寝呆けてしもうた。許されよご亭主。いやな、お恥《しょ》すい限りじゃが、本身《ほんみ》はとうに質入れしてしもうて、斬ろうにも斬れぬのだ」

浪人の物言いにはきつい奥州なまりがあった。国を捨てて江戸に上ってきたのであろうか。このごろは御禄も満足に下げられぬ御大名があると聞く。侍が食えぬなどにわかに信じられぬ話だが、そう思えばたしかに、江戸の町にはこの手合いの浪人が増えた。

「ご亭主、勘定をしておくんない。ついで、と言っちゃご無礼だが、あちらのお侍さんの分も」

小兵衛はそう言うて、寝呆けまなこの浪人にほほえみかけた。あの身なりでは酒代《さかて》もあるまいと思うたのだった。

おのれとて他人の懐具合を気遣う立場ではないが、商いの銭に比ぶればわけもない話だった。

「何を申すか。素町人に酒を奢《おご》られるほど落ちぶれてはおらぬ」

と言うたはよいものの、それは武士の見栄であろう。

「いえいえ、お侍さん。年の瀬の厄落としにござんす。どうも本年はいいことがなくって」

すると浪人は案の定、「ほう、さようか」とあっさり引き退がった。酒は飲みたし金はなし、えいままよ、と飲み始めたものが進退きわまって看板まで居座るほかはなくなった、というところであろう。

今少し顔を立てねばと思い、小兵衛は銚子を提げて小上がりに寄った。

「ちょいと手伝っておくんなさい。もともとそう飲める口でもねえのに、酔った勢いで付けちめえました。さ、さ、どうぞ」

行灯の上あかりで見れば案外の老け顔で、国元には妻も子も残しているのかと思えば、食うや食わずでも見栄を張らねばならぬ武士というものが気の毒になった。

この数日は、頭を下げ手を合わせることが小兵衛の仕事だった。そこまですれば、参った参ったと言いながらも無理は聞いてくれた。そうして、もう一息で年が越せるというところまで漕ぎつけたのである。

歳末御支払の席に御家老様がお出ましになり、「本年の支払は、ない」と宣言なさったときは、目の前が真ッ暗になった。多少は渋いご沙汰を覚悟していたが、まさかそこまでとは思うていなかった。

大晦日に決済する約束手形はしめて三十二両。丹生山松平様からは少くとも二十両をお支払いただかねば不渡が飛ぶ。そうとなればご同業には回状が出て、向後一切取引罷不成《まかりならず》。それればかりかたちまち金貸しどもが押し寄せ、身ぐるみ剝《は》がされる。

と、まあそうした事情は丹生山様の勘定方にもよろしく伝えており、念には念を入れて江戸家老の平塚吉左衛門様にまで直々にお頼みしてあった。それがいざ蓋を開けてみれば、金銭とはかかわりのないはずの御付人様が現れて、「本年の支払は、ない」と仰せになったのだから、まさしく身も蓋もないとはこのことであった。

「つかぬことをお伺いいたしやすが、国元にはお帰りになられませぬのか」

盃を交わしながら小兵衛は訊ねた。浪人はぎろりと白眼がちの目を剝いた。

「そんたなこと、わかるじゃろう。今さら帰る国などないわい」

「ご家族は、どちらに」

「国を捨つる侍は身ひとつと決まっとる」

ハア、と小兵衛は酒まみれの溜息をついた。国は捨てたが妻子を捨てたわけではないのだ。御禄が頂戴できぬならば、江戸に出て他家《よそ》に仕官を求めるなり、ほかの働き口を見つけるなりしなければ、家族が飢えてしまう。

そうまでするからには、むろん何らかの伝《つて》はあったのだろうが、江戸の水はさほど甘くなかった、というところか。

「申しわけござんせん、お侍さん」

だいぶ酔いは回っているが、ゆらゆらと頭《こうべ》を垂れて小兵衛は浪人に詫びた。

「さしでがましい真似をするんなら、力にならにゃ嘘でござんすが、こちとら実は、てめえも年を越せるかどうかてえ小商人《こあきんど》でござんす」

浪人はしばらく黙りこくって手酌をついだ。それから小兵衛の顔をけっして見ずに、薄闇に目を向けたまま言うた。

「江戸に出てしみじみ思うたがの。武士はあらましろくでなしじゃが、町人には立派な者が多い。お言葉、いたみ入り申す。ごちそうさまでござんした」

浪人は膝を揃えてかしこまり、わずかに頭を垂れて礼を述べてくれた。

居酒屋を出て歩き出すと、浪人は少し遅れてついてきた。瘦せた寒月も雲間に隠れて、湯島から本郷へと向かう坂道は墨塗りの闇だった。

「お侍さん、おうちはどちらで」

答えはない。嫌な気分になって小兵衛は足を早めた。すると、浪人の破《や》れ草履の足音もひたひたとついてくる。それがどうにも素面《しらふ》の歩みに思えて、ぞっと鳥肌立った。

どうにか本郷三丁目の辻灯籠《つじどうろう》までたどりついて、灯りにすがりながら小兵衛はしどろもどろで言うた。

「悪い冗談はおよしになっておくんなさい。懐にァ小銭しか入《へ》えっちゃおりやせん。それに、バッサリやろうにもあんたのお腰物は竹光じゃあねえか」

しかし浪人は、刀の柄《つか》をぐいと腰だめに握って間合いを詰めてきた。金物の重みが伝わった。

「あいにく、竹光ではない」

浪人は低い声で言うた。

「だからよォ、小銭しか持ってねえと言っとろうが。ほれ、この通りだ」

小兵衛は巾着を取り出して、カラカラと振った。

「白銀屋だな」

どうして知っている。名乗った覚えもなし、明神下の居酒屋は通りすがりの店だった。屋台も居酒屋も一見《いちげん》の客で、だとすると午下《ひる》りに菊坂の店を出たときから、後をつけられていたとしか思えなかった。

浪人が鯉口《こいぐち》を切った。たしかに白みがかった鋼《はがね》の輝きが、常夜灯の光を照り返した。大声を出そうものならたちまちバッサリとやられそうで、小兵衛はおろおろと命乞いをした。

「どうか命ばかりはお助け下さんし。すぐそこの店までご一緒下されば、いくばくかのお足は差し上げやんす。きょうのところはそれでご勘弁」

職人上がりの口下手だが、このごろあっちこっちで頭を下げ続けているせいか、小兵衛の口はよく回った。

「早まらねえでおくんさい。お国元には奥様もお子さんもおいででしょう。追いはぎ《カッパギ》の血じみの銭なんざ、いってえ誰が喜びますものか。銭にァ名前《なめえ》が書《け》えてあるもんでござんす。どうかどうか、坊っちゃん嬢ちゃんのためを思うて、汚れ銭なんざ送って下さいますな。のう、お侍様」

小兵衛は浪人の破《や》れ袴にすがりついた。

懸命の泣きを入れるうちに、見上げる浪人の眼光から殺気がうせてゆくような気がした。もう一息だと、小兵衛は切なげな声を絞った。

「あっしにァ、十五の跡取り息子と十三の娘、その下は五つの倅と三つの娘がおりあんす。まだまだ死ぬわけにァいかねえんで」

浪人はふと考えるふうをした。腕は立つが頭の悪い侍と見た。

「ずいぶん上と下の齢が離れておるの」

「へい。上の二人は女房の連れ子でござんす。むろん分け隔てなく養うておりやんす」

また少し考えてから、浪人はゆっくりと肯き、「感心、感心」と言うた。

よし、ここでもう一押し。

「ええ、お侍様のところは」

「おう。三つを頭《かしら》に四人《よったり》おる」

で」

「へ？　三つを頭に四人たァ、勘定が合いやせん。するてえとやっぱし、奥様の連れ子
「無礼者！」

ふたたび刀の柄に手がかかった。いけねえ、しゃべりすぎだ。

「まっ、まあまあ。無礼の段は平にお許し下せえやし」

「連れ子などではない。四人ともわしの子じゃわい」

「でも、勘定が」

浪人はがっくりと肩を落とした。

「双子の年子じゃ。しかもみな男じゃぞ」

「そいつァ冥加《みようが》な話で」

「何が冥加なものか。三つを頭に四人、双子の年子じゃぞ。わずかな御禄さえ差し止められれば、脱藩して稼ぐほかに手立てはあるまい。しかし、田舎侍が考えるほど、江戸の風は温《ぬる》うなかった」

どうやら身の危険は去ったようである。そうとなれば一目散に逃げ出したい気分だが、これも日ごろ信心している神楽坂は善國寺の結んだ御縁かと思い直し、双子の年子をもつ親の苦労を、聞いてやることにした。

水を向けると、浪人は反吐《へど》でも吐くように愚痴をこぼし始めた。

「こう見えてもわしは、一刀流免許皆伝、まあ読み書きは不得手じゃが、武芸において

は人後に落ちぬ。よってこれだけ御大名屋敷が詰まっておれば、仕官先などよりどりみどりじゃと思うておった」

甘い。御大名家はいずこも同じ火の車で、仕官どころか口べらしにやっきなのだ。借金が返せぬのは当たり前、奥方様の櫛笄《くしこうがい》の代金まで踏み倒すのだから始末におえぬ。

「しかるに、どこの御屋敷でも門前払い。撃剣の腕前を試すどころか、免許状すら見てくれぬという有様じゃった。ところが、話を聞いてくれた御屋敷が、ひとつだけあっての。御門前で押し引きしておったら、たまたま御玄関に現れた御家老様だか御用人様だかが、お声をかけてくれたのじゃ。で、小手調べに本郷菊坂の白銀屋小兵衛なる悪党を成敗すれば、当家に召し抱えると言うて下すった」

師走の風が身を貫くようだった。小兵衛はさざれ溢れる星空を見上げた。

「あたしァ、悪党じゃござんせん」

その先は悔やしゅうて言葉にもならぬ。

「わしもそう思うたゆえ、斬るのはやめた。おぬしはわしの苦労を慮《おもんぱか》ってくれた。善人を悪人じゃとして成敗しようとするは、そやつが悪人だからであろう」

「仕官の口を棒に振りやすぜ」

「仕方なかろう。同じ棒でも悪党の片棒を担ぐよりはましじゃ」

「ハハッ、江戸前の洒落を言いなさる。ならばお侍様、今夜は相棒てえことで、あたしの家《やさ》で飲み直しやしょう」

白い吐息をつく浪人の腕を摑んで、小兵衛は菊坂の店に向こうて歩き出した。

やはりこれは、善國寺の毘沙門天様が結んだ御縁にちがいない。


ヴァイシュラヴァナは走る。

師匠も走る師走であろうと、神仏まで走るいわれはない。武神たるヴァイシュラヴァナは、日々の鍛練をあだやおろそかにしないのである。

お礼参りの参詣人も引け、夜店の灯も消えて山門が閉まると、ヴァイシュラヴァナはみしりと筋肉を軋《きし》ませ、あたりの様子を窺うて善國寺の御堂を出た。むろん人の目には映らぬのだが、武芸達者の例に洩れず、あんがい気の小さいところがある。

そうして、寝静まった神楽坂を一気に駆け下りた。走るというてもなにしろ神であるから、武士の鍛練などとは格がちがう。

まず、六尺豊かな体に唐様の甲冑《かっちゅう》をまとっている。それも黄金の兜《かぶと》と、金の鎖で編んだ鎧《よろい》である。重い。目方は二十貫を下るまい。

さらには左手《ゆんで》に宝塔を掲げ、右手《めて》に三叉《さんさ》の戟《げき》を握る。これも重い。それぞれ五貫目はあろうか。

要するにヴァイシュラヴァナは、忿怒《ふんぬ》の形相ものすごく、つごう三十貫もの武具を身につけて、夜な夜な江戸の町を走り回るのであった。

人はこの神を毘沙門天と呼ぶ。出自は天竺であり、遥か昔に唐国を経て渡来した。もともとは帝釈天《たいしやくてん》配下の四天王で、別名を多聞天《たもんてん》と称した。

およそ三百年前の戦国の世が、ヴァイシュラヴァナの絶頂期であった。食うか食われるかの乱世においては、商売繁盛だの健康長寿だのという願いはちゃんちゃらおかしくて、人々はひたすら武神の加護を祈ったからである。

あのころはよかった、とヴァイシュラヴァナは走りながら来し方を懐《おも》うた。

もし上杉謙信が酒の飲みすぎで早逝しなかったなら、きっと「毘」の旗印を押し立てて京に上り、天下を取っていたであろう。さすれば毘沙門天ことヴァイシュラヴァナは、無敵の武神としてあまねく尊崇《そんすう》されたにちがいなかった。

しかし謙信は志なかばで倒れ、生涯不犯《ふぼん》を貫いたゆえに実子もないとあっては、もはや上杉の天下は望むべくもなかった。そしてまずいことには、謙信の人望が篤かった分だけ、毘沙門天の実力が疑われたのであった。

ほどなく徳川家康が天下人となり、戦乱の時代は終わった。こうなるといよいよ武神の人気は衰え、ヴァイシュラヴァナは四天王の一として、東大寺や興福寺などの古刹で見世物となるほかはなくなった。

江戸に出てきたのは、その徳川家康の勧請《かんじょう》による。さすが天下人は心が広い。かくしてヴァイシュラヴァナは牛込御門外は神楽坂上の善國寺に祀られた。

ヴァイシュラヴァナは走る。坂下を左に折れ、濠ぞいの船河原土手を走り続ける。

そろそろ岸柳の下の夜鷹《よたか》も店じまいする時刻であった。上杉謙信が生涯不犯であったのは僧籍にあったからで、まさかヴァイシュラヴァナも同様というわけではない。むしろ身体強健ゆえ艶福かつ絶倫である。

しかし、いくら何でも夜鷹は買えぬ。買えぬとなれば、このごろは零落《れいらく》した武家の妻女もあるという夜鷹に、いっそう心をそそられる。

いかん、と気を取り直し、ヴァイシュラヴァナは宝塔を高く掲げ、三叉の戟を行手に突き出して足を速めた。

土手の桜は冬枯れて、節張った枝が群青の星空を罅割《ひびわ》っている。濠沿いに並ぶ旗本屋敷の先は、広大な水戸徳川家の上屋敷である。

ヴァイシュラヴァナは走りながらも思惟《しい》し、時に瞑想する。さすが天竺由来の面目躍如たるところであった。

江戸に勧請されたはよいものの、世の中はすっかり平穏になり、武神を恃む人間は年々減っていった。死活問題であった。けっして死なぬ神の死活問題は怖い。そこで、見た目のわりにあんがいしなやかなヴァイシュラヴァナは、このごろピンでは食えぬ神々が集まって評判を得ている、福神の一座に加わろうと決めた。

何となく場ちがいな気もしたが、面接にあたった神々が言うには、どうも似た者ばかりで個性に欠くるゆえ、鎧兜の武神が一柱ぐらいいたほうがよいということであった。たしかに諸神と並び立ってみれば、黄金の甲冑に宝塔、三叉の戟という出で立ちはむしろ納まりがよく、画竜点睛《がりょうてんせい》の趣きすらあった。

ただし、一柱だけ快く思うていない神があった。弁財天ことサラスヴァティーである。マメで艶福なヴァイシュラヴァナはほとんど忘れかけていたのだが、天竺にいた時分さんざゴタゴタした女神であった。神と神の恋愛は特別な創造神を除き禁忌《きんき》とされているので、その関係を知る神はない。よって顔を合わせたときはたがいにギョッとしたけれど、およそ千年ぶりの再会であり、今後の仕事に障りがあってはならぬという大人の判断から、初対面のような顔をしたのであった。

それにしても、しばらく見ぬうちにずいぶん女っぷりを上げたものだと、ヴァイシュラヴァナは走りながらサラスヴァティーのおもざしを鎧の胸に思い描いた。

いかん、いかん。鍛練中に何を考えておるのだ。

「オン・ベイシラ・マンダヤ・ソワカ。オン・ベイシラ・マンダヤ・ソワカ」

真言をみずから唱えて、ヴァイシュラヴァナは煩悩《ぼんのう》を滅した。

いっそう足を速めて水道橋の角を曲がる。向かいに建つは越後丹生山三万石、松平和泉守が屋敷である。巷《ちまた》の噂によると台所が火の車だそうで、なるほどそう思うて見ればいかにもくすぶった気が、どんよりと蟠《わだかま》っているようであった。

きっと邪神が取り憑いているのであろう。こうした屋敷に福神は近寄ってもならぬ。

「つるかめ、つるかめ」

なんぞと人間の口ぶりを真似て呟きながら、ヴァイシュラヴァナは本郷に向かう壱岐《いき》坂《ざか》を一気呵成《かせい》に駆け上がった。今宵は加賀屋敷から駒込あたりまで足を延ばそう。寺町は好きだ。

本郷の辻灯籠の下に、何やら揉めているような人影があった。片方は様子の悪い浪人体であり、もうひとりは羽織の首に羅紗《らしゃ》の襟巻を巻いた町人である。

ヴァイシュラヴァナは足を止めた。武神たるもの、世間の些事《さじ》にかかわるべきではあるまいが、このの っぴきならぬ話の脇を素通りするわけにもいかなかった。町人の怯えようからすると、辻斬りか強盗のたぐいやもしれぬ。

「ちょいとー、毘沙門天さーん」

横合いの闇からふいに寒い声をかけられて、ヴァイシュラヴァナは兜の下の髪をゾッと逆立てた。

「商売の邪魔はァー、しないで下さいましよォー」

鎧の下の胸毛も逆立った。白い薄物をまとった、洗い髪の痩せこけた女が、両手を胸前にだらりと下げていた。

「おのれ、化物ッ」

と気合をこめたものの、戟の切先《きっさき》は釣竿のごとく震えた。いくら何だって、こんなにもお化けらしいお化けがいるものだろうか。

「いいえー、化物ではありませんよォー、死神ですゥー」

エエッと小さく叫んで、ヴァイシュラヴァナは後ずさった。何ごとにも正と邪はあるが、こと神仏に限っていうなら正ばかりで邪はなかなかあるものではない。いや、むろんいるにはいるのだろうが、こんな具合に面と向き合うたのは初めてであった。

平静を装いつつ、実は歯の根も合わぬほどおののきながらヴァイシュラヴァナは訊ねた。

「いや、これはとんだご無礼を。べつだん商売の邪魔をするつもりはない。ただの通りすがりだ」

浪人と町人ののっぴきならぬやりとりは続いている。どうやら食いつめたあげくの強盗に、命乞いをしているという図である。

「そろそろ出番ですぅー。邪魔しないでねェー」

これも人間の運命ならば、かかわるべきではあるまい。しかし、そう思ったときヴァイシュラヴァナは、常夜灯に照らし出された町人の顔に思い当たったのだった。

本郷菊坂の白銀屋。徒弟の時分からしばしば善國寺にやってきて、なけなしの小遣を賽銭箱に入れていた。四十を過ぎて店を張ったのは、ヴァイシュラヴァナの与えた利益《りやく》であった。そして小兵衛は、今も寅の日の縁日にはいくばくかの寄進を持ってやってくる。神と人とは心が通じていた。

「お待ちなさい、死神さん」

ヴァイシュラヴァナは勇を鼓《こ》して、今し命の決着をつけんとする邪神を呼び止めた。

「その言い方ァ、やーめーてー。死神って名前、好きじゃないのよー」

逆上してこっちに取り憑きでもしたら、話がややこしくなる。マアマアと宥《なだ》めながら、ヴァイシュラヴァナは死神の腕を摑んだ。そのとたん、まるで氷柱《つらら》のような硬さ冷たさにおののき、思わず鎧の中にちびった。しかし、怖れながらも前に進むは、さすが武神であった。

「あの者は、私の檀家だ。ここはひとつ、よしなに」

「ヒーエー」

死神は草木も凍らすほどの悲しげな声を上げた。ヴァイシュラヴァナの脛毛《すねげ》は逆立ち、錘《ふぐり》は胡桃《くるみ》のごとく縮み上がった。

「あたしィー、檀家なんてないのよォー。うらめしやァー、一軒もないのよォー」

うらめしやは、「うらやましや」の言いまちがいかも知れぬが、あえて校正する勇気はなかった。

「そこを枉《ま》げて頼む。この通りだ」

ヴァイシュラヴァナは兜頭を下げた。

「うーらーめしやァー。あたし、檀家なんてないのよォー。あんたに貸しをこしらえたってェー、返してもらえないのよォー。そんなの、ずるいわよォー」

たしかそっくり同じ文句を口にした女がいたな、とヴァイシュラヴァナは思うた。

星空を見上げて白い吐息をつき、死神を納得させる手立てについて考えた。正直のところ、かの武田信玄と五度にわたって干戈《かんか》を交えた川中島の合戦においても、これほどまで真剣に考えはしなかった。

「借りは作らない。だから私を憎まないでほしい」

きっぱりと宣言して、ヴァイシュラヴァナは死神の体を甲冑の胸深くに抱き寄せた。とたんに総身が鳥肌立ち、体中の毛という毛がこぞって逆立ったけれど、契《ちぎ》りをかわした幾千幾万の女のひとりと思い定めて、氷の肌をかき抱いた。あまつさえ、唇を重ねた。

天竺の女も、みな冷たい肌と唇を持っていた。たしか、あのサラスヴァティーも。死神の肩越しに窺えば、なるほど様子が変わったようである。浪人の背中からは殺気が失せており、白銀屋は命乞いではなくて、労っているように見えた。

「ずーるーいわよォー。でもォ、うらまないわよォー」

浪人と白銀屋はしばらくしんみりと語り合ったあと、犬の遠吠えばかりが聞こえる日光御《お》成《なり》街道を、何やら旧《ふる》いなじみのように連れ立って歩み去った。

これでいい。謙信公を天下人とする夢は叶わなかったが、健気な町人の命は救った。そして、神にしてみればその両者は、分け隔てなく等しい、人間の命であった。

走るばかりが鍛練ではない。さざれる星屑を見上げながら、この氷の肌が人肌に温《ぬく》むまで、この石の唇が柔らかにほどけるまで、ずっとこうしていようとヴァイシュラヴァナは思った。

二十三、待望三月新鮭出来《まちにまったるしんじやけしゅったい》

朝飯はまだか。

小池越中守はいまだ明けやらぬ奥御殿の廊下を、行きつ戻りつしていた。

酉《とり》年の生まれは総じてマメであるが、早起きだという話は聞かぬ。しかしこのところ朝食が待ち遠しくてならず、早々に目が覚めてしまうのである。

まだか。朝飯はまだか。

丹生山《にぶやま》城の食客となって三月《みつき》余、今は錦の綾も朽《く》ち果てて、山も里も雪を冠《かむ》った師走である。

番町の屋敷からは、帰参を督促する書状が幾通も届いているのだが、越中守は知らんぷりを決めていた。しかし昨日、駅伝の早飛脚が配達してきた書面によれば、とうとう御老中からもお尋ねがあったらしい。

当たり前である。大番は五番方が筆頭、戦国の世から連綿と続く徳川の先鋒で、旗本中の旗本と言うてよい。その大番総十二組の御頭が、三ヶ月も不在とあっては文句をつけられぬはずはなかった。

幕府の直臣は旗本御家人の上下にかかわらず、私用の旅を許されぬ。例外はむろんあるが、その場合は書状をもって願い、幕閣の裁可を得ねばならなかった。

娘を大名家に嫁がせるにあたり、御領分をお訪ねしてご先祖様の墓参をいたしたい、という理由は至極もっともであった。しかるに、江戸と越後丹生山の間は百里、せいぜい十日の旅程であるから、いくら何でも三月余の不在は長すぎる。

まあ、出先で病を得た、という話でよかろう。それくらいはおのれが嘘をつかずとも、家来どもが考えつくにちがいない。

それにしても、朝食はまだか。

廊下を行きつ戻りつするのにも飽いて、小池越中守は台所へと向かった。

日ごろ武芸に鍛え上げた体は筋骨隆々として、とうてい五十翁のそれとは思われぬ。早朝の寒気など物ともせずに、枕元に用意された綿入れの掻巻《かいまき》などちゃんちゃらおかしく、羽二重の寝巻の裾は素足であった。

城主の松平和泉守はいまだ独り身で、側女《そばめ》すらも持たぬらしい。よって奥御殿はがらんとして使い放題、まこと居心地がよい。和泉守殿もどこかに起居しておられるのであろうが、なにしろ二百六十年前の御入封の折に建った御殿であるからして、豪奢《ごうしゃ》であるうえに途方もなく広かった。

しかし、いかに立派な城とて、こればかりは金に替わるわけでもない。若き御当主は家政の切り盛りにどれほど腐心しておられるのかと思うと、いたわしゅうてならぬ。それがわかったればこそ、越中守は五百両の嫁取手形を、目の前で破り棄てたのだった。

無理を押して丹生山にとどまっているのも、父祖代々の御家をけっして潰すまいと苦心する和泉守の意気に感じたからである。

というのは真ッ赤な嘘で、実は新鮭の出来《しゅったい》を待っている。まことここだけの話ではあるが、人の心の裏表とはかくも怖ろしいものであった。

すなわち小池越中守の真意は、「朝食はまだか」ではなく、「鮭はまだか」なのである。丹生山に到着してほどないころ、間垣作兵衛《まがきさくべえ》なる鮭役人が申したところによれば、霜月の末には、去年の古鮭とは比べものにならぬほどうまい新物の塩引鮭が出来するそうな。

つまり、小池越中守がいつまでも江戸に戻らぬまことの理由は、べつだん若き大名の意気に感じたからではなく、天下一の塩引鮭を食いたいの一念に尽きるのであった。

むろん、そうとは言えぬ。言えぬゆえ、嫁取手形を引き裂いて貧しい御行列の加勢をしたあの日の気概のまま、助ッ人のような顔をして居座っているのである。人の心の裏表は怖ろしい。

そうして三ヶ月が経つころから、まだ暗いうちに目が覚めてしまうようになった。台所から塩引鮭を焼く香ばしい匂いが漂ってくる。ああ、きょうこそ新鮭だ、と思えば寝ている場合ではなくなった。そのときの心のどよめきというたら、とうてい食い物の話とは思われぬ。たとえば十数代前の御先祖様の、陣中のまどろみを破った鉦鼓《しょうこ》の響きや吶喊《とっかん》の雄叫びや、燃えさかる松明《たいまつ》の匂いに似る。

むろん夢である。寝つけぬまま廊下をうろうろとしているうちに、やがて台所から現《うつつ》の香りが漂うてくるのだが、運ばれてきた朝餉《あさげ》の焼鮭は新物ではなかった。

古鮭でもうまいはうまい。だが間垣作兵衛の言うた「古鮭と新鮭は較べようもございませぬ」という言葉は、耳朶《じだ》に貼りついて離れなかった。

そんなことが三ヶ月の先さらに続き、新鮭に恋いこがれるうちに、心なしか越中守の顔は鮭に似てきた。寝不足でいくらか頬が痩《こ》けたせいであろうか。あるいは慣れぬ寒さにかぶれて、肌が紅色に腫れたせいであろうか。

ほの暗い廊下を歩みながら、あの実直な鮭役人の声が、呪文のように甦ってきた。

（新鮭は雄《おす》のみ選別いたしまして、七日間塩漬けにいたし、さらに塩抜きをしてから風に晒して干し上げまする。よって、まだこのさき三月はかかりまする）

越中守はよろめいた。まるでふるさとの川を溯上《そじょう》して力尽きる鮭のごとくに。そのとたん寝巻の裾をふんづけ、前がだらしなくはだけた。それでも越中守は、蹌踉《そうろう》たる足りでひたすら台所をめざした。

紅色に腫れてはいるが隆々たる筋骨といい、執念を感じさせる眼光といい、まさに一尾の鮭であった。このまま悲願叶えば、とたんに精という精を放って往生してしまうのではなかろうか、と越中守は殆《あや》ぶんだ。しかも、その往生を大往生だと思うてしまうところが、いよいよ殆うかった。

もしおのれが、新鮭の切身をくわえたまま精を放ってくたばったと知れば、老母と妻と三人の娘はどう思うであろうか。

廊下の先から、米の炊き上がる匂いとともに、こればかりは夢まぼろしではない焼鮭の香りが漂うてきた。

いつもとはちがう。枯淡な古鮭の匂いではなく、ほのかに磯の香りが混じっている。二つの煙抜きから、朝の光が解き落ちていた。立ち働く女中たちにまじって、場ちがいな間垣作兵衛の姿があった。まちがいない。新鮭の出来だ。

小池越中守が立ったまま涙を流したのは、まさか鮭が食える喜びゆえではない。手塩にかけた新鮭を主や食客にふるまうためにみずから襷《たすき》がけで包丁を握り、串を打ち、炉の前に立つ鮭役人の誠実さが、越中守を泣かせたのだった。

なさぬ仲の子を育て、なおかつ勝手な主命《しゅうめい》によって取り上げられ、それでも愚痴ひとつこぼさず足軽の身上《しんしょう》に甘んじて、ふるさとの川に鮭を養うことのみをおのが使命と心得る侍であった。

「あっ、越中守様。おのおの控えよ」

板敷に佇む越中守に気付いて、まっさきに声をかけたのは作兵衛であった。人々は驚いて土間に平伏した。

「いや、かまわぬ、かまわぬ。お仕事を続けられよ。起き抜けに咽《のど》が渇いての、水を一椀いただけるか」

人々は働き始め、作兵衛が水を運んできた。越後の水はうまい。

「おぬし、朝早うから台所で何をしておる」

足元に片膝をついたまま、作兵衛が答えた。

「ははっ。ようよう新鮭が干し上がりましたゆえ、まずは御殿様と大番頭様《おおばんがしら》にお召し上がりいただこうと思い、罷り越しました」

やはりそうだった。この足軽こそ、千石取りの旗本にふさわしいと越中守は思うた。武士道とは忠の道であり、忠とはひとえに真心であると、誰かが言うていた。

「煙が目にしみるわい。ところで、なにゆえおぬしが炉の前にまで立つのだ。武士の面目にかかわろうぞ」

叱られたと思うたものか、作兵衛はさらに頭《こうべ》を垂れてから、気を取り直すように言うた。

「それがしは鮭役人にござりまする。されば鮭を育て、鮭を獲り、鮭を供するところまで、おのが務めと存じますれば、せめて今年の初物はこの手で誂《あつら》えさせていただきまする。武士の面目にござりまする」

おのれの泣き顔を隠したのではなく、思わず頭が下がってしもうた。

どのような事情があったかは知らぬが、この侍はご落胤《らくいん》を預かったなどとは毛ばかりも思わず、おのが子と思い定めて育てたにちがいなかった。そして、やはりどのようないきさつがあったかは知らぬが、その子を取り上げられたときの落胆たるや、いかばかりであったろうか。

「間垣。今年の鮭はうまいか」

目がしらを両手で押さえたまま、小池越中守はようやく言うた。

「はい。すこぶるおいしゅうござりまする」

越中守の胸のうちに、嫁取手形を引き裂いたときの気概が甦った。

この足軽の真心に報いることができるのなら、小池の御家はおのれ限りで滅してもよい。今ここで丹生山松平に背を向けたなら、三方《みかた》ヶ原で、関ヶ原で、大坂の陣で、ともに戦うた御先祖様に申し分けが立たぬ、と越中守は思うた。

それこそが、武士の面目である。


大黒屋の丹生山先店《さきだな》を預かる番頭伊兵衛にふたたびお召しがかかったのは、例の百両を御城に届けてから幾日も経たぬころであった。

比留間伝蔵なるあののっぴきならぬ勘定方が、ひょっこり店にやってきて、昼餉をふるまうゆえ登城せよと言うた。

幸いこの先店には忙しい用事などはないが、きょうのきょうというのはいかにも急である。むろん御城からの急なお召しが、たいがいろくでもない話であることも知っている。

「さて、比留間様。ご覧の通り手前は、大黒屋とは看板ばかりの先店の番頭ですけ、何やらご相談いただきましたとごろで、なかなかお力にはなれませぬがのう」

すると比留間様はにっこりと笑うて、こう申された。

「いやいや、他意は何もない。実は先日の百両につき、御殿様がおぬしをいたくお褒めになられての。かと言うて直々にお言葉を頂戴するわけにもゆかぬゆえ、御兄君の喜三郎様が御陪食を賜わる運びとなった。果報な話ぞ」

たしかに事の次第を考えれば、御殿様が褒めるのもおかしいし、こちらもどう答えてよいやらわからぬ。だにしても、やはりほかの用件が何もないとは思えなかった。理由なき会食には、必ず何か無理な相談があることくらい、商人なら誰もが知っている。

喜三郎様からのお召しというのが、よくわからなかった。知らぬお人ではない。妾腹の若様はあんがい身軽なお立場ゆえ、お供もなく城下をお歩きになることもあり、また根が如才ないお方と見えて、町衆にも気易くお声をかけたりなさった。

だが噂によれば、病が篤く牀《とこ》に臥せっておられるという。そうした喜三郎様からのお召しとは、いったいどうしたわけであろうか。

「けさ方、蘆川《あしかわ》の新鮭なるものが届いての。拙者はそのありがたみなどよくはわからぬが、ならば大黒屋を呼んでふるまうがよいと、御殿様が仰せになった」

新鮭と聞いて、じわりと唾が湧いた。丹生山に生まれ育った者ならば、誰もが蘆川の塩引鮭を今か今かと待ちわびる。今年は夏が長かったせいか仕上がりが常より遅れており、城下は新鮭の噂で持ち切りだった。

そうと聞けばちっぽけな疑心などはどこへやら、伊兵衛はいそいそと帳場を片付け、柱の上に鎮座まします大黒様に冥加《みょうが》を感謝した。

　内々のお召しゆえ肩衣《かたぎぬ》も袴《はかま》も要らぬという。雪も緩む暖かな日で、袷《あわせ》の羽織一枚でも寒くはなかった。

　こんもりと綿帽子を冠った城山は臥牛《がぎゅう》には見えず、白無垢を着た花嫁のごとく清楚でうるわしい。

　御濠を渡り大手門を潜ると、比留間様は本丸御殿の御玄関には向かわず、杉木立の小《こ》径《みち》に入った。このあたりは山里丸と呼ばれて、御先代様が在国中は、町衆を招いて野点《のだて》の茶会などを催した曲輪《くるわ》である。

　老杉が茂っているせいか雪は薄く、藁沓《わらぐつ》が大げさに思えた。雪晴れの空に、お天道様は正中している。木洩れ陽が雪の上に斑《まだら》紋様を描いている。山道を登るほど風が凜と澄み渡った。

「きさぶ様はお加減が悪《わあり》みでに聞いとりますが」

　歩みながら伊兵衛は訊ねた。喜三郎様はおなごのような白い肌の美丈夫で、町娘たちの間では大人気だった。親しみと憧れをこめて「きさぶ様」と呼ばれる若様は、城下の千両役者だった。

「たしかに、よろしくはないのう。だが、ご立派なお方だ。ご丈夫でさえあれば、文句なしに家督を襲《と》られたであろうに」

　やがて杉木立の中に、小体な山家《やまが》が現れた。たしか野点の折には、御先代様がこの茶室で亭主をお務めになられた。

縁先まで進んで、伊兵衛はぎょっと足を止めた。老女中が開けた障子の先に、痩せ衰えて病臥《びょうが》する喜三郎様のお姿が見えたのだった。

おいたわしい限りである。町娘たちに持てはやされた美丈夫のおもかげはなく、もしや御先代様ではないかと目を疑うたほどだった。

「やあ、お呼び立てして申しわけない」

相変わらず如才ない口ぶりで、きさぶ様は言うた。

「とっべつもねえこどで。きさぶ様、どうかそんまま、そんまま」

伊兵衛はおろおろと縁側に手をついた。きさぶ様は病を得たのではない。御家の業《ごう》を背負ってしまわれたのだと、伊兵衛は思うたのだった。

座敷の内には、恰幅のよい壮年の武士があった。このお齢で存じ上げぬ顔なら、御家中ではあるまい。眼光鋭く、眉は太く、顎の先が二つに割れていた。

「大黒屋か」

「へい。大手前にて先店を預かっておりあんす、伊兵衛と申しまする」

フム、と侍は肯いた。何だかものすごく偉いお人のように思えた。偉ぶっているのではなく、貴人の気をまとっていた。

「大番頭《おおばんがしら》、小池越中守である」

声がでかい。名乗ったとたんにあたりの杉木立から、どさどさと雪の塊《かたまり》が落ちたほどであった。

大番頭というのは、新潟出店《でみせ》の大番頭《おおばんとう》と同じくらい偉いのだろうか、と伊兵衛は考えた。

「まあ、上がれ。かしこまらなくともよいぞ。本日はおぬしに、折り入っての相談がある」

アチャー、と言うて比留間様が額を叩いた。どうやら貴《たっと》い出自の御殿様は、ご気性の裏表がないらしい。新鮭を餌にして伊兵衛を連れてきた比留間様は立つ瀬があるまい。

だが、ここまで来てしもうたからには、もはや逃げ出すわけにもゆかぬ。伊兵衛は肚《はら》を括《くく》って縁側に上がった。どのみち先日の百両の件で、いつ何どき馘《くび》になってもおかしくはない身の上である。こうとなったら生まれ育った丹生山のために、命を張るのもやぶさかではない。

「もそっと、近う」

きさぶ様は仰臥《ぎょうが》したまま言うた。どうやら起き上がる力もないらしかった。

病床のかたわらに座るとじきに、岡持ちに収めた料理が運ばれてきた。

「蘆川の新鮭じゃ。私は粥で無礼をいたすが、ゆっくり味おうてくやれ」

弁当箱の蓋を取れば、馥郁《ふくいく》たる香りが立ち昇った。苦も楽もひとからげに幸せとする、ふるさとの匂いである。

初物の塩引鮭を前にして、伊兵衛は毎年必ず同じことを考える。おのれは恩ある人に先んじて、この鮭を食らうのではないか、と。

顔も知らぬ父母。間引きされる赤児を引き取って育ててくれた、浄観院の上人様。丁稚小僧を商人に仕立て上げてくれた番頭さんたち。雪の朝に旅立つ自分を送ってくれた、金沢店の女中。今も手足となって働いてくれている、丹生山先店の奉公人たち。そして何よりも、大黒屋を贔屓《ひいき》にして下すった大勢のお客様。

そうした人々に先んじてこの鮭を口にするのは、申しわけないと伊兵衛は思うのだ。

「いかがいたした。もしや鮭が嫌いか」

まっさきに鮭を齧《かじ》りながら、越中守様が伊兵衛の顔を覗きこんだ。

「いやいやれ、何を言わっしゃります。大好物でござりますとも」

きさぶ様の枕元では、老いた女中が鮭の身をほぐして、粥にまぶしていた。口元に運ばれた匙《さじ》を力なく啜って、きさぶ様はしばらくの間その味を確かめるように、目を閉じていらした。

おいたわしい限りである。もはやこの冬は越せまいと思えた。

「大黒屋に、ひとつ頼みがある」

薄い瞼《まぶた》をとざしたまま、きさぶ様は思いがけなくしっかりしたお声で仰せになった。

「今年の鮭は大漁じゃ。食うてわかる通り、味もすこぶるよい。鮭役人の尽力により、うまい鮭が食い切れぬほど揚がるようになった。おぬしの力で、丹生山の鮭を北前船《きたまえぶね》に乗せてはくれまいか」

箸を持つ手が止まった。

「それは、江戸に送《おく》るということでござんすか」

考えたためしもない。東廻りの北前船には蝦夷地の鮭も、北上川の鮭も積まれるのである。江戸屋敷には陸路で運ばれるが、十日がかりでは冬場に限られ、なおかつ人の背に負う数は知れていた。

「越中守殿の申すところによれば、松前の鮭も陸奥の鮭も、これには遠く及ばぬらしい。よって北前船での回漕がかなえば、江戸にて評判を得ることたがいないそうじゃ」

「いかにも」と、越中守様が勝鬨《かちどき》のごとき大音声《だいおんじょう》で相槌を打った。

かたわらの比留間様は、どうやら初めて蘆川の鮭を食うたらしく、ただ「あー」と歓喜の声を上げた。

伊兵衛は考えた。新潟店の小頭であったころ、北前船の荷は定めて伊兵衛の御役であった。伝《つて》をたどれば、できぬ商いではない。

ただし、新潟湊《みなと》から東廻りの船に積み込むとなれば、運賃は松前や宮古の倍になる。いかにうまくとも、たかが塩引鮭にさほどの値が付けられようとは思えなかった。

「日本橋の河岸に揚がれば、諸国の倍の値が付こうぞ」

自信満々に越中守様が言う。

「いや、三倍付けても売れる」

比留間様も押した。お二方は江戸の人であろうから、諸国の鮭と較べようがあるのやもしれなかった。

たしかに丹生山の鮭は天下一だと思う。だが、伊兵衛は法外な値を付けてまで商いにしたくはなかった。ひとりでも多くの人に、蘆川の鮭を食べてもらいたかった。貧富貴賤にかかわらず、みなひとからげに幸せにする丹生山の塩引鮭を。

しかしそうは思うても、伊兵衛は冷静だった。商いをお守り下さっている大黒様に誓うて、お店《たな》に損を出してはならぬ。

「よぐわがり申しました。したども、大ごとですけえ、ちょごっと考えさしてくだしェ」

この件を新潟店の大番頭に上げても、まずウンとは言うまい。ならば江戸本店《ほんだな》の総番頭に掛け合うほかはないが、例の百両の一件がある。やはり無理か。

縁先から猫の鳴き声が聞こえて、伊兵衛は障子を少し開けた。大きな三毛猫がちょこなんと座って、杉木立の籔を見つめている。

風が渡って雪のかけらが舞うたびに、三毛猫は思わせぶりに、ニャアと鳴いた。

「どうだ、和尚。なかなかに美しい話であろう」

籔の中に屈んだまま、大黒天は偉そうに言うた。

相方は聞いているのかいないのか、へらへらと大口を開けて笑いながら鼻糞をほじっていた。

「ぶらぶらしておらずに、ここらで一仕事せよ。久しぶりに手がけるには、もってこいの仕事であろう。おい、聞いているのか。鼻糞を飛ばすな」

いったいに、こいつほど俗な神もおるまい、と大黒天は呆れた。不老長寿であり、人間に幸《さち》をもたらし、七福神の一柱に数えられているのだから、神にはちがいない。だが、へらへらと笑うたり太鼓腹を叩いたり、鼻糞を丸めて飛ばしたりする神は、世に二柱といないであろう。

名を布袋《ほてい》という。俗物に見えるのもそのはずで、もとは唐国《からくに》に実在した僧であった。七福神中、人間から神に出世した例はほかにない。しかも、仏僧がそのまま神になったというのだから、ずいぶんいいかげんな話である。

むろん齢も若い。せいぜい九百歳かそこいら、天竺由来のほかの神々に較べれば、駆け出しの新参者であった。

「のう、和尚。余りの不景気に嫌気がさして、勤労意欲がのうなったおまえの気持ちはわかる。しかし、福神であるからには、そろそろ現場復帰を考えねば嘘であろうぞ」

布袋は大あくびをした。

「あのなあ、大黒さん。そりゃあそっちの理屈だろう。あんたの氏子に、どうしてわしが加勢をせにゃならんのだね」

「だからァ、おまえのためじゃと言うておろうが」

「ハッハッ、うまいことをおっしゃる。あのな、わしはもともと人間じゃによって、そうは簡単に欺されぬぞえ。しかしのう――」

と、布袋はいかにも人間くさい溜息をついた。

「あの人間どもは、いじらしいのう。あんたに手を貸すつもりはないが、たしかに久しぶりの仕事としては、もってこいかもしれぬ」

よし、と大黒天は拳を握りしめた。この人間どもの窮状を救うのは、並大抵ではなさそうなのだ。おのれの神力だけでは、どうにもならぬ。

二柱の神は、ともに大きな袋を肩に負っている。大黒天の袋は何でも出てくる宝袋だが、布袋のそれは堪忍袋だと言う。ありとあらゆる煩悩や、不平不満のくさぐさをその袋の中に押し込んで、布袋はいつも笑うているのである。ずいぶん俗な話ではあるが、そうした布袋の人間味を、大黒天は深く尊敬していた。

「では、和尚。よろしゅうな」

「ハッハッ、では一働きするか」

そのとき縁側で猫がニャアと鳴いた。人間よりも神に近い猫の目には、神々の姿が映るのである。

あれこれ物思いながら伊兵衛がお店に戻るとまもなく、江戸からの早飛脚が着いた。本店からの書状が、新潟出店を経由せずに届けられるなど、まず前例がなかった。しかも差出人は大黒屋幸兵衛――すなわち、伊兵衛がいまだ対面したためしもない、御当代の大黒屋主人である。

これはきっと、百両の一件についての御沙汰《おさた》にちがいない、と伊兵衛は暗い気分になった。

そうとなれば、むろん喜三郎様の命を懸けての頼み事にも、力添えはできぬ。おそらく馘を切られるだけではあるまい。「奉公中不始末有之付《これあるにつき》絶縁」。同文の回状が全国に送り出され、まともな職にありつくこともままならなくなるだろう。

伊兵衛は大黒柱の下に膝を揃えて、神棚を見上げた。

いったい何を笑うておられる、大黒様。人の不幸がそんげにおもっしえだか。俺はひとっつも、まちごだこどはしてねえてば。すたば、なじょにこんげな仕打ちをなさるだね——。

それでも、旦那様の直々の御筆だと思えば有難かった。伊兵衛は頭上に押し戴いてから、おもむろに手紙を開いた。

前略　先《まず》ハ要件耳御報《のみおしらせ》申候
丹生山松平家ニ不《ふ》穏之兆有之《おんのきざしこれあり》
御先代様江戸詰宿老方々　恐《おそら》クハ
御家滅却御倒産之　企《くわだて》有之《これあり》ト拝察　仕　候《つかまつりそうろう》
追而《ついて》ハ御当代様並ニ御国元衆之支援長々《おさおさ》　無　怠《おこたりなく》

何事也共《なりとも》御相談ニ被応《おうじらる》様《よう》相務可《あいつとむべし》
大黒屋ハ御当代和泉守様之御力添　仕《つかまつる》　所存也
以上然《しか》ト承知置可《おくべき》事
文久　壬戌《みずのえいぬ》師走　丹生山先店伊兵衛殿
大黒屋幸兵衛

二十四、癸《みずのと》亥諸諸之正月《いめいめいのしょうがつ》

仙藤本家の正月は賑々《にぎにぎ》しい。

元旦早々に奉公人たちは大広間に集まり、当主の利右衛門からひとりひとり屠蘇《とそ》の盃を頂戴したうえ、藍木綿の袷《あわせ》一枚と祝儀の金一封をふるまわれる。

着物は暮の間に採寸されて仕立て上げられ、祝儀は番頭に金一両、丁稚小僧や子守女にも二朱金のお年玉という大盤ぶるまいであった。

そののち豪勢な御節料理に舌鼓を打つ。雑煮は角餅を焼いたすまし汁に、塩引鮭と肚《はら》子《こ》、昆布に鰑《するめ》と青菜が入る。

そして腹ごしらえがすめば、下ろし立ての袷でおめかしをし、それぞれが三ヶ日の里帰りをする。その際にも、一升の伸餅《のしもち》と一尾の塩引鮭をみやげに持たせる。

仙藤利右衛門はただのケチではない。節倹の心がけは徹しているが、使うべき金は惜しまなかった。越後丹生山《にぶやま》の御領内に三十六ヵ村七百町歩の田畑を養い、そのほかにもさまざまの事業を営んで天下の豪農と称《たた》えられるゆえんは、金を大切にするうえなおさら、金よりも人を大切にするからであった。

福神にとって居心地のよい家とは、まさにこれである。

「えー、みなの衆。明けましておめでとうござんす。今年もよろしゅうな」

利右衛門が盃を上げて音頭を取ると、居並ぶ親類たちは口々に、「おめでとうござんす」と唱和した。

正午には山水の庭に面した客間に、「東屋」「北屋」「南屋」の三つの分家の当主が集って、身内の盃を交わす習いである。

これら分家ができたのは、およそ百五十年前の享保年間であるが、そののちもたがいに嫁取り婿取りをくり返しているので、一族の血は濃く、結束は固い。ちなみに、女子しか恵まれなかった利右衛門も、分家の仙藤北屋から出来のよい婿を取った。いずれその婿が十二代利右衛門を襲名すれば、実兄の風上に立つわけだが、そんなことで罅《ひび》の入る仙藤家ではない。

本年の祝儀には、分家当主のほかにそれぞれの女房と跡襲《あとと》りの倅《せがれ》を呼んだ。家族にも了簡《りょうけん》しておいてほしい大事を、伝えるつもりだからである。

庭はこんもりと雪を冠《かむ》っており、障子は白く映えていた。

宴たけなわとなったころあいを見計らって、利右衛門は切り出した。

「ときにみなの衆、折り入っての話がある。聞いて下っしゃれ」

すでに意を含めてある婿が手を叩くと、宴席はシンと静まった。

「去年はてえそうな豊作で、年貢米もたんと収めさせてもろだ。本家にも御城から大納《おおなん》戸役《どやく》様と勘定奉行様がお出ましになられで、おほめに与《あずか》った。ありがてえこどだわや」

んだ、んだ、と一同は肯いた。どの顔にもお国を支える自負が漲《みなぎ》っている。

もっとも、だからと言うて四公六民の年貢をまともに差し出しているわけではない。一村ごとの収穫帳には表と裏があり、実は三公七民となるよう按配《あんばい》されていた。

仙藤本家が私腹を肥やしているわけではない。五公五民では一揆が起こる。四公六民でも高すぎる。百姓領民が気概をもって鋤鍬《すきくわ》を揮《ふる》えるのは三公七民の租税だと、利右衛門は固く信じていた。おのれが汗水流して働いた報いの、半分やら四分やらを召し上げられて、どうして納得ができよう。

仙藤本家は収穫の一割を必ず蓄えて、不作や飢饉に備えている。よって利右衛門の知る限り、宰領《さいりょう》する三十六ヵ村からは、餓死者はもとよりひとりの逃散人《ちょうさん》も出てはいない。それは分家支配の十五ヵ村も同様である。すなわち、つごう一千町歩を超える仙藤の田畑は、一段一畝《たんせ》に至るまで生きていた。

本来は御領主がなすべき領知経営を、暗黙のうちに利右衛門と三分家の当主が担っているだけである。武士の威勢がよかったころならともかく、江戸大坂の商人にいいようにされている昨今では、言われるがまま年貢を納めるわけにはいかなかった。

利右衛門は威儀を正して続けた。

「大納戸役様は国元三役の一、さなる御重役が出張って来んさるにァ、わけがござってのう。その御方は御当代和泉守様の幼なじみで、二駄二人扶持の足軽から引き立てられたゆえ、下々の困苦がようわかるのだわや」

一同の溜息がひとつの声になった。主家に打ち続く不幸、そして御当代様の生まれ育ちについては、みなが知っているのである。

「そんでもおらァ、御殿様のお声がかりで一躍出世した若僧に、いってえ何ができるものかと、帳検《あらた》めを見とったのよ。ところが感心することにァ、お武家のくせしてまんず算盤が達者じゃ。勘どころもええが。こいつァ裏勘定までつきとめるんではねえがかと、肝を冷やしたぞい」

シャアッ、と人々は驚きの声を上げた。

「んで、大旦那さあ。そんげ寒《さぶ》い話、どうなっただね」

一族の長老にあたる東屋の主人が、白髯《はくぜん》をたぐりながら嗄《しわが》れ声で訊ねた。

「まあ、聞かっしゃれ。どうこうなったのだら、こんげめでてえ正月は迎えられねえわ。夜を徹して算盤をはじいたあげくの果てに、家探しまで始めよって、むろんそれでもみやげのひとつも持ち帰れねえでば、大納戸役様もほとほと困ったじゃろ。しめえにとうとう、帳場にぺっとりと座《ねま》りこんでな、まるで叱られた童《わらし》みでに、さめざめと泣き始めたんだわや」

シャアッ、シャアッ、と驚きの声が盛り上がった。丹生山松平家と仙藤家の関係は、まこと特異である。二百幾十年もの歳月の間に、三万石の御領分のほとんどを、仙藤家が地主として手に入れてしまった。松平家は領主という権威にすぎず、富を生み出す力は仙藤家にある。よって御家の収入を司る大納戸役が、いかに若侍にせよ仙藤本家の当主の前でさめざめと泣いたという図は、人々を驚かせ、かつとまどわせた。

むろん、気味がよいなどと思うた者はいない。丹生山松平家はあくまで、仙藤家が支える権威でなければならなかった。

「のう、みなの衆。矢部様というその若え大納戸役様はの、朝日が昇るころほろほろと、血の涙を流されとったぞえ。そんで、泣く泣く申されるにァ、このまんまでは御家が潰れてしまうそうだがや。おらはたまげて、おめさんが言うこどだば何でも聞ぐすけと、背中ばさすったった。これにおる婿殿よりずっと齢下のお侍が、御家大切と泣いでおるのに、この仙藤利右衛門が知らん顔などできるもんかい。ええが、みなの衆。たまげるでねえど――」

利右衛門の声がくぐもって聞こえるのは、五尺も降り積もった雪のせいであろうか。人々は息を入れて盃を干す利右衛門の顔を、身じろぎもせず凝視していた。

「御家の借金は、しめて二十五万両。支払利息だけで年に三万両。御公辺《ごこうへん》に泣きついてどうにかなる高でもなし、へたに返済お断りを言い出そうものなら、恐慌を惹き起こす。御先代様が隠居なされたのも、御世子様が急に身罷《みまか》られたのも、そんげに積もり嵩《かさ》んだ借金のせいじゃ。ええが、みなの衆。そんで、おらは肚《はら》を括《くく》った。丹生山様あっての仙藤じゃ。御当代様がそんげな御役をおっつげられて討死なさるんだば、仙藤利右衛門もお供をするど」

驚きの声も消えてしまった。数年前に代替わりしたばかりの南屋の若い当主が、不穏な沈黙に耐え切れぬように、「大旦那さあ」と呼びかけた。

「お供をするどは、どんげなこどでござんしょかい。仙藤の身代《しんだい》さ傾げてでも御殿様に加勢するってがね」

「いんや」と、利右衛門は福々しい顎をゆったりと振った。

「これは戦じゃ。討死はすても手負いはねえど」

南屋がたまらずに、膳を押しのけてにじり出た。

「待って下っしゃれ、大旦那さあ。おらだいは百姓だがや。よしんば御領主様がお取り潰しだのお国替えだのになっでも、こんげ田畑《でんばた》のある限り、おらだいは丹生山の百姓だがや。んだば、なじょに御殿様と心中せねばなんねだか。そりゃあ大旦那さあ、いぐら何でも道理にはずれとるが」

肯く顔もあり、おし黙って目を瞑《つむ》る者もあった。

ややあって、利右衛門は一座の顔を見渡し、南屋の主人にまなざしを向けた。

年は若いがよく出来た男である。末は本家の婿養子を支えて、仙藤家の次の時代をこしらえる、かけがえのない人物にちがいなかった。そう信ずるがゆえに、利右衛門は「黙らっしゃい」という声を呑み下して、息を入れたのだった。

話せばわかる人間を叱りつけてはならぬ。それはおのれの短慮にすぎぬ。

「ええが、よおく聞かっしゃれ。おめさんの言う通り、御領主が潰れようが替わろうが、田畑のある限り仙藤は安泰だわや。んだども、その仙藤の家は、二百幾十年前にたった三反の新田を拓《ひら》いて始まったこどを、おらだいは忘れてはならねえ。それから歴代の利右衛門が、てえそうな難儀して田畑さ増やし、今日の身代となった。その仙藤利右衛門はおらで十一代、ほんで松平和泉守様は、ご当代で十三代じゃ。だば、御領主が替わって相も変わらず仙藤本家でございなんぞと、いってえどの口が言う。ええが、南屋さん。百姓には百姓の戦があるど。もしこんげ戦でおらが討死すたなら、この婿殿はもういっぺん三反の田畑から始めると言うでくれたじゃ。あっぱれそれでこそ十二代仙藤利右衛門だがや。のう、南屋さん。のう、みなの衆。おらはこれが道理だと思うすけ、どうが力を貸して下っしゃれ」

東屋の長老がまっさきに、「道理じゃ」と大声を上げて双手《もろて》をついた。北屋も「立派な道理じゃ」と言うて続いた。

「大旦那さあ、おらの道理はまつがっておりあんした。百姓の戦ばさせてくなせ。負げだらおらは、一反の畑から始めますけ」

そう言って南屋の若主人が頭を垂れると、居並ぶ人々は一斉に倣《なら》った。まったく思いがけずに、百姓の戦が突然始まったのだった。

さて、さよう思いがけぬ話になった宴席の端に、火鉢を囲んで屠蘇を酌む三つの影があった。

「どうだね、貧乏神さん。恵比寿の神力は大したものじゃろう。あのけちんぼのお大尽《だいじん》が、身代を抛《なげう》って御殿様に加勢するぞよ」

貧乏神は上機嫌で盃を重ねた。命を救ってくれた薬師如来との約束は、まったく雲を摑むような話ではあるが、よもやもしや、どうにかなるような気がしてきた。

「ハハッ、そない気分になるのはまだ早いで」

恵比寿に心を読まれた。やはりこの福神には力があると思う。貧乏神は「何をご謙遜」なんぞと諂《へつら》いつつ、恵比寿に酒を勧めた。

「まあ、お聞きなはれ貧乏神はん。この始末はわしの神力なんぞやのうて、あのお大尽の実力や。そらなんぼか唆《そそのか》しはしたが、決心したのは人間やで。せやけど、困ったなあ。いかに一千町歩のお大尽いうたかて、二十五万両もの借金をどうこうでけるわけないわな。道理は立派なものやけど、共倒れになってまうやんけ」

「エエッ、そんな殺生な。それでは不幸を増やすだけではないか」

「おまはんにとっては、望むところやろ」

イヤイヤイヤと、貧乏神は十回もかぶりを振った。

「あのな、えべっさんよ。わしは薬師如来に誓うたのじゃ。命を助けていただいたお礼に、この丹生山の里に福神を招くとな。神と仏の約束じゃぞい。なりませぬできませぬではすみませぬ」

「そらまた、けったいな話やな。だったら薬師如来がおのれでなせばええやん。わしらよりよっぽど格上の仏さんやろ」

マアマア、と寿老人が中に入った。年越しは酒蔵にこもって飲みっぱなしであったから、酔眼朦朧《すいがんもうろう》としてすでに正体がない。

「ヒック、それはのう、えべっさんよ。薬師如来は医術の仏じゃによって、銭金とは無縁なのよ。ウィーッ、ヒック。わかるかえ、医は仁術ゆえ、金持ちも貧乏人も分け隔てしてはならぬのじゃ。あ、鹿はどこ行った、鹿、鹿」

「玄鹿《くろじか》なら酒蔵で酔い潰れておるわい」

貧乏神はいまいましげに言うた。

たしかに寿老人の言う通りだと思う。だにしても、貧乏神を改心させて福神を呼び入れさせようなど、いくら何でも話が無茶であろう。だいたいからして、神よりずっと遅れてやってきたくせに、なにゆえ仏たちはああも偉そうなのであろうか。

「そら、簡単な話や。仏さんには教義があるさけな。わしら神には教義どころか理屈もあらへんやん。ま、わしはそのほうがええ思うがの」

恵比寿のあっけらかんとした表情を窺《うかが》いながら、貧乏神は気付いた。この福神どもにはさほどの力がないのだ。七福神の一座がどうたらこうたらと言うているが、つまるところ七柱が集まってやっと一人前、いや一神前の神々であるにちがいない。

マズイ、と貧乏神は思うた。そもそも古い誼《よしみ》というだけで、力のほどなど知らぬ寿老人に声をかけたのがいけなかった。義理に絡んで加勢してくれることになった福禄寿は、どうしたわけかまだ姿を現さぬ。そしてこの恵比寿は、見掛け倒しのお調子者であろう。

こやつらを頼ったところで、とうてい丹生山松平家の現状を挽回することなど叶わぬ。それどころか、よけい悪くなるような気がする。

仙藤本家の祝宴は、当主利右衛門の思いもよらぬ宣言によって、まるで陣触れの達せられた御城内か何かのように沸き立っている。

貧乏神は腐った溜息をついた。一体全体、どうしてこんな面倒を背負いこんでしまったのであろう。おそらくおのれは、このごろの不景気に調子づき、分を見失っていたのだ。せいぜい小商いを引き倒すぐらいの力しかないおのれが、なにゆえ分も弁《わきま》えず天下の御大名家に取り憑《つ》いたのか。

貧乏神は盃を置いて蓬髪《ほうはつ》を抱えた。そもそも幾千年にもわたって人間に禍《わざわ》いを与え続けてきた邪神が、翻《ひるがえ》って福を呼びこもうなど話に無理があったのだ。

「のう、えべっさん。おぬしらは七柱うち揃うての七福神であろう。だったら勝手をしてはなるまいぞよ。おぬしとこの酔っ払い、そして返事ばかりで姿も見せぬ福禄寿。ほかの四柱はどうしておるのじゃい」

めっきり気弱になって、貧乏神は頭を抱えたまま言うた。

「おまはん、なに塞いどんのや。言い出しっぺがそないなことでどうすんねん。せやけど、仕事をするからには、七柱が挙《こぞ》らななならんのはたしかや。ピンで働いてはあかんいうのは、一座を組んだ折の契約やしな。みんなしてハンコもついたで」

「それはわかっておる。だァかァらァ、ほかの四柱はどこにおるかと聞いとるのじゃ」

恵比寿は盃をクイとあけて、広い客間の格天井《ごうてんじょう》を見上げた。何かを思い出そうとしているらしい。

「あ、そやそや。幾千年も生きておれば、記憶が曖昧になるのも仕方あるまい。

「のう、えべっさん。ボケもたいがいにせえよ。年越ソバは大晦日に食うもんで、だったらきのうの話じゃろうが」

「きのう、いうより今さっきや。あかんなあ、千年前のことはよう覚えとんのに、きのうのことを忘れてまう。そうや、この酒飲みに付き合うてるのも阿呆らしゅうなって、丹生山の城下にソバ食いに行ったんや。ほしたら大黒天のおっさんにバッタリ会うてな、やあ久しぶりやなあと、ソバをたぐりながら話がはずんだ。安心せえや、貧乏神はん。大黒天のおっさんはそのつもりになっとるわい」

「そ、そのつもり、とは」

欠けた前歯のすきまから滑舌《かつぜつ》の悪い声をよろめかせて、貧乏神は問い質《ただ》した。

「そらあんた、決まっとるやろ。みんなして丹生山の御殿様に加勢するのんや」

フワーッ、と貧乏神は歓喜の叫び声を上げた。口臭はきつく、居眠りをしていた寿老人を目覚めさせた。

「クッセー。ああ、その件なら貧乏神さん。わしからもよき知らせがあるぞえ。口を噤《つぐ》んで聞いて下されよ。先日、御城下をぶらぶらしておったら、雪国にはいもせぬ孔雀に行き会った。あー、ねむねむ。ウィーッ、ヒック」

「おい、寝るな寿老人さん。それからどうした。フワーッ」

「クッセー。はい、孔雀が泣く泣く言うことには、弁財天が御殿様に惚れてしもうて、もはや月も花も目に入らず、風の音すら耳に届かぬ有様じゃそうな。で、日がな一日ボーッとして御殿様の後をついて回り、夜は夜で枕元に座って、寝顔をジイッと見つめておるのじゃと。まあ、あやつの色欲は今に始まったことではないが、人間とのゴタゴタはまずいぞ。しかも場合が場合、相手が相手じゃによって、よほど話がややこしくなるわい」

すでにややこしい。貧乏神の胸のうちに、希望と絶望が渦を巻いた。

幸福のかたちが一律で、不幸には諸相があるというのに、どうして福神の気性が複雑で邪神はわかりやすいのであろうか。

貧乏神は弊衣《へいい》をかろうじて繋ぎ留める荒縄の結び目を、真黒な指先で弄《もてあそ》んだ。人に不幸をもたらす神の不幸が、今さらながら胸に迫った。

破れた渋団扇《しぶうちわ》で邪念を吹き飛ばし、貧乏神は指を折った。寿老人。福禄寿。恵比寿。大黒天。弁財天。これで五柱。あと二柱って、誰だっけ。

「あ。そやそや、もひとつ忘れとった。大黒天が言うには、生臭坊主《なまぐさ》の布袋がようよう働く気ィになったらしい。あれはもとが人間やさかい、頼りになりまっせ」

そう、布袋。これで六柱。さてもう一柱って、誰だっけ。

「どうした小四郎、早くも参ったか」

蹲踞《そんきょ》したまま立ち上がれぬ友の横面《よこめん》を竹刀で叩いて、磯貝平八郎は叱咤《しった》した。

家来衆の拝賀をおえた元日の午下《ひる》りである。稽古始めは六日の吉日ゆえ、二の丸廓内《くるわうち》の道場に人影はない。

「一汗かこうと誘ったのはおぬしではないか。それが何だ、このざまは」

友は藍の稽古着から湯気を立ち昇らせ、肩で息をしていた。平八郎はふと思いついて、振り上げた竹刀を引いた。武士は面の中で泣くものである。稽古の厳しさばかりではなく、つらさ苦しさに耐え難くなったときは、こうして泣いたものであった。息を荒らげ汗にまみれてしまえば、いくら泣いても悟られぬ。

友は内藤新宿の町道場でそうしていたころと、実はどこも変わっていないのだ。剣術も学問もほどほど、ただし曲がったことは大嫌いな間垣小四郎のまま、三葉葵の御紋を背中に貼りつけられてしもうた。従四位和泉守の官位官名と松平の姓もろとも、二十五万両の借金まで背負わされて。

平八郎は面を俯《うつむ》けて唸り続ける友に背を向け、裂帛《れっぱく》の気合をこめて素振りを始めた。慰めの言葉ひとつも思いつかぬおのれが、情けなくてならなかった。

小四郎の胸のうちは痛いほどわかる。一に節倹、二に正確な収税、三に殖産興業、と財政立て直しの方針を定めたところで、いったい何をどう始めてよいやらわからぬ。

江戸の留守居役からは、正体のわからぬ百両の金が送られてきた。国家老の佐藤惣右衛門と鈴木右近は、家産の一切合財を寄進した。上士の御禄はすでに半知とされている。それでも、二十五万両の借金と年間三万両の支払利息に照らせば、焼け石に水を垂らすがごとくである。

すなわち、主君が財政の再建を叫べば叫ぶほど、家臣は困《くる》しむのだ。武将の下知《げち》は、戦うて討死せよという陣触れに等しいからである。

潰さぬ。けっして潰さぬぞ。

汗をほとばしらせて竹刀を振りながら、平八郎はおのれ自身に言い聞かせた。しかしそう誓うそばから、あり余る力が空を切るのである。その思いを実現するには若すぎる。二百幾十年にもわたって嵩《かさ》んだ借金を、たかだか二十年ばかりしか生きていない人間の知恵で、どうにかできるはずはない。

「よし、もう一本」

小四郎がようやく立ち上がった。蹲踞して竹刀の先を合わせた。面の中の友の瞳は濡れていた。

潰してはならぬ。御家がどうのではない。父祖の生きたこの丹生山の里を、けっして喪《うしの》うてはならぬ。

二人は正眼に構えて向き合うた。道場の桟窓から射し入る雪あかりに踏みこんで、小四郎と平八郎はふたたび激しく竹刀を交えた。

「ほう。なかなかやるではないか」

踏み台でも置かねば届かぬ六尺高の桟窓から、道場を覗きこむ巨軀《きょく》があった。黄金の甲冑に身を鎧《よろ》い、宝塔と三叉の戟《げき》を手にした武神である。

なにゆえこの神が丹生山城内にいるのか、説明するのも面倒臭いが早い話、熱心な檀家を見舞った災厄を払いに来たのである。女にもマメだが仕事ぶりもマメなヴァイシュラヴァナは、檀家の命を救ったどころか、災厄の根源まで取り除こうと思い立ち、江戸からの百里をたった一泊二日で駆けてきたのであった。

一泊二日、などと書けばどこに泊まったか気になって夜も眠れなくなる向きもあろう。やはり説明するのも面倒臭いが早い話、かつて上杉謙信公の勢力下にあった街道ぞいには、毘沙門堂があちこちにあるのだ。

「いずれも達者ではあるが、いかんせん素直すぎる。も少し駆け引きを覚えねばならぬ」

思えば謙信公もまっすぐにすぎた。正々堂々で天下が取れるはずもない。そののち天下人と呼ばれた者どもの気性ややりくちを考えてもみよ。

「アッ、打ちこみをまともに受けてどうする。往《い》なすのだ、躱《かわ》すのだ。アッ、アアッ。もう、見ておれんの」

できれば手とり足とり教えてやりたいところであるが、神は目に見えぬのだから仕様がない。ヴァイシュラヴァナは桟窓ごしにじりじりとして、「もうっ」だの「ったく」だのと呟き続けるほかはなかった。

それにしても、白銀屋《しろがねや》小兵衛はあやうかった。もし自分が遠駆けの途中で出くわさねば、何の科《とが》もなく命を落とすところであった。なにしろ、すでに目の前まで死神が迫っていたのである。

白銀屋は世間の恨みを買うような人間ではなく、また命を奪わんとする浪人も物盗りには見えなかった。そこで、ただちに黒幕を探したところ、さる大名家の悪だくみが判明した。

そう。小石川御門外水道橋の松平和泉守上屋敷。巷の噂によると台所が火の車で、なるほどいつ通りかかっても、どんよりと濁った気がたちこめる御屋敷である。

武芸者の例に洩れず、サッパリしているようで実はネチネチした気性のヴァイシュラヴァナは、こっそり覗き見をしたり立ち聞きをしたりして、謀事《はかりごと》の全容を知ったのであった。

難しい性格ではあるが、正義感だけは強い。かくして、神楽坂上善國寺に押し寄せる初詣の客に背を向け、つまり年に一度の稼ぎどきすらうっちゃらかして、越後丹生山の領国へと走ったのであった。

思えば越後は、ヴァイシュラヴァナにとって天竺《てんじく》に次ぐ第二のふるさと、かつて上杉謙信とともに天下を夢見た思い出の地である。

若者たちの撃剣にも飽いて、ヴァイシュラヴァナは桟窓を離れた。

あとさき構わずつっ走ってきたものの、頭よりも体が先に動いてしまうのは武芸者の常で、いったいこれから何をすればよいのか、ヴァイシュラヴァナにはわからなかった。柱も庭も乾いていた。ああ、おまえは何をしてきたのだと、吹きくる風が言うたように思えた。雪もよいであった空はいつか霽《は》れて、上がりそこねた雪のかけらが、純白の景色に紗《しゃ》をかけていた。

ふと、その帳《とばり》の向こうから、大孔雀に跨《また》がった雅《みや》びな影が寄ってきた。えも言われぬ香気が風に漂って胸に満ちた。

今このときが、甘美な邂逅《かいこう》であるのか、それとも皮肉な遭遇であるのか、ヴァイシュラヴァナにはわからなかった。

「あーら、お久しぶり」

サラスヴァティーはあっけらかんと言った。さんざゴタゴタしたのはかれこれ千年前の話であるから、すでに怨讐《おんしゅう》は去り懐旧の情がまさっているのだろうと、ヴァイシュラヴァナは思うことにした。

それにしても、ちょっと見ぬ間にいい女になったものだ。

小池越中守がようやく江戸に帰参したのは、新年の儀礼も一通り終わった正月なかばであった。

大御番《おおごばん》組と言えば徳川が武役の筆頭、旗本中の旗本と称しても過ぎてはいない。その大番を束ねる頭《かしら》が、正月を挟んで四ヶ月余りも不在というのは、うっかり噂話もできぬくらい尋常を欠いていた。

ましてや小池越中守は、その巨軀といい大声といい、悠揚迫らざる貫禄といい、江戸城中の名物であった。よって上は将軍家から下は茶坊主に至るまで、本丸御殿に集う人々はみな、この正月に得体の知れぬ空虚さを感じていた。

しかし、当の小池越中守はいわゆる一介《いっかい》の武弁、もともと物を考えることが好きではない。よって新鮭が食いたいばかりに越後丹生山に長居をしてしまい、その不在がどれほど尋常を欠く行いであるか、深く考えてはいなかった。

娘の嫁入り先である松平和泉守家の領国に行き、御先祖様に果報の御礼を申し上げた。しかし、まさか墓参りに四月《よつき》もかかるはずはない。正しくは鮭が揚がり、天下一品の塩引に仕上がるまで三月《みつき》、さらに朝昼晩と鮭を食い続けてさすがにうんざりするまで、一月《ひとつき》を要したのである。

そして、深く物を考えなければ話は早い。旅先で病を得て、帰るに帰れなかった。そもそも越中守の鮭に対する執着はほとんど病気であるからして、あながち嘘とは言えまい。それでよかろう。

繁多な儀礼を終えた本丸御殿で、久しぶりに小池越中守を見かけた人々は、みな畏れおののいた。

病にふせっているのではなく、とっくに死んだと誰もが考えていたのである。それくらい越中守には長患いが似合わず、急な卒中か衝心《しょうしん》で頓死《とんし》したのち、末期養子《まつご》を求めて事実を伏せているのだとすれば、子は女ばかり三人ということもあって、合点がゆくからであった。

小池越中守は何ら悪びれる様子もなく、人々を畏れ入らせて大廊下を歩む。そしてその後からは、みごとな塩引鮭の載った三宝を押しいただく、茶坊主が付き随《したが》っていた。

「お見受けした限り、とうてい病み上がりとは思えぬが」

辣腕《らつわん》で知られる老中、板倉周防守が真向から睨みつけて言うた。

「カッカッ、妙な勘繰りはなされるな。病み上がりでは冬の道中が叶うまい。大事をとって養生させていただいたまで」

と、小池越中守はいささかも臆さぬ。大番頭《おおばんがしら》は老中支配であるからして上下《かみしも》は明らかなのだが、その物言い物腰は「武役筆頭」の誇りに充ち満ちていた。

「正月祝儀《しゅくぎ》の欠席にござるぞ、越中守殿。病ならば仕方がないではすまされぬ」

さらに語気強くたしなめたるは、老中同役の小笠原図書頭《おがさわらずしよのかみ》。肥前唐津六万石をいまだ相続せず、世嗣《せいし》のまま幕閣に登用されている俊才である。年齢は四十のあとさき、板倉周防守と同じほどであろうか。

青二才めが、と越中守は胸の中で呟いた。もっとも、十ばかり齢下だというほかに、老中を舐《な》めくさる根拠は何もない。これだから健康な年寄りは困る。

「しからば、図書頭殿。雪の峠を這ってでも帰れと仰せか」

「いや、そうまでは申しておらぬ。まず、四月《よつき》に及ぶ欠勤はいくら何でも長過ぎよう」

そんなことは鮭に聞け、と言いたいところだが、言えるはずはない。軽はずみな口応えはやめよう、と越中守は思うた。

「まこと慙愧《ざんき》に堪えませせぬ」

しかし溯上が例年より遅れたからというて、塩引の手間を省くわけにはゆかぬ。

「養生が長引くならば、せめて御嫡子なり御縁戚なり、代わりを立てるが筋というものではござらぬか」

嫡子などおらぬ。娘三人では役に立たぬし、なぜか親類には嫌われて日ごろの交誼《こうぎ》がない。

「面目次第もござらぬ。かくも病が長引くとは、思うてもおりませせなんだ」

病が長引いたのではなく、塩引が長引いたのである。塩引の長引き、と肚の中で洒落て、越中守はこみ上げる笑いをこらえた。

「これ、何がおかしい」

そう叱咤したるは、越中守の不在中に寺社奉行から老中に累進した遠州浜松六万石、井上河内守《いのうえかわちのかみ》である。年齢はさきの二人よりさらに一回りは若い。そんな言葉はあるまいが、さしずめ「青一才」と言えよう。

そこでようやく小池越中守は、おのれが塩引鮭を献上するために登城したのではなく、三人の月番老中に叱責されているのだ、と悟った。

考えてみればこの蘇鉄《そてつ》の間は、無調法があって居残りを命じられた大名旗本が譴責《けんせき》を受くる座敷である。だにしても、月番老中がずらりと居並んで膝詰めに叱るなど、聞いたためしもない。

やはり正月祝儀の欠席はまずかった、新鮭を食うたらさっさと帰参すべきであった、と越中守は悔いた。ご時世にかかわらず、深追いはかくも殆《あやう》いのだと知った。

「まあ、過ぎたることを蒸し返しても致し方あるまい」

板倉周防守が言うた。ほう、なかなかの人物と聞いているが、なるほど寛大である。どうやら腹は切らずにすむらしい。

「では、これにて」

立ち上がろうとすれば、「待たれよ」「しばらく、しばらく」「待たんか、コラ」と、老中たちはこぞって引き止めた。

当然であろう。時の御老中が三人揃って、一言二言で話が終わるはずはなかった。

光の入らぬ座敷には蘇鉄を描いた金襖が繞《めぐ》っており、五十畳はあろうかという薄闇を、錆びた金色《こんじき》に染めている。

「そこもとに、ちと訊ねしたい儀がある」

板倉周防守が強いまなざしを向けたまま言うた。譜代の御大名ながら、大番頭には十分な敬意を払うているようであった。これはたしかにひとかどの人物じゃと、越中守は感心した。

「聞くところによれば、娘御が丹生山松平家にお輿入《こしい》れ、とか」

「さようにござる。御当代様の御兄君と祝言が斉《ととの》いましたるゆえ、越後の御領分を訪《おとの》うてご先祖様に果報の御礼を申し上げましたる次第」

周防守は目を瞑《つむ》ってひとつ肯いた。しばらく不穏な間があった。

「四月もご滞在になれば、見聞きなされることも多々ござろう。いや、そこもとを責めておるわけではない。知らぬ存ぜぬと白《しら》を切られても困る。よってこちらから率直に申し上げる。丹生山松平家は多額の借財に苦しみ、すでに家政は破綻しておると聞き及ぶ。いかがであったか」

否定しようのない訊き方であった。越中守は答えに窮した。その事実は先刻承知の上である。しかし幕閣が敵であるか味方であるかはわからなかった。

「ご返答なされよ。四月にわたるご滞在には、それなりのわけがおありだったのではござらぬか。娘御の嫁ぎ先ならばご親類にござろう。若き御当代をお扶《たす》けして、あれこれとご助力なされておられたか」

越中守は赤面した。それは買い被《かぶ》りも甚だしい。しかしそうまで言われれば、まさか「塩引鮭を待っていた」でもあるまい。

思いあぐねてとざした瞼の裏に、錦織りなす城山や、こんもりと雪を冠《かむ》った城下の景色が甦った。

実は新鮭の出来《しゅつたい》を待っていたのではない。あの閑《のど》けくもうるわしい里を、離れがたかったのだ。

「かく言うわれらも、乙甲《おつかつ》の貧乏大名にござっての。いやはや、外様《とざま》の国持ち大名ならいざ知らず、領分が小さなうえにこうして幕政にまで参与せねばならぬ。それでもどうにかこうにかなっておるのは、商人どもに無理を申しつけておるからなのだが、どうも噂によれば――」

そこで周防守はいったん声をとざし、居並ぶ二人の老中に目を向けた。同席の了解を得ねば、口にできぬような話であるらしい。

「昨年隠居なされた御先代が、あろうことか大名倒産を画策しておるという。現金現銀をかき集めて隠匿《いんとく》し、出すものは舌をも出さず、やがて下る改易《かいえき》の沙汰を待っておるというのじゃ。いやはや信じがたい話ではござるが、万々が一その通りに運べば、このご時世に怖ろしき前例を示すことになり申す」

小池越中守は息を詰めた。丹生山松平家の御先代は見知っている。偏屈で権高《けんだか》なあの殿様ならば、それくらいの悪だくみはするやもしれぬ。だが、質朴純情なる若き御当代が、その一味であるとはとうてい思えなかった。

壮大な悪事の、贄《にえ》にされようとしているのだ。

そう確信したとたん、小池越中守はすっくと立ち上がって三人の老中を見下ろした。

「大番頭小池越中、義において松平和泉守殿に助太刀いたす。御意見無用にござる。いざ！」

一介の武弁は好むか好まざるかではなく、もともと物を考えることが苦手であった。

「待たれよ」「しばらく、しばらく」「待たんか、コラ」等々の制止の声は虚しかった。

小池越中守の視野には、二百六十年前の関ヶ原の塵埃《じんあい》と、夥《おびただ》しくせめぎ合う旗指物《はたさしもの》があるばかりであった。

御廊下を踏み鳴らしてしばらく行ってから、越中守は思いついて振り返り、「その鮭を食うてくやれ」と大声で言うた。

「御隠居様に申し上げまする。ただいま大御番頭《おおごばんがしら》小池越中守様がお越しになられました。客間までお出まし下されませ」

うららかな午下りである。茶室の円窓に嵌《は》まった梅の枝も、ちらほらと蕾《つぼみ》を綻《ほころ》ばせている。

茶人一狐斎は不愉快をいささかも色に表さず、悠然と碗を抱いたまま、躙口《にじりぐち》に向こうて言うた。

「それはまた、ずいぶんと急な話ですのう。そこもとは何かお聞きかえ」

下屋敷用人加島八兵衛は、御隠居様が白いと言えば黒い烏も白い忠義者である。

「いえ。お約束の覚えはございませぬ」

「さようですか。いかに隠居の身とはいえ、約束もなしにひょっこり訪ねられては、迷惑ですなあ」

「申しわけございませぬ。されど、門前払いはいかがなものかと思い、お通りいただきました。もしお気持ちが進まれぬのであれば、ご病気ということでお引き取り願いますが」

「いや、そうもゆきますまい。茶をふるまうゆえ、小半刻ばかりお待ちいただいてからここに通して下され」

八兵衛は何やら言い返そうとしたが、「かしこまりました」と頭を下げて躙口を去った。

どうも近ごろ、黒い烏を素直に白いと言わなくなったような気がする。あの用人もそろそろ代えどきかもしれぬ。

御隠居様はみごとな所作で茶を啜った。このところ人格は日替わりであるが、百姓与作でも左前甚五郎でも板前長七でもなく、たまたま茶人一狐斎であったのは幸いである。この役回りだけは、御隠居様と重ねても無理がない。

駒込の中屋敷に住まう倅が、嫁を取る運びとなった。小四郎が言うには、庭仕事の弟子で、相惚れの仲であるそうな。まこと信じがたい話ではあるが、すでに子種を宿しておるゆえ、婚儀を急がねばならぬらしい。

めでたい。金はかかるが、小四郎めがどうにかするであろう。へたにでしゃばると金を出す羽目になるやもしれぬゆえ、御隠居様は知らんぷりを決めこんでいた。

だが、先方の親御が訪ねてきたのであれば、まさか門前払いもできず、仮病も使えまい。

大番頭の小池越中守は、まんざら知らぬ人ではなかった。詰席《つめせき》は異なるが、たがいに若いころ家督を襲《と》ったので、御廊下で行き合えば時候の挨拶ぐらいはかわす。その程の仲である。高禄の旗本とは言え、大名から見れば格下の武士にはちがいないから、婚儀もさほど大げさにする必要はなく、子ができたゆえ急ぐというのなら、いよいよ略儀でもよかろう。つまり、まこと持ってこいの相手であった。

しかし、ひとつだけ気がかりがある。国元に送りこんでいる橋爪左平次からの報せによると、その小池越中守が国入りの行列に同道したという。御先祖様の墓参りとは殊勝な心がけではあるが、変に絡んでほしくはなかった。

そのとき、ふいに光が翳《かげ》ったかと思う間に、ゴツンと音がして茶室が揺れた。すわ先年の安政地震に続き、またぞろ鯰《なまず》が暴れたかと肝を冷やしたが、幸いそうではなかった。

小半刻ほど待たせよと申し付けたはずなのに、小池越中守めがさっさとやってきて、躙口に頭をぶつけたのであった。

「痛ッ、これはとんだ無調法を」

「無理をなさるな。茶室を壊すおつもりかえ」

「いやいや、少々気が急《せ》いておりましてな。年を食うと短腹になっていけませぬ」

そう言いながら越中守は、いかにも徳川の先鋒にふさわしき六尺豊かな体を、茶室の中へと器用に滑りこませた。

狭い。三畳の小間が広いはずもないが、越中守が上がりこんだとたん、一畳半くらいに狭まったような気がした。

「やあ、それがしがごとき武辺の者にはようわかりませぬが、みごとな設《しつら》いにござりまするなあ。何やらこう、浮世の憂《う》さが遠のいて、心が落ちつきまする」

ちっとも落ちつかぬ。世間の憂さが人の姿を借りて乗っこんできたようなものだ、と御隠居様は思うた。まこと招かれざる客であった。

「ご覧の通りみどもは、すでに世を捨てて閑居《かんきょ》いたしております。不義理はご容赦下されよ」

御隠居様こと一狐斎は炉に向き合うた。黙《しじま》の中に、ことことと湯の滾《たぎ》る音がここちよい。

「いや、こちらこそご挨拶にも上がらず申しわけござりませぬ」

「聞くところによれば、丹生山の領分におみ足を運ばれた、とか」

「はい。ところが、御領分にて柄にもなく病を得まして、長々と厄介になり申した。面目次第もござりませぬ」

一見わかりやすそうだが、腹の読めぬ侍である。唐突な訪いからしても、嫁入りの挨拶とは思えなかった。

「婚儀の仕切りは、その後いかがかの」

いかにも世捨て人のごとく、他人事《ひとごと》のように一狐斎は訊ねた。

「御当代様とそれがしで相談いたし、事情が事情ゆえ御尊家の御中屋敷に輿入れいたし、仮祝言を済ませ申した。あとは御当代様の八月参府をお待ち申し上げ、娘の身も軽くなったところで、ごく内々にて祝儀を上げる所存にござります」

「それは聞いております。けっこうな段取りですな」

金はかけぬに越したことはない。嫁の腹が膨れ、小四郎めの国入りも重なり、金もないとなれば、ほかに考えようのない段取りである。

「ところで、御隠居」

何となく槍の穂先を突きつける感じで、越中守が言うた。

声がでかい。膝を詰めるな。

「そこもとが大名倒産を計っていると聞いた。まことか」

ブスリと咽元《のどもと》に槍が通った気がして、一狐斎は思わず茶筅《ちゃせん》を取り落とした。バレたかという驚きではない。こんなにもはっきりと物を言う人間がいるのかと思うた。

こうとなっては茶人でもあるまい。御隠居様はたちまち先代和泉守に変じて、声をあららげた。

「控えよ、下郎。旗本の分際で何たる口の利きようぞ」

しかし越中守はいささかも怯まず、さらにグイと顔を寄せてきた。まさに徳川八万騎が劈頭《へきとう》を駆くる侍大将、大番頭の迫力であった。

「口の利きようなどどうでもよい。御家の存亡にかかわる話ならば、すでに戦場である。返答せい、丹生山殿。おのれは同じ戦をするお仲間を残して、退却なされるご所存か。苦戦はどこの御陣も同じじゃ。恥を知れ」

めったな返答をしてはならぬ。こやつはさほど深く物を考えているわけではない。

御隠居様は水屋に押しこまれたまま、鮭色に紅潮した巨《おお》きな顔を押し戻した。

「何を申すか。武士ならば御家大事に決まっておろう。無礼もたいがいにせよ」

「さようか。まことじゃな」

御隠居様は懸命に肯いた。

それにしてもこやつ、なにゆえ鮭臭いのだ。


年が明けると、喜三郎兄の病状はいよいよ険悪となった。

医師が申すには、「予断許すまじきご病状」である。羽黒山の修験を招いての加持《かじ》祈禱《とう》も効なく、ついには七草の粥も啜れぬままに、老女中が湯ざましを綿に浸してお口を濡らすばかりの容態となった。

和泉守は朝に夕に山里丸の離れ家を訪ね、兄の枕頭に座った。手を握り、目を見かわしたまま一刻もそうしていた。

縁《えにし》の薄い兄弟である。母親も異にする。だが和泉守には、幼いころから共に学び、共に遊んだ兄に思えてならなかった。

母なる人は五年前の午《うま》の年に、城下を席巻したコロリの病で亡うなっていた。おのれがただひとりの血縁であると思えば、枕辺を去ることが忍びがたかった。

「小四郎、北前船は出たか」

乾いた唇を震わせて、兄はうわごとのように訊ねた。

「鮭役人と大黒屋の番頭が奔走しておりますれば、ほどなく」

丹生山の塩引鮭を江戸に送る。そうと決まっても、おいそれと運ぶ話ではなかった。まず、出荷するだけの鮭が揃わぬ。豊漁とは聞くが、これまでは御領内と近辺諸国で食うていたものを江戸に出すには、仕込みが間に合わなかった。

さらに肝心なことには、商いの一切を請け負う大黒屋にも苦労があるらしい。丹生山先店《さきだな》の番頭伊兵衛が言うには、新潟出店《でみせ》の大番頭がなかなかその気にならぬ。つまり、上の者ほど失敗を怖れるのである。それでも伊兵衛は、懸命の説得を続けていた。

「おぬしは、嘘のつけぬやつじゃの」

兄がわずかにほほえんだ。

「口先だけで兄上のお気持ちを安んずることなどできませぬ」

「わしと、よう似ておる」

兄弟ですから、という言葉が声にならず、和泉守は口を被《おお》った。

父という人は、嘘にまみれている。ならば腹ちがいの二人は、誰に似てかくも一途な気性なのであろう。

「のう、小四郎。このごろ思いついたことがある。聞いてくりょう」

「はい、兄上。何なりと」

杉の森は雪にくるまれたままたそがれて、障子は青磁の色にくすんでいた。老いた女中は俯き、ときおり紬《つむぎ》の膝で猫が鳴いた。

「父上は、嘘のない人なのではあるまいか」

今さら何を、と抗《あらが》いかけて和泉守は口を噤《つぐ》んだ。兄は切れぎれに続けた。

「思うに、世間が、虚飾に満ちているのではないのか。畏れ多くも、上は将軍家から、下は足軽小者《こもの》に至るまで、武士という武士は、みながみな、貧乏をしておるというのに、何が御家大切じゃ、何が御殿様じゃ——」

「兄上、お体に障りまする。お静かになされませ」

和泉守は兄の手を引き寄せ、骨と皮ばかりの体をさすった。言わんとするところは伝わった。兄は父を寛《ゆる》したのではあるまい。父の言動をことごとく思い返したあげく、そう悟ったのだ。

父は悪人でも偏屈者でもなく、世の不条理に抵抗する正直者なのだ、と兄は言うているのだった。

　真理やもしれぬ、と和泉守は思うた。二百六十年にもわたって積み上げられた繁文縟《はんぶんじょく》礼《れい》は、ついに畳の目数によって武将の権威を顕《あら》わさねばならぬほど、わけのわからぬものになっている。そうした歪《ゆが》んだ制度と武士の困窮は不可分ではないと、父は悟ったのかもしれなかった。

　父が嘘のない人だという意味は、それにちがいない。

「しからば、兄上。わたくしはどうすればよいのですか。お教え下されよ」

　ふいに、枯木のように乾いた兄の眦《まなじり》を、清らかな涙がつうと伝った。

「父上は正しい」

　死に臨んでこれほど孝なる子はおるまいと思うと、和泉守は去りゆく命にすがるように、兄の涙にわが頰を合わせた。

　末期の息をようよう声に変えて、兄が耳元に囁いた。

「しかし、わしは父上に順《したが》えぬ。権現様から頂戴した、この丹生山の領分は、捨てられぬ。たとえ、魂魄《こんぱく》となっても、丹生山を去ることはできぬ」

　苦しむでも喘《あえ》ぐでもなく、やがて和泉守の腕の中で命が脱けた。

　兄は丹生山に生まれ、丹生山に死んだ。貴人であるがゆえに、隣国の新発田《しばた》にも庄内にも足を踏み入れたためしがなかった。丹生山はふるさとであるばかりか、兄にとっての世界であった。国ざかいの山の彼方に、あるいは黄金《こがね》ヶ浦《うら》から眺める海の先にある場所は、すべてが幻想でしかなかった。

兄は懇願したのだ。世界を滅さないでくれ、と。


「アー、ご容赦ァー。いくら何でもこれはあまりに切ない、なにとぞご容赦ァー」

杉林の小径《こみち》をこけつまろびつしながら、貧乏神は下襲《したがさね》の裾にすがりついた。

「さがれ、下郎」

沓《くつ》先で蹴とばされた。束帯に笏《しゃく》を持ち太刀を佩《は》いた出で立ちは、誰だか知らぬがものすごく偉そうである。弊衣蓬髪のおのれに比ぶれば、同じ神でもこれほど貴賤があるのかと驚く。

離れ家の庭先で様子を窺っていたところ、いずこからともなくこの貴《たっと》き神がやってきて、「参るぞ、喜三郎」と呼びかけた。すると病人が障子をすり抜けて現れ、たいそう畏れ入りつつ付き随《したご》うたのである。

ハテ、死神とは思えぬ。ひごろ懇意にしている死神は、あらゆる邪神中で最もわかりやすい風体をしている。だとすると、この神は誰？

ともに貰い泣きをしていた寿老人が、杖を放り出しておののき慄《ふる》えながら答えを口にした。

「これ、貧乏神さん。頭《ず》が高いぞよ。こちらは畏れ多くも、東照大権現様にあらせられる」

　知らぬはずである。そもそも貧乏とは無縁のお方、しかも福神とは縁《えにし》が深い。

　しかし、そうと聞いても貧乏神は怯まなかった。いくら何でもこの永訣《えいけつ》の場面は、あまりに切なすぎた。

「なにとぞ、なにとぞ。これより浄観院に取って返し、薬師如来に往診をお頼みするゆえ、ここはひとつ、ご容赦のほど」

「黙らっしゃい」と、権現様は険しい顔を向けた。

「神仏がどうのではない。生者必滅は世の理《ことわり》、喜三郎めは運命《さだめ》に順《したご》うて去るのみ。しからば眷族《けんぞく》が来迎《らいごう》するはけだし当然であろう」

　貧乏神は掌を合わせた。職業がら、あきらめの悪いたちであった。

「そこを何とか。福神どももどうにか七柱揃うて一人前、じきに御家の立て直しが叶いましょう。せめて、それまで」

　権現様はふくよかなお顔を歪ませて嘲笑《あざわら》った。

「御家再建など、ちゃんちゃらおかしいわい。二百六十年も積もり嵩んだ借金が、鮭と寄進でどうにかなるなら世話はない」

　何と冷たいお言葉。だが、言われてみればごもっともなのである。ようやく揃った七福神の顔ぶれを見ると、正月の熊手になるがせいぜいのところで、とうてい二百六十年分の借金をどうにかするとは思えなかった。

「異存あるまいな、喜三郎」

おもざしに無念の情をたたえたまま、喜三郎様はひとこと、「御意《ぎょい》のままに」と仰せになった。

昏《く》れゆく森に消えんとするうしろかげを見送りながら、寿老人が柄にもなく「くそ、バカにしおって」と、悔やしまぎれに吐き棄てた。

離れ家からは御殿様と女中の忍び泣きが聞こえてくる。黒い涙を流して天を仰ぐ貧乏神の上に、夜の帳《とばり》がどろどろと落ちてきた。


よいのか、これで。

楠の大樹に身を寄せて、かじかんだ指に息を吐きかけながら、加島八兵衛は自問し続けている。

暁《あかつき》七ツの千鳥ヶ淵はいまだ闇の中である。月はどこにあるものやら、満天の星からすると雲居ではないはずだが、濠《ほり》ぞいの道には黒松やら楠やらの常磐木《ときわぎ》が茂って、そのありかさえわからなかった。

暗闇がいっそう八兵衛を惑わすのだ。もうひとりのおのれが耳元で囁く。「よいのか、これで」と。

八兵衛は胸の中で抗う。

よいのだ、これで。わしの主はご当代様ではない。隠居なされたとはいえ、ご先代様こそが忠節を尽くす御方なのだ。

先日、柏木村の下屋敷を大御番頭の小池越中守様が訪《おとな》われた。そしてお帰りになられたあと、御隠居様は冷ややかなお顔で八兵衛に下知なさったのだった。「あの者を斬れ」と。

かりそめにもご次男新次郎様の岳父《がくふ》である。ご息女が当家にお輿入れなされたからには親類である。これにはさすがに八兵衛も仰天して、「なにゆえに」と訊き返した。

主君の御下知に対し物申すは禁忌である。しかしこればかりは承服できかねた。

畏れ多くも新次郎様は、嫁取りなど叶うはずもないお馬鹿にあらせられる。そのお手が付いて小池の姫様が身籠られたのであれば、たとえ大名と旗本の身分ちがいがあろうと、非は当家にある。そこを耐えて忍んだ越中守様が何を申されようが御隠居様の短慮はお諫《いさ》めせねばならぬと八兵衛は思ったのだった。

ましてや小池越中守様といえば、旗本の亀鑑《きかん》と崇《あが》められるほどの武士、柳営《りゅうえい》の名物であると聞く。

八兵衛の詰問に対し、御隠居様はひとことだけお答えになった。「あやつは知りすぎておる」と。

それで八兵衛の肚は定《き》まった。大名倒産の壮大な謀事を、挫折せしめてはならぬ。おのれは御側用人《おそばようにん》として、御隠居様の御意に添わねばならぬ。

千鳥ヶ淵は半蔵御門と田安御門の土橋で堰《せ》き止められた濠である。

江戸城は東の大手が低く、西の搦手《からめて》が高い。よって西側には広い濠と高い石垣を繞《めぐ》らして、堅固な構えとしている。景観にすぐれているのもそのせいである。わけてもこのあたりは、見下す濠の面《おもて》が千鳥の姿に似ているところから、千鳥ヶ淵という風雅な名で呼ばれていた。

かたや広い御濠、こなたは枯れ芒《すすき》の生い立つ火除地《ひよけち》で、しかも濠ぞいの道は大樹に被われている。辻番所は置かれているが、そもそも町家のないところゆえ、右も左も灯火は遥かだった。

「よいのか、これで」

耳元ではっきり声が聞こえて、八兵衛はぎょっと振り返った。

自問ではない。御隠居様の意を汲んで、上屋敷の御家老が手配した刺客が、闇の中にのそりと立っていた。

「暗いうちから走り込みなどして鍛練ば怠らぬ武士が、御家に仇《あだ》なす悪者じゃとは思えねが」

「雇われ者が、この期に及んで何を申すか」

八兵衛は声を潜めて叱りつけた。奥州なまりのきつい、まことと絵に描いたような浪人だが、一刀流の免許皆伝で腕はたしかだという。

聞くところによれば、昨年暮の御支払の折にひとりだけ文句をつけた白銀屋なる商人を、闇討ちに果たしたらしい。

「んだども、駆足するだば尻端折《しりつぱしよ》りの丸腰だべや」

「そこを狙い定めたのだ。小池越中守様は武芸百般の達人じゃぞ」

「尋常の立ち合いでも、わしは負げねど。丸腰の武士を斬るなど、卑怯ではねがか」

「四の五のと申すな。この仕事をなしおえれば召し抱えると、御家老様も約束したであろう」

「なんもはあ、こないだもその約束ばしたんだが、もうひとり斬れとはのう」

いかにも天野大膳様の考えそうな筋書である。たぶんこの一仕事のあとにも仕官はあるまい。一服盛られるか、ほかの刺客に闇討ちされるかであろう。

「おぬし、ずいぶん弱気じゃな。白銀屋を斬ったのはまことか」

「じゃじゃ、今さら何を申される。きょうび辻斬りやら物盗りやらは、瓦版の種にもならねえだけじゃ」

あやしい。どうもこやつの弱腰は、人を斬った者とは思えぬ。

しかし、暮の御支払を取り仕切った大黒屋幸兵衛は、文無しの遺族のためにささやかながら葬《とむら》いを出してやったと言うし、そののち本郷菊坂の店も閉まったままで、疑り深い御隠居様もまちがいないと得心なさっている。それでもこうして見ると、腕前のほどはともかくとして、人の好さげなこの浪人がさような乱暴者とは思えぬのである。

やっぱり、あやしい。

「遅いのう。五十過ぎのご老体ゆえ、たまにはお休みもあろうか」

八兵衛は願いをこめて呟いた。このところ越中守様が暁七ツに千鳥ヶ淵を駆け抜けることは、あらかじめ調べがついている。だが、寒い日には身を労ろうし、きょうに限ってちがう道筋を走っておられるのやもしれぬ。

いずれにせよ、来てほしくはない。そうとなればきっと神仏のご加護にちがいないから、もういちど御隠居様をお諫めしてみよう、と八兵衛は思った。

しかし期待は裏切られた。東雲《しののめ》がほのかに色めいたころ、九段坂の方角からシイシイハッハッと二拍子の息遣いが聞こえたと思う間に、尻端折りの人影が顕われたのだった。

はっきり言うて、バカ。

なにゆえ五十を過ぎた老体が、御濠の水も凍った朝まだきに、シイシイハッハッと走り回っているのだ。しかも、そんじょそこいらの御家人ではない。御役高五千石の大番頭様が、ひとりの供連れもなく。

バカにはちがいない。だが、見上げたバカだと八兵衛は思うた。武士とは本来、そうしたものでなければならぬ。

見る間にほのぼのとかわたれる木下道《このしたみち》を、大柄の武士が近付いてきた。

よし、と気合をこめて、浪人が刀の下緒《さげお》を引き抜いて襷《たすき》にかけた。

たしかに尻端折りの丸腰である。二人して斬りかかれば、いかな練達《れんだつ》の士とてひとたまりもあるまい。

しかし、そう確信しても八兵衛の心は揺らいでいた。人間五十年というに、その五十を過ぎた武士がなにゆえかくも厳しく体を鍛えているのであろう。

理由はひとつしかない。あらゆる権威を身にまとう、武士という種族の責任において、彼はおのが心身を鍛え続けているにちがいなかった。

そは主君たる徳川家に対する忠義か。そうではあるまい。公方様のしろしめす天下万民に対する忠心が、彼をして夜の明けやらぬうちから、尻端折りで江戸の町を走り回らせているのだ。

よいのか、これで。いかに主命《しゅうめい》であれ、目に見える忠義を斃《たお》すことが、士道と言えようか。よいのか、これで。

しかし八兵衛には、刺客をとどめる勇気がなかった。

「ご無礼つかまつる」

浪人は刀の鯉口を切って、黒松の幹から歩み出た。

驚いたことに、越中守様はいささかも動じなかった。シイシイハッハッと足踏みをしたまま、「どなたじゃ」とこともなげにお訊ねになった。何たる胆力、何たる不動心であろうか。頭が回らぬだけかもしれぬが。

八兵衛も刀を抜いて続いた。もはや物を考えてはならなかった。

さすがの越中守様も目の前の白刃を見れば動揺するかと思いきや、相も変わらず足踏みをしたまま仰せになった。

「おお。誰かと思えば、そこもとはたしか丹生山様の御用人。なになに、大事ないぞよ。わが家中の者も、夜明け前の走り込みなど危いゆえ供をすると申すがの、万がいち辻斬りなどに出くわしたなら、走って逃げればよいだけの話じゃ」

八兵衛は挫《くじ》けた。これはまさしく一介の武弁、体は動くが頭はまるで働かぬらしい。もしやこの御方の血を享《う》けた姫君は、畏れ多くも中屋敷の新次郎様と似たものなのではあるまいか。だとすると、何やらものすごく合点がゆく。

「シイシイ、ハッハッ。ご先代様のお心遣いはありがたいがの、何も刀を抜いて待つほどの話ではあるまい。刺客だの辻斬りだのが出るのは、明け方ではなく夜更けであろう。シイシイ、ハッハッ」

すると、浪人が振り返って妙なことを言うた。

「のう、御用人様。こんたな次第にござれば、あきらめたほうが良《え》がんしょ。わしも最早《は》、仕官の道がどうたらこうたらなんぞとは言わねがら」

こやつも挫けたか。いや、いかにもしてやったりという笑顔からすると、何かほかの腹づもりがあるのやもしれぬが、あまりの思いがけぬなりゆきに、八兵衛の頭は回らなかった。

「シイシイ、ハッハッ。しかるに、ご親類のお心遣いとあらば無下にはできまい。よおし、しからばこれより、ともに走ろうではないか。半蔵御門から三宅坂を下り、御城をひとめぐりすれば一里半、ちょうど朝餉の時刻になろうし、番町《ばんちょう》の屋敷にて塩引鮭をふるまおうぞ。シイシイ、ハッハッ。大番頭小池越中、いざ先駆けを承る。者ども、われに続け！」

思わず「オウ」と答えて駆け出しながら、きっとこの御方のご先祖様は葵御紋の旗指物を翻して、関ヶ原の先陣をまっしぐらに突進したのであろうと、加島八兵衛は胸をときめかせた。

振り仰ぐ東の空には曙《あけぼの》がさしている。夜明けは近いのだ。

二十五、丹生山黎明千石船《にぶやまれいめいせんごくぶね》

丹生山松平家の慣習に則《のっと》り、当代和泉守が御三兄喜三郎様の葬儀は、身も凍える未明寅《とら》の刻に取り行われた。

ご遺命により、ほんの近しい人々だけが参集する慎ましい弔《とむら》いであった。浄観院の本堂に列した参会者はほんの二十人ばかりで、なおかつ御当代様が忌事《いみごと》に触れぬことも御家のならわしであった。

暗闇の中で喪主のない葬儀が出されるのである。その起源は、御大将の討死を秘するための密葬であるとされるが、あまりにも遠い昔のことゆえよくはわからぬ。

東照神君家康公によって泰平の世が開かれて以来二百六十年、将軍家から諸大名家に至るまで、由来のわからぬ「ならわし」とやらに埋めつくされている。

享年二十五。妻《めと》も娶らず、子もなさぬまま旅立たれた。そして、御領分では唯一の血縁とされる御当代様も、慣例によりお出ましにはならぬ。

本堂には上人様の読経が谺《こだま》する。とうてい御齢九十五とは思えぬ、朗々たるお声であった。

わずかな参会者の焼香ののち、喜三郎様の亡骸《なきがら》を納めた座棺は、御歴代の眠る松平家墓所の片隅に埋葬された。

「南無《なむ》大師遍照金剛《だいしへんじようこんごう》。南無大師遍照金剛——」

上人様が御宝号を唱えおえると、墓前の雪の上に琵琶法師が座り、悲しくも美しき平家を語った。嘆かぬ者はなかった。

正心坊は見えざる姿を見、聴こえざる音を聴く。

墓所には喜三郎様の御みたまのみならず、御歴代の殿様や姫様がましまして、正心坊の琵琶に耳を傾けていた。また、二十人ばかりの参会者が誰々であるかも、正心坊にはわかっていた。御当代様のいまさぬことは悲しくもあったが、今このとき城内御本丸の仏間にて誦経《ずきよう》なされるお姿を、正心坊の見えぬ目は見ていた。

喜三郎様と小四郎様は母のちがう兄弟であり、小四郎様と正心坊は父を異にする兄弟である。だから正心坊には、この琵琶の音を手向《たむ》ける人が他人であるとは思えなかった。

思い余って謡いながら涙をこぼした。それでも声は澄み渡っていささかもよろめかず、聴く人をいっそう泣かせた。

正心坊が手向けた曲は「木曾最期《きそのさいご》」であった。

大津の打出浜《うちでのはま》にて敵の大軍に取り囲まれた木曾義仲は、「日頃は何《なに》とも覚えぬ鎧が、今日は重うなったるぞや」と馬上に弱音を吐く。それを聞いた今井四郎兼平《かねひら》が、駒を寄せて主を叱りつけるのである。

正心坊は謡う。

「御身も疲れさせ給い候《そうら》わず、御馬も弱り候わず、何に依ってただ今一領の御著背《おんきせなが》を、俄《にわか》に重うは思《おぼ》し召され候《そうろう》べき。それは御方《みかた》に続く御勢《せい》も候わねば、臆病でこそさは思し召され候らめ。兼平一人をば、余《よ》の武者千騎と思し召され候え」

敗走するうちに、義仲に従う家来は兼平一騎となっていた。その一騎を千騎と思えと、忠臣は主を叱ったのだった。

そして兼平は敵中に取って返すと、鐙《あぶみ》に両足を踏ん張って騎馬立ち、大音声《だいおんじょう》で名乗りを上げた。

「遠からん人は音にも聞け、近くは目にも見給え。木曾殿の乳母子《めのとご》に、今井四郎兼平とて、生年三十三に罷《まか》りなる」

松平家は源氏の裔《すえ》である。よって朝日将軍源義仲の最期になぞらえてこの段を選んだのだが、さすがの正心坊も「木曾殿の乳母子」という文句には謡いながら身が慄《ふる》えた。浅からぬ縁《えにし》にもかかわらず、こうして墓前に琵琶を弾くことしかできぬおのれを、しんそこ情けなく思うたのだった。

「ご苦労じゃった。喜三郎様には何よりの餞《はなむけ》であったぞ」

人々が去ってしまってからも、しばらく雪の上に座り込んでいた正心坊を、そう言って労《ねぎら》ってくれたのは父であったと思う。

見えざる姿を見、聴こえざる音を聴き分けても、悲しいことに正心坊には、自分を捨てた父の顔も声も、いまだよくわからない。

「お待ちくだんせ、間垣様」

凍った境内をこけつまろびつしながら、伊兵衛は山門の下でようやく間垣作兵衛に追いすがった。

身分は足軽だが、深く敬する人である。蘆川《あしかわ》に上る鮭をわが子のごとく慈しみ、みずから鋤鍬《すきくわ》をふるって産卵のための支流まで開削《かいさく》した。乱獲によって尽きかけていた鮭が、ふたたび勢いを得て人々の口に入るようになったのは、この鮭役人ひとりの手柄と言うてもよいのだが、当の本人は何を語るでもなく、ひたすら蘆川の鮭を養い続けている。

雪もよいの空はしらじらと明けそめていた。石段を下りかけて、間垣様はいささか迷惑げに振り返った。

「お話がござんす。お手間は取らせませぬゆえ、御城下までお供をさせてくだんせ」

ぼそりと答えが返ってきた。

「すまぬが大黒屋。これより、下《しも》の止め簀《す》を見にゆかねばならぬ」

「はあ。だば、止め簀までお供いだしますで」

間垣作兵衛のこしらえた止め簀なる柵は、開削された分流の上下にあり、それらを閉ざすことで産卵する鮭を外敵から守る。

「わしは鮭馬鹿での。売り買いの段になれば何もわからぬ。役に立つとは思えぬのだ」

丹生山の塩引鮭を江戸で売るという話は、むろんまっさきに持ちかけたのだが、なかなか乗り気になってはくれぬ。どうやら間垣作兵衛は、蘆川の恵みである鮭に高い値をつけて売り捌《さば》くことが、不本意であるらしいのだ。つまり、貴重な財源となるよりも、またぞろ乱獲に繋がるのではないかと怖れている。

一歩退がって雪道を歩みながら伊兵衛は考えた。この御方を何とか説得しなければならぬ。鮭役人がその気にならねば気勢が上がらぬ。

「きさぶ様は、いまわのきわまで船はまだかやと仰せられていらしゃったそうで」

間垣様が白い吐息をついた。

「船のことなど、わしはわからぬ」

「へえ。ごもっともでござんすわや」

「船倉に詰めこんで、イヨボヤが喜ぶとも思えぬ」

「へえ。間垣様のご執心は、重々承知しておりますわや」

イヨボヤとは、鮭の謂《いい》である。昔から蘆川を溯《さかのぼ》る鮭に限って、そう呼ばれてきた。「イヨ」は「魚《うお》」をさし、また「ボヤ」は幼児の言葉でやはり「魚」の意である。すなわち、「魚の中の魚」というほど敬意をこめて、丹生山の人々は古来そのように鮭を称えてきたのだった。

雪に当たるように藁沓《わらぐつ》を踏みしめながら、間垣作兵衛の語気は強くなった。

「考えてもみよ、大黒屋。西廻りの船に積んで暖かな瀬戸内の海をのんびりと行けばイヨボヤが腐る。腐らずともまずくなる」

「へえ。んだがら、東廻りの船に乗せようと思いあんす」

「馬鹿を申すな。波の荒い東廻りで、荷を捨てるはめになったらどうする。あるいは、嵐に当たって荷を捨てたと称し、横流しするあくどい船主もあるという。東廻りはもってのほかだ」

　頑固なのではない。間垣様はさほどイヨボヤに愛着しているのだ、と伊兵衛は思うた。この御方の噂はかねがね耳にしている。こんなにも情の深い人が、血を分けたわが子を寺に預けてまで主家筋の御落胤《ごらくいん》を育て、なおかつ主家の都合でまた召し上げられるなど、どれほどの苦労があっただろうか。

　だからこそ、手塩にかけたイヨボヤの風味が、いささかでも損われることを怖れる。万が一にも船もろとも荒海の藻屑《もくず》と消えることを怖れ、あるいはあくどい船主の手に渡って叩き売られることを怖れる。

　間垣作兵衛は真ッ白な野面《のづら》を眩《まばゆ》げに見渡し、もう何も言わずに、路端の地蔵の雪を掻いて掌《て》を合わせた。

　新潟出店《でみせ》の大番頭は伊兵衛の懇願に耳を貸そうとはしない。かと言うて、先店《さきだな》番頭の分際でその頭越しに、江戸本店《ほんだな》の差配を仰ぐわけにもいかなかった。

　大黒屋の看板と金を勝手に使えば、馘《くび》どころか命もかかる。それでも伊兵衛は、丹生山の鮭を江戸に運ぶと決めた。一人前の商人に育ててくれたのはお店《たな》だが、そもそも親の顔も知らぬおのれは、蘆川のイヨボヤの肚子から孵《かえ》ったような気がするからだった。

「のう、間垣様。おまえ様にぜひともお見せしてえ船と、会うていただきてえ船主がおるだが」

心から敬する武士の背に向かってそう言うたとき、命は捨てたと伊兵衛は思うた。


福禄寿は呆れ果てている。

このものぐさめ。師走のかかりには早くも正月気分で飲み始め、いつ年が改まったのかもわからぬまま、三ヵ日どころか松が取れても囲炉裏端《いろりばた》でごろごろしている。

ところ変わって佐渡ヶ島は宿根木《しゅくねぎ》。一見して閑かな漁村だが、その実は年に十艘もの巨船を建造する船大工たちと、いわゆる北前船を所有する船主たちの集落である。

土地が狭いので家々は密集し、屋根は木羽《こば》葺きに石置きで見栄《みばえ》が悪く、潮風に晒された外壁も粗末に見えるのだが、ひとたび玄関に立てばどれも目を瞠《みは》るほどの贅沢な屋敷であった。

この飲んだくれの船主、房五郎《ふさごろう》の家もそうした屋敷の例に洩れぬ。そして、飲んだくれにはちがいないが、福禄寿が罵《ののし》るほどのものぐさではなかった。

海の荒れる冬場は商いも少いのである。ましてや房五郎が持つ七福神丸は、天下一の巨船であった。二百石か三百石の船が多い中で、その積荷の高は一千と百石、文字通りの千石船である。

建造されたのは昨年の秋だが、一千百石と言えば四斗の米俵で二千七百五十俵、積み卸しに手間がかかりすぎて、たった一度の西廻りで稼いだきり冬になってしまった。そこで房五郎は、船頭や水夫《かこ》どもに一冬分の銭を渡して、「ずっと正月」と決めたのであった。

はっきり言って、金はある。いくらだってある。千石船の船主の財は、そんじょそこいらの商人などとは比ぶるべくもなかった。ただし、商人とちがって銭勘定には疎《うと》いから、いくらあるかと問われれば、「いくらだってある」としか答えようはなかった。

房五郎は暖かな炉端に寝そべったまま、器用に酒を飲む。

「エエー、佐渡はァ居よいかァ、住みよいかァ、とくらァ。ハ、アリャアリャアリャさっと」

酒は伏見の下り物、肴は目の前の海から揚がった烏賊《いか》と海栗《うに》。しかも冬の間はずっと正月。世にこんな果報者が二人といるであろうか。

金はいくらだってある。六人の子はひとりも欠けることなく育ち、孫はいったい何人いるものやら数えるのも億劫だが、たぶん二十人は超すであろう。おまけに若い時分から海で鍛え上げた筋骨は隆々として、どこからどう見ても七十翁の姿かたちではなかった。まだこのさき五十年くらいは生きる自信があった。

さて、房五郎のこうした幸せは、よほどの努力精進のたまものだと人は思うであろうが、そんなはずはない。

屋敷の炉端は、柱も壁も床もみごとな漆塗りである。その吹き抜けになった高みに、注連縄《しめなわ》を繞《めぐ》らせた豪勢な神棚が造りつけられており、いつ、誰が据えたかわからぬ福禄寿の神像が鎮まっていた。

「福」は子宝をいう。「禄」は金銀財物をさし、「寿」は健康と長命である。すなわち、ひとたびこの神が降り給《たま》えばたいそう手っ取り早く人生の幸福に恵まれるから、いわゆる七福神の中では抜けた人気を博していた。

だったら一座など組まずに、おのれ一本で行けばよかりそうなものだが、働き者の神々をまとめて、なるたけ楽に食うという卑怯な手を思いついたのである。言い出しっぺであり、「座長」でもあるから分け前も多い。七等分と言いながら、実は六柱それぞれに十等分を渡して、残る四割をおのれの懐に納めていた。いかに言い出しっぺであり座長であっても、これは阿漕《あこぎ》というものであろう。

要するに、総じて銭金に無頓着な神々の中にあって、福禄寿ひとりが勘定高いのである。しかも、不公平だとは気付いても、結成以来一千年の歴史はあまりに重過ぎて、今さらどうこう文句をつける神はいなかった。

もしかしたら、ものぐさは房五郎ではなく、降り給うた福禄寿なのやも知れぬ。だにしても、その霊験《れいげん》には灼《あらた》かなるものがあった。

「房五郎やい。いつまでもごろごろしておらずに、たまには船でも出したらどうじゃ」

神棚からそう諭しても、人の耳に聴こえるはずはない。むろん、ものぐさも悪くはないので、福禄寿はさして咎めるつもりもなく、房五郎の女房が朝晩必ず供える御神酒《おみき》を飲み、贅沢な神饌《みけ》を食ろううた。

おお。海のほとりにあっても、やはり塩引鮭はうまい。仏は不幸だ。

「ハ、アリャアリャアリャアリャさっと。ええ正月じゃのう。きっとこれも、福禄寿の功徳《くどく》につげえねえな。いやはや、ありがてえ、ありがてえ。オン・マカシリ・ソワカ。オン・マカシリ・ソワカ」

炉端で舟を漕ぎながら、房五郎が夢見ごこちに呟く。まあ、多少なりとも感謝の心があるのなら、それでよかろうと福禄寿は思うた。

ところで、この塩引鮭はいったい誰からのみやげであったか。

そうだ。お人好しの寿老人と、どこのどなたかは知らぬが、何だかものすごく様子の悪い神がやってきて、面倒な頼みごとをして行きおった。

人助けをするにあたって、どうやら米でも鮭でも足らぬようじゃ、どうかお前様の霊験もって、宝船を一艘出してはもらえぬか、などと。

何じゃい、それは。

「のう、房五郎やい」

福禄寿は神棚の高みから呼びかけた。しかし神の声は人の耳に届かず、むろんその姿は見えぬ。

「自慢の千石船も宿根木の湊に繋いだままでは、宝の持ち腐れであろう。たまには漕ぎ出してみぬかえ」

千石船を漕ぎ出すどころか囲炉裏端で船を漕ぎながら、房五郎はついに酔い潰れて、齢に似合わぬ太い腕を枕に横たわってしまった。

船主屋敷にはほかに人影がない。抱えの水夫《かこ》どもはみな里帰りしており、家族も出払っていた。

房五郎は生まれつきの大器量である。細かなことにはこだわらず、腹も立てず、不平不満を口にしたためしもなかった。たとえば、今も女房は亭主をほっぽらかしておなご衆の寄合いに出かけ、倅夫婦と孫たちは弁当持ちでどこぞに行ったらしいが、房五郎は少しも気にかけぬ。

「今さら他《はた》の話を聞くおぬしでもあるまいが、まあ聞きやれ」

そう言うてはみたものの聞こえるはずがない。面倒だが心に立ち入って説くほかはないと思い直し、福禄寿は絹の衣を翻して炉端に舞い降りた。

「あのなあ、房五郎――」

話はまこと面倒である。ましてやそもそも口数の少ない房五郎に憑《つ》いてかれこれ五十年、こっちまで口下手になってしもうた。

もとは他人の夫婦《めおと》でも長年連れ添えば姿も顔も似てくるがごとく、神と人もやはり長い付き合いになれば似通ってくるらしい。

話のとばくちが見つからずに、福禄寿は盃を重ねたあげく、囲炉裏を挟んでごろりと横になった。

「ハァ、アリャアリャアリャさっとくらァ」

寝言で唄う房五郎を見ながら、こやつも人間、さすがに年寄ったなと福禄寿は思った。

父親は水替《みずかえ》人足として金山で働く、無宿人であったという。母なる人はおもかげにすら見当たらぬから、房五郎を産み落として死んだか、産み捨てたかのどちらかであろう。長じて小木《おぎ》湊の水夫であったころ、福禄寿は房五郎に憑《かか》った。不幸な境遇にそぐわぬ器量が気に入ったのである。以来五十年、房五郎は福と禄と寿を体現する、千石船の船主となった。

だが、房五郎は小木湊の水夫であった時分と、どこも変わらない。似たような生まれ育ちの女房も、やはりどこも変わらない。そうした人間は、福神にとってすこぶる居心地がよかった。

「実は先日、旧知の神が塩引鮭を提げて訪ねて参っての。マア、わしも七福神なるものの座長じゃによって、年賀の挨拶ぐらいあって当然じゃな。しかるに、わしはその寿老人なる神に多少の借りというか、つまり頼まれればイヤとは言えぬ義理みたようなものがあってのう――」

グワッ、と房五郎が鼾《いびき》で返事をした。よし、耳には聞こえずとも心では聞いている。手枕をして寝転んだまま語る話ではあるまい。しかし、物事は何だってそうだが、夕テとヨコで仕込めるはずはなく、やっぱりタテにはタテ、ヨコにはヨコでなければならぬ。

「寿老人がもたらす功徳は、その名のごとく健康長寿じゃが、わしは福禄寿じゃによって、その寿に福と禄が加わる。誰だって貧乏で長生きはたまらぬゆえ、寿老人より福禄寿を拝むわい」

それもたしかに義理といえばそうだが、結成以来多年にわたり、稼ぎの上前を撥《は》ねている。むろん「多年」も千年の上となれば、たかだかのピンハネとは呼べまい。

その寿老人が、ひどく様子の悪い神を連れてひょっこり現れたときは、とうとう千年分の掛け取りがやってきたかと肝の縮む思いがしたものだった。

何もそこまでしゃべる必要はあるまいが、七福神のうちの六柱までがその気になっていると聞けば、まさか座長がイヤとは言えまい。むしろ、力のちがいを見せつける好機であろうと、福禄寿は考えたのだった。

「寿老人が申すにはの、越後丹生山の御殿様が、見るに忍びぬ健気なご苦労をなさっておる、ついてはひとつ力になってはくれまいか、とな」

「グワッ」

どうやら夢の中で了簡してくれたらしい。大器量である。

「丹生山様はたいそうな借金を抱えておいでで。それも二百幾十年にもわたる有利子負債の蓄積ともなれば、なまなかの額ではないぞよ。よいか、聞いて驚くなよ、房五郎。

その総額たるやしめて二十五万両、年の利息だけでも三万両、おまけに歳入はたったの一万両」

「グエッ、グェエッ」

房五郎の寝顔が歪んだ。さだめし悪夢であろう。

「しかし安心せよ、房五郎。何もおぬしに金を出せと言うているわけではないぞよ。同地名産の塩引鮭を、江戸に運んで売り捌きたい。ついては時節がら、この回漕を任せられるのは房五郎の千石船をおいてほかにはないのじゃ」

寝顔がにんまりと笑うた。水夫から叩き上げた船主にとって、七福神丸はわが子同然なのである。子を褒められて喜ばぬ親があろうものか。

むろん、二十五万両の借金が鮭で片付くはずはない。神と人との間には、太古より黙《もっ》契《けい》があるのだ。

人事を尽くさぬ者に功徳を与えてはならぬ。霊験顕《あら》わるるところ必ず人の努力あり。その定めあったればこその神であり、人であった。

「よいかな、房五郎。七福神が力を合わせれば、救えぬ衆生《しゅじょう》などないぞよ。しかるに、二百幾十年にもわたる負債をちゃらくらにするほどの功徳を与うるためには、まだまだ努力をしてもらわねば困る。おぬしは丹生山の領民ではないが、もし意気に感ずるところがあれば力を貸してやれ。ともに苦労をしてやれ」

「グオッ」

「そうか。さすがはわしの見込んだ大器量じゃ。では、頼んだぞ」

福禄寿は囲炉裏から立ち昇る煙の中に絹の衣を翔《はば》かせて、何ごともなかったかのようにもとの神棚に鎮まった。


叫び声を上げて房五郎ははね起きた。

「何だね、おまえさん。こっちがびっくりするでねえか。よほど悪い夢でも見ただかね」

土間の台所で、女房が振り返った。

「大丈夫かい、おとさん」

娘も不安げに言うた。二階で隠れ鬼でもしているのか、孫たちの走り回る音が騒々しい。

怖気《おぞけ》をふるって掻巻《かいまき》の襟を合わせ、房五郎はこれが現《うつつ》であることを確かめた。だとすると、今しがたの出来事は夢だったのだ。

小柄で頭が大きく、いかにも福相と見える老人が囲炉裏を挟んで横になっていた。そして何やらくどくどと語りかけてきたのである。その声がうっとうしくてならず、居眠りをしながら生返事をしていた。いったい何を話していたのか、そこまでは思い出せぬ。

宿根木には百二十戸もの家があるが、海に面し山の迫る土地はすこぶる狭く、大小の家はみっしりと詰まっている。しかも住民は、船主、船頭、水夫、船大工といった仲間であるから、知らぬ顔などなかった。むろん、通りすがりの旅人などいない。だから見かけぬ顔があるとしたら、まずは島抜けの流人《るにん》を疑ってかかるのだが、まさかあの福相にそれはあるまい。

夢だ夢だと、房五郎は寝起きの顔をこすった。

悪夢とまでは言えぬにしろ、薄気味悪い夢だった。見知らぬやつが屋敷に上がりこみ、寝転ばって説教を垂れるなど、気色悪いにもほどがある。

はて、それにしてもあの男、いったい何を言うておったのやら。

などと考えつつ迎え酒を呷っていると、玄関に訪いの声が入った。

「ごめんこのしょ。大黒屋の伊兵衛でごぜます。房五郎さんはおいでかね」

大黒屋は江戸でも指折りの豪商である。新潟の出店には伊兵衛という気の利いた手代があって、かつてはずいぶんいい商売をしたものだった。

「おお、おお、どなたかと思や伊兵衛さんではねえか。ひさすぶりじゃのう」

房五郎は盃を放り出して迎えに立った。

「やあ、房五郎さん。息災そうで何よりだわや。新潟店《みせ》の時分はてえそうお世話《ひわ》になりました」

「ほんで、今はどうしていなさる」

「へい。生まれ故郷の丹生山に、小さな先店《さきだな》がごぜましての、そこを預らせていただいてます」

うたらと。

あややっ。たしか夢に現れたあの薄気味悪い男が言うていた。ニブヤマがどうたらこ
あいにく房五郎の頭の中には、陸《おか》の地図がない。湊という湊は知りつくしているが。

待てよ、と房五郎は首をかしげた。ニブヤマ。ニブヤマ。どこかで聞いた名だ。

「ほう、故郷に錦を飾ったてか。そりゃ立派なもんじゃ」


さても夢とはふしぎなもので、目覚めたとたんに消えてなくなると思えば、何かの拍子にありありと思い出される。

「ほいで、こちらの御方は丹生山様の御家中にて、間垣作兵衛様と申されます。きょうは房五郎さんに折り入っての用談がごぜましての、わざわざ丹生山の御城下よりご足労いただいたのだわや」

伊兵衛のうしろにいたせいで、みやげの塩引鮭かと思うたのだが、よくよく見れば鮭のような顔をした侍だった。

「突然のご無礼、痛み入り申す。松平和泉守様が家来、間垣作兵衛にござる」

武士から先に頭を下げられ、房五郎はあわてて漆塗りの板敷に膝を揃えた。

「マアマア、楽におつきなさいまし。こっちこそご覧の通りの無礼者でごぜます」

人の良さげな侍である。身なりから察するに、上士とは思えなかった。

身分の低い武士ほど威張りちらすものだが、間垣作兵衛はひたすら謙《へりくだ》っていた。

「手みやげに丹生山の鮭をお持ちいたした。佐渡に魚はいくらでもござろうが、ひとつ

ご賞味下されよ」

そう言いながら作兵衛は背に負った荷を解いた。

塩引鮭。大海原を目の前にしたこのあたりでは、とんと見かけぬ魚である。ところが先日、どうしたわけか囲炉裏端の神棚に、これと同じくらい立派な鮭が供えられていた。近所の船頭が年賀に持ってきたのであろうが、贈り主はわからぬ。女房も嫁も知らぬと言う。おそらく、房五郎が正体もなく酔い潰れている間に、誰かが福禄寿に供えていったのだろう、という話になった。そして出どころのわからぬまま食うてみたのだが、これがうまかった。おかげで酒がいっそう進み、家族も飯が進み、大きな鮭を一日で食い尽くしてしもうた。

「あややァー」

女房と嫁が異口同音に歓喜した。

「いやのう、お侍様。実は先立って、そっくりな鮭を頂戴しただわや。それがあんまりうまくて、ぺろりと食うてしもうての。やあ、ありがてえ、ありがてえ」

伊兵衛と作兵衛が、ふしぎそうに目を見かわした。

「房五郎さんや、丹生山の鮭はあんまし出回ってねえはずだが、いってえどごからいただいただね」

「それがよォ、伊兵衛さん。おらもこの通りの酒呑みだもんで、いつどなたから貰っただかとんと覚えがねえだわや。ま、みんなして取りっこしたぐれえの鮭をまたいただいて、今年は幸先《さいさき》がええわい。ま、上がんなせや。どんげ相談かは知らねえが、酒でも飲みながら話そうでねえか」

二人の客を招き入れると、房五郎は下駄をつっかけて外に出た。大黒屋の小僧や侍の従者がいたのなら、屋敷に入れて温《ぬく》めてやらねばと思うたのである。

まわりの路地を探しても、それらしい人影はなかった。

浜の見えるあたりまで歩いて、房五郎は天を仰いだ。きょうはいい日和だ。自慢の七福神丸は浜に上げられ、堂々たる巨軀《きょく》を鈍色《にびいろ》の海に向けている。

潮風を胸一杯に吸いながら、今年はいい年につげえねえな、と房五郎は思った。


そのころ、宿根木居浜《いはま》に上げられた七福神丸の船頭部屋――。

「やあ、みなの衆。こうして顔を合わせるのは、ずいぶん久しぶりじゃのう。まずは、あけましておめでとう」

おめでとうございます、と一同は唱和した。船頭部屋というても、なにしろ天下一の千石船であるからすこぶる広く、かつ豪勢である。床には青畳が敷きつめられ、壁も天井もいまだ香気立つ檜《ひのき》造りで、航海にあたっては船主と船頭を兼ねる房五郎の居室となる。

「さて、久しぶりと言えば、いつ以来じゃったかのう。かくも不景気が続いたのでは、世のため人のためになろうと思うても、ふさわしき出番がないのじゃから仕方がないが」

天窓から射し入る光の帯の下に大あぐらをかいて音頭を取るのは、房五郎ではない。また、思い思いの場所に立ち居しているのは、水夫《かこ》たちではなかった。

その様子からしても、一座の座長には相応の権威がなく、それぞれが不満を抱えながら立ち合うているのはたしかであった。まこと抜き差しならぬ会議である。

船頭部屋の敷居の外に、ちんまりとかしこまって見守る貧乏神は気が気ではない。ようやく七福神が揃うたと思うたら、座長にあたる福禄寿が人望を欠く、もとい、神望を欠くらしい。

貧乏神は思わず掌《て》を合わせて願った。やっとこさ会議にまで漕ぎつけたのだから、どうにか話がまとまってほしい。「意見が一致した」とか「認識を共有した」なんていいかげんな結論で終わらず、丹生山松平家のために七福神の実力を発揮してほしい。できることなら、みずから進んで発言したいところではあるが、いくら何でもこの貧相な姿で、きんきらきんの七福神の前には立てぬ。

貧乏神は懸命に祈った。立場上、祈ったり願ったりするのは不条理であろうと思いもしたが、祈らずにはおれなかった。

「世のため人のためじゃと。ふん、きれいごとを言いおって。ものぐさなだけじゃろう」

大黒天が呟き、隣に座る恵比寿が「そや、そや」と肯き、布袋が鼻糞を飛ばした。

毘沙門天と弁財天は精妙な距離を保って、うしろの壁際に佇んでいる。どうやら議題とはまるでちがうことを考えているらしい。

孤立せる座長、福禄寿のかたわらにはお人好しの寿老人が、杖を肩に片膝を立てていた。あまり知られてはいないが、寿老人の功徳は健康長寿のほかに、「諸事調和」である。よってその気性は、お人よしと思えるほど穏やかであった。

冷ややかな沈黙を寿老人が繫いだ。

「そうですのう。久しぶりといえば久しぶり、七柱こぞって仕事をするのは、たしか紀《き》文《ぶん》や奈良茂《ならも》を押し上げた元禄のころじゃによって、かれこれ百五、六十年にもなりましょうな」

「ほう、百五十年。それはまた、長きごぶさたじゃったのう」

二人のやりとりを聞きながら、大黒天がまた吐き棄てるように呟いた。

「何が長きごぶさたじゃ。百五十年や百六十年、わしらにとってはきのうかおとついのようなものであろう」

「そやそや。はたの上前はねて、のんびり暮らしとったのやろ。そやさかい、人間みたいな口を利きよるねん。どや、和尚。あいつ、また肥えたんとちゃうか」

鼻糞をほじりながら、布袋が泰然として「おお、肥えたのう」と相槌を打った。

貧乏神は合掌したまま嘖いた。デブはみな同じではないか。そう言いたいが言えぬ。おのれはこの会議に列席しているのではなく、いわば発起人として同席しているに過ぎぬからである。

ふいに、デブではなく隆々たる筋骨を黄金の鎧で包んだ毘沙門天が、三叉《さんさ》の戟《げき》をジャランと床に突いて声を上げた。

「物ははっきり言うがよい。七柱の総意がなければ、よい結果は得られぬぞ。思い起こせば百五十年前、われらのゴタゴタのせいで紀文や奈良茂が廃業の憂き目を見たのを忘れたか。ましてこたびの案件は、大名家の存亡がかかっておるのだ」

すると精妙な距離を保って佇んでいた弁財天が、金切声で言うた。

「そうよ、そうだわ。だいたいからして、七柱揃わなければ仕事をしちゃいけないなんて、誰が決めたの。そんなの、おかしいじゃない。おまけに、配当が不透明なのよ。こうなったら解散だわ。わたくしひとりで御殿様を助けます。解散よ、解散」

貧乏神は頭を抱えた。そもそも、歌舞音曲や稽古事等、芸能界の信仰が篤い弁財天はピンでも困らぬのである。しかし、誰とは言わぬが中には、七福神に名を列《つら》ねてこそ食うてゆける神もあった。

ましてや貧乏神は、他聞を憚《はばか》る事実を知っている。福神の極楽耳などはないが、邪神は地獄耳であった。

弁財天は丹生山の御殿様に懸想《けそう》し、夜な夜な本丸御殿の寝所に通うては、いまだ独り身にあらせられることをこれ幸いと、夢の中にて淫行の限りを尽くしているらしい。

ゆえに、「わたくしひとりで御殿様を助けます」という話になるのである。げに恐ろしきは女の執念、好いた惚れたで千年の一座を解散せしめんとは。

「サラスヴァティーよ。おまえ、まさか――」

毘沙門天が嫉妬の形相ものすごく、弁財天に向き合うた。おっと、神と神の恋愛は一部の創造神を例外として禁忌ではなかったか。

一座はどよめいた。しかし、だとしても幾千年前の天竺での出来事であろうから、今さら咎《とが》めだてする神はなかった。

「おまえ、って何よその言い方。いつまでも恋人気取りはやめてちょうだい」

弁財天の冷酷な一言に、男神たちはみなうちひしがれた。恋愛経験なんて皆無の貧乏神ですらへこんだ。

そう。女の恋は流れ去り、男の恋は積み重なるのである。

思いがけなく緊迫した空気を和ませたのは、布袋和尚の人間臭い説得であった。

「そうは言うてもよォ、弁天さん。世間ではこういう荷運びの船を、弁財船《べざいぶね》と呼ぶのだえ。弁財天がお宝を運んでくるゆえの弁財船じゃい。ましてや船の名は七福神丸じゃて、あんたの勝手でイヤだのダメだのはあるまい。それに、ほれ――」

布袋は衣からはみ出た太鼓腹を叩きながら、船倉をぐるりと見回した。

「この通り、乗りかかった船じゃわい」

さすがもとは人間、ピンでは食えぬにしても知恵者だと、貧乏神は感心した。

橅《ぶな》峠は深い雪の中である。

だが、仁王丸の暮らしにさして不自由はなかった。秋のうちにせっせと木の実を集め、鹿や猪を狩って乾肉もたんとこしらえた。稗《ひえ》やら粟やらは村の畑から失敬するが、米は盗《と》らぬと決めている。

「おめがた、そろそろ起きろや。うめえ粥が炊けたで」

どうして俺が猿を養わねばならんのかとも思うが、浄観院の御上人様がおっしゃるには、これもまた功徳なのだそうだ。山賊に極楽往生はないにせよ、寄るべなき身の家族だと思えば、食い物を分け合うのは当然だろう。

猿どもは仁王丸を親とでも思うているのか、起きろと言えばたちまち目覚めて起き上がる。朴葉《ほおば》に盛った粥を食うにしても、仁王丸と同様に膝を揃える。おふくろを煩わせたおらの子供の時分より、よっぽどマシだと思う。

「塩がねえすけ、味気ねえなあ」

猿どもが肯いた。よし、きょうは日和もいいし、黄金《こがね》ヶ浦の塩小屋に行って分けてもらうとしよう。

そう考えただけで仁王丸の胸は高鳴り、髯面《ひげづら》は紅潮した。

朝餉《あさげ》もそこそこに、仁王丸は通草《あけび》の蔓《つる》を編み始めた。図体に似合わず手先はすこぶる器用である。

塩をもらうにしても、手みやげぐらいはなければと思ったが、里の人は乾肉などは食わぬだろうし、椎《しい》や栃《とち》の実も喜ぶまい。そこで、春になったら花でも草でも摘めるような、通草の籠を持って行こうと考えたのだった。

「どうかね。おつうに似合うべか」

猿どもはみな、ふむふむと肯いてくれた。実はどうしても塩が欲しいわけではない。おつうに会いたくてたまらなくなったのだ。

籠を編み始めるといよいよ思いがつのって、仁王丸の顔は猿と見分けがつかぬほど赤くなった。

おつうは村人たちから、「黄金ヶ浦の潮《しお》くみ女」と呼ばれている。塩は日々の暮らしになくてはならぬのに、田畑を持たぬ分だけ軽んじられているのだった。

すでに父母は亡くなり、兄弟もいないおつうは、今もひとりで塩小屋を守っている。若い時分に婿を取った。だが、甲斐性なしの流れ者で、働きもせず子も作らずに、そのうちどこぞに流れて行ってしまったらしい。

「よおし、うまくできたぞ」

仕上げに紅の飾り紐を結んで、仁王丸は洞《ほら》から出た。猿どももついてきた。

雲ひとつなく晴れ上がった佳日である。粟島は間近で、その先には佐渡が横たわっていた。足元には大小の奇岩を散らした黄金ヶ浦が望まれ、目を凝らせば浜にひとり働くおつうの姿が見えそうな気がした。

仁王丸は三尺ばかりも積もった雪を漕いで歩き出した。

体を動かしていると、次第に頭も回り始める。雪を掻きながら仁王丸は、見も知らぬ御殿様のことを考えた。御家来衆は貯えを返上し、百姓はみな年貢を納めているというのに、何ひとつお役に立たぬおのれが恥ずかしくてならなかった。丹生山に生まれ、丹生山に育った領民にはちがいないのに、仁王丸には猿を食わせることしかできなかった。

「この、ごくつぶしが。この、ろくでなしが」

御殿様までが貧乏をしているのはたまらなかった。仁王丸はおのれを罵りながら雪を漕いだ。撫峠の雪は海風を含んで重い。

そうして下りにかかれば雪もろともに滑り下りて、ほどなく仁王丸と猿どもは黄金ヶ浦に着いた。

「どうもはやー、いいお日和じゃのう」

胸のときめきを隠してお道化《どけ》た声を上げたが、塩小屋にはぐつぐつと塩釜が煮えているだけで人の気配はなかった。

裏木戸から覗けば、浜続きの磯場の巌《いわお》の上に、ぼんやりと沖を見つめるおつうの姿があった。

また少し痩せたような気がする。いったい誰を待っているのだろうかと思うと、仁王丸の胸のときめきはたちまち悲しみにすりかわった。

打ち寄せる潮泡を踏みながら、仁王丸は磯に下りた。

「どうもはやー」と呼びかければ、おつうはようやく気付いて振り返った。とたんに、胸の悲しみがまなこから溢れてしまった。

潮風のせいにして、仁王丸は笑った。

「ちょこっと塩さ分けてもらえねが。つまらねえもんだども、これ、おらがこさえただ。春さ来たら、花でも摘んでくれやなあ」

おつうは通草の籠を受け取ってくれた。細い指によく似合うと思った。

「あやや、可愛《めご》いねえ。ありがとさん」

潮に灼《や》けた肌も、声もほほえみも、このおなごの何もかもが好きだと仁王丸は思った。

「おめさん、誰を待っとるだがや」

おつうは沖を指さした。

「あの人、きっと帰って来るべさ。江戸か大坂でしこたま銭さ稼いで、おらを迎えにくるてば」

「あんげな男のこど、まァだ待ってるだか。そうして待ちわびて、婆になって死んでいぐだか」

「帰ってくるさ。きんきらきんの弁財船さ乗って――」

「そんげな船がどこさある。ほうれ、よぐ見てみろ。きんきらきんの弁財船など、どこさある」

おつうの肩を摑み、鈍色の海に向けて揺すりながら、仁王丸は骨の固さにおののいた。

田畑も親兄弟もなくて、潮をくむほかに生きる手立てのない、それはあまりにもあからさまな不幸の手ざわりだった。

喜三郎様の墓前で手向けの平家を謡《うと》うて以来、正心坊はとんと琵琶を手にしなくなった。

おのが取柄《とりえ》はそれしかないとわかっている。だが、まるであの日の「木曾最期」にすべての力を絞りつくしてしもうたがごとく、琵琶を抱いても撥《ばち》を持つ手が震えて動かず、声は溜息のように唇からすべり出るだけだった。

雪晴れの朝である。両のまなこに光はないが、見上げる瞼の温もりでそうと知れた。

「これ、正心や。きょうはいよいよお召しじゃと申すに、まだ謡う気にはなれぬか」

いつの間にか御上人様が背うしろにおられた。見えざるものを見、聴こえざる音を聴くおのれが、人の気配にすら気付かなかった。

「どうしても、御城に上がらねばなりませぬか」

「兄弟《あにおとうと》の対面ではない。喜三郎様をお送りした平家があまりにみごとであったと聞こしめされて、御殿様がご所望になられたのじゃ。主命《しゅうめい》じゃぞ、これは」

同じやりとりを、日ごと夜ごとくり返している。無理強いをせねばならぬ御上人様は、自分よりもつらかろうと正心坊は思うた。

「御上人様。わたくしは今の今ほど、身の不自由をつらく思うためしはございませぬ。たとえ兄弟の名乗りは上げずとも、御殿様にはわたくしが見えておりまする。しかるに、わたくしには血を分けた兄が見えませぬ」

御上人様が膝頭でにじり寄った。枯木のような掌《て》が正心坊の頰をくるみこみ、流るる涙を拭うた。父母にかわっておのれを育ててくれた手であった。

「正心やい」

「はい」

「おまえは、醜《みにく》くもなく、卑《いや》しくもないぞえ。まして、おまえの声は天のものじゃ。恥ずるところは何もない」

正心坊はかぶりを振った。

「いいえ、御上人様。わたくしは醜うございます。卑しゅうございます。なにとぞお赦《ゆる》し下さりませ」

御上人様はけっして叱らない。だが、頰をやさしくくるんだ指先から、そのとき炎《ほむら》が伝わった。初めて顕われた御上人様の怒りに正心坊はおののいた。

「正心や」

「はい」

「おまえが醜いなら、御殿様も醜くあらせられるぞえ。おまえが卑しいなら、御殿様も卑しくあらせられるぞえ。二度とふたたび、そのような妄言《もうげん》は口にするな」

御上人様は見えざるものを見る力などお持ちではない。だが、見えるものをしかと見据える。その実力《じつりき》が法力験力《ほうりきげんりき》よりどれほど尊いか、正心坊は改めて思い知った。

おそらく、説諭ではあるまい。兄弟はそれくらい似ているのだ。おもざしも、気性も。名乗りを上げるまでもなく、はっきりそうとわかるほどに。

「承りました」

正心坊は退いて低頭した。

「されど、わたくしには謡うことしかできませぬ。御殿様から領民のひとりひとりに至るまで、みなさま身を粉にして働いているこのときに」

「謡うことができるのはおのれひとりじゃと、なぜ思わぬ」

打たれたように正心坊は肩をすくめた。何も口に出せぬまま、しばらく暖かな冬の光を背に受けてここまっていた。

「育て切れなんだ子もおれば、無事に育った子もある。商家の番頭にまで出世した者もおれば、山賊の真似事をしておる輩《やから》もある。だが、育ち切れなんだ子のことを思えば、生きているだけでも果報にちがいない。そして、生きとし生ける者は必ずや世の中の役に立つ。みながみな、蘆川の水で育ったイヨボヤと同じじゃ」

「みながみな、御上人様に育てていただきました」

「いいや、わしは何もしておらぬ。みながみな蘆川の水で育った。よって、わしに恩義を感ずるは見当がちがう」

正心坊は頭を抱えて泣いた。間垣の父を恨むな、と御上人様は諭しておられるのだ。やはり神仏に通ずる法力験力の類いは、人間の実力に遠く及ばない。

「お迎えが参ったぞえ。さて、正心坊やい。とっておきの平家を、御殿様に献じてくやれ。天のものなるおまえの謡を」

耳を澄ませば雪を踏む足音と、御駕籠の軋《きし》りが聞こえた。

大手門の先も御駕籠を使うてかまわぬとの御高配を賜わったが、正心坊は迎えの侍たちに礼をつくして下乗橋から歩み出した。

同じ母の腹から生まれた弟にはちがいない。だが、松平の血を享《う》けているわけではないのだから、丹生山の御城や御家来衆の手前、大手の乗り打ちなどできるはずはなかった。

御城内に立ち入るなど、むろん初めてである。臥牛のごとき山の上に三層の天守を戴く、戦国以来の堅固な山城であるらしい。

すでに日は高く、空には一点の翳《かげ》りもあるまい。青という色は知らぬが、その青のさなかにそそり立つ丹生山の御城を、正心坊は闇の中にありありと思い描いた。

「正心坊様、お手を」

迎えの侍が、羅紗の手套《しゅとう》で指を守った正心坊の左手を、羽織の肩に導いてくれた。

「磯貝平八郎と申しまする。畏れながら、御殿様とは幼なじみの誼《よしみ》にて、赤児の時分の

「正心坊様もうっすらと憶えておりまする」

剣の達者であろう、肩の肉置《ししお》きがたくましかった。竹馬《ちくば》のご縁により近習に取り立てていただいたのだと、磯貝は恥ずるように囁いた。

右手に杖を握り、左手を近習の肩に置いて、正心坊は陽光にほぐれた雪道を歩んだ。もし足を滑らせて背に負うた琵琶を毀《こわ》しでもしたら、命を落とすも同じだった。

「ひとつだけ、お訊ねしたいのですが」

そろそろと歩みながら、正心坊はどうしてもそれだけは知っておかねばならぬと思うた。

「何なりと」

「父は――いや、間垣作兵衛様はご同席になられますのか」

しばらく答えをためらう間があった。

「ほどなく塩引鮭の積み出しにござれば、間垣殿は蘆川の湊に詰めておられます」

そうではあるまい。蘆川の鮭は丹生山の民が食うほどしか揚がらず、船積みして他国に出荷するなど聞いたためしがなかった。御家の秘め事にかかわった父は、鮭守の閑《かん》職《しょく》に甘んじているだけだった。

同席できぬ理由は、いかんともしがたい身分のちがいであろう。鮭役人などと呼ばれても足軽は足軽で、本丸御殿に上がるなど許されまい。

父という人がわからない。見えざる姿を見、聴こえざる音を聴き分けても、正心坊には間垣作兵衛という人の顔が、まるで見えぬのだった。

「磯貝様は、赤児の時分のわたくしをご存じなのですか」

話題を転じたつもりが、変わってはいなかった。幼なじみと言うからには、磯貝が知っているなら御殿様の胸にもとどまっていることになる。

「はい。柏木の下屋敷の、門長屋にてお生まれになりました」

そのあたりのいきさつは、御上人様から聞かされている。生まれついて目の見えぬわが子が、ご落胤たる兄を煩わせてはならぬと思い悩んだ末、父は赤児を背負って越後へと走ったのだ。そして、「子育て寺」として知られる浄観院に托した。

それはそれで忠義にちがいない。だが、母という人が了簡するはずはなく、きっと夜更けに褥《しとね》から盗み出したのであろう、などと思いをめぐらせれば、どうにも母が哀れでならず、父が子捨ての鬼としか思えぬのだ。

おなごの旅はなかなか許されぬと聞く。ましてや江戸詰家中の妻である。どれほど嘆こうと、母が喪われた子を取り戻すことはできなかった。

「すると、御殿様も憶えておいでなのでしょうか」

正心坊は見えざる青を見上げて訊ねた。

「さて、いかがでございましょうな。おまえ様の話は、子供らの間でも禁忌でござりましたゆえ」

心が乱れた。忘れたか、忘れたふりをしたか、それとも——はなからいなかったことにされたのか。

雪の匂いが濃くなったと思う間に、道は登りにかかった。

「天守にてお目通り叶います」

その先は磯貝平八郎が手を引いてくれた。万が一にも転ばぬよう、多くの人が身を支えていた。

息を切らせて胸突き坂を登るうち、正心坊は奇妙なまぼろしを見た。この城を築いた上杉謙信公が手を引いて導き、東照大権現様が尻を押して下さっていた。

歩めよ、正心。

謡えや、正心。

謙信公と権現様が、かわりばんこに励まして下さった。

歩めよ、正心。

謡えや、正心。

貴人のお声ではなく、荒くれた武将の陣触れの声で。

そうして正心坊は、空と海とが境なく混じり合うたひといろの青の頂に立った。

畏れ多いことに、御殿様は望楼《ぼうろう》の板敷に端座して、正心坊の到着をお待ちだった。

「苦労であった」

山登りの汗を労うたのではあるまい。

「御殿様こそ」

と答えたなり、声が詰まってしもうた。この御方の苦は、おのれなど及びもつかぬはずだった。

「何と呼べばよいのか。そこもとにも名はあるはずだが」

「わたくしも忘れました。正心坊でようござりまする」

静かに肯かれる気配が伝わった。

「では、正心。面《おもて》を上げよ」

いくらか顔をもたげて、正心坊はわがままを言うた。

「目が見えぬゆえ、ご尊顔に向き合う無礼をお赦し下されませ」

背筋を立てた。御上人様が似ていると言う顔を、真向から見てほしかった。

とたんに御殿様は「ああ」と声にならぬ声を洩らした。やはり似ているのか、それとも赤児のころのおもざしを見出して下さったのだろうか。

御近習も御小姓も、二人を残して階下に降りてしまった。四方の戸は開け放たれているらしく、望楼は清冽《せいれつ》な光と風に満ちていた。

「寒くはないか」

「いいえ。よきお日和にて」

御殿様は往生しておられる。いったい何を語りどのように遇するべきか、とまどうておられる。裏も表もない、誠実な御方だと正心坊は思うた。

「言葉を改める」

とまどいを打ち払うように御殿様はきっぱりと言い、膝を崩す気配が伝わった。

「やれやれ、今さら兄弟の名乗りでもあるまい。久しぶりだな、正心。わしが小四郎じゃ」

縛《いまし》めを解かれたように、正心坊の体から力が抜けた。誠実だが、磊落《らいらく》な面もお持ちらしい。正心坊は思わずほほえんだ。

小四郎様。それも松平小四郎ではなく、間垣小四郎。見知らぬ母と、どうしても顔の見えぬ父の匂いを嗅いだように思った。

「のう、正心。わしはおぬしに会いたいと思うたわけではないぞ。きさぶ兄上の墓前に手向けた平家は、まさしく天のものじゃとみなが言うから、ぜひとも聞きたいと思うての」

誠実で磊落なうえに、頭のよい人だ。理に捉われず情に流されず、ただ十八年の時を埋めようと決心なされた。それこそが兄弟の正しい対面であると信じて。

「されば、まずはひとくさり」

正心坊は袖をからげて琵琶を抱いた。羅紗の手套をはずし、撥《ばち》を握って調子を整える。

ご所望は「木曾最期」と承ったが、それは死出の餞にこそふさわしい。あれこれ思う間もなく、この苦労な兄の力となる曲が胸にうかんだ。

「しからば、兄上。『坂落《さかおとし》』を謡わせていただきまする」

光と風を慄《ふる》わせて撥が鳴った。

「かかりしかども、源氏大手計《ばか》りでは、如何《いか》にも叶うべしとも見えざりしに、七日の日の曙《あけぼの》に、大将軍九郎御曹司《おんぞうし》義経、その勢《せい》三千余騎、鵯越《ひよどりごえ》に打上《うちのぼ》って、人馬の息休《いきやす》めておわしけるが、その勢にや驚きたりけん、牡《お》鹿《じか》二つ牝《め》鹿《じか》一つ、平家の城郭一谷《いちのたに》へぞ落ちたりける」

世に知られる、源平合戦は鵯越の坂落としの場面である。一谷の大手から攻めあぐねた義経は、精兵を率いて搦手《からめて》に回るが、そこは人跡未踏の断崖であった。

源氏の武者たちもさすがに怯むところを、御大将は「この義経を手本にせよ」と叫んで、真先かけて落つるがごとくに馬を追った。その有様たるや、前を行く武者の鎧甲《よろいかぶと》に、後続の鐙《あぶみ》の先が当たるほどであった。

そうして三十騎ばかりが続いたが、釣瓶《つるべ》おろしに落ちてゆく人馬に怖れをなして、武者たちはなかなか動かぬ。そこに三浦党の佐原十郎義連《さはらのじゅうろうよしつら》なる荒武者が進み出て言った。

「われらが方《かた》では、鳥一つ立ってだにも、朝夕かようの所をば馳《は》せありけ。これは三浦の方《かた》の馬場ぞ」

関東のわが地では、鳥一羽を追うにしても日がな一日これくらいの崖は駆け下りておるわ。ここはわれら三浦にとっては馬場のようなものだ。

この一言に勇み立って、武者たちは三浦義連に続いて鵯越になだれこんだ。

正心坊の声はいよいよ高く強く澄み渡り、袂《たもと》もろともに撥が翻った。

「大方人のしわざとは見えず、只《ただ》鬼神の所為《しょい》とぞ見えし。落としも果てぬに、鬨《とき》をどっとぞ作りける。三千余騎が声なれども、山彦答えて十万余騎とぞ聞こえける」

弦《つる》の余韻を曳いて、正心坊はそこで「坂落」を謡いおえた。

「木曾最期」は死者への餞であったが、この曲は生者の勇気になってくれればよい。三千の力を十万の力に変える、御大将の勇気となれば。

「正心やい」

我に返って、正心坊は「はい」と応じた。兄は鵯越を一気に駆け下ったごとく、荒い息をついていた。

「おまえの語りは、腑抜《ふぬ》けてしもうたわしの体に、力を吹きこんだぞい。まさしく天のものなる声じゃ」

今このときのために、自分は修業を重ねてきたのだと正心坊は思った。慰めでもなく、娯《たの》しみにもとどまらず、これが兄の勇気となりひいてはふるさとの幸につながるのであれば、よしやそのためにおのれが生まれついて光を奪われていたのだとしても、本望にちがいなかった。

ふいに、「御殿様、御殿様」と呼ばわる声が聴こえた。

「何ごとじゃ。攻め手でも寄せてきたか」

冗談めかして笑いながら、兄は立ち上がって望楼の廻縁《めぐりえん》に出た。正心坊も手さぐりで後に続いた。

天守台の足元で、磯貝平八郎が叫んでいる。

「御殿様、あれをご覧下さりませ。蘆川の湊を、船が――」

兄の手が正心坊の肩を摑んだ。引き寄せられて高欄に倚《よ》り、見えざるものを見極めんと心を鎮めた。

「父上の船出ぞ。間垣の父上が、千石船に蘆川の塩引鮭をみっしりと積んで、江戸に向かうのだ」

心眼に雄々しき弁財船《べざいぶね》の姿が映った。二百畳の純白の帆に潮風を孕《はら》ませ、空と海の隔てなきひといろの青の上を、神官の歩みのごとくしずしずと渡ってゆく。

舳《みよし》に踏ん張って立つ父の顔を、正心坊は初めて見た。それはあくまでもおのれを滅して身を世に捧げんとする、武士道の権化であった。

恨みは矜《ほこ》りに変わった。冀《ねが》わくば今しがたの謡を運んでほしいと、正心坊は風に祈った。


仁王丸は腐っている。

生身の体が腐るはずもないが、おつうに振られたあの日以来、心が腐ってしまった。

そのうえこの数日は洞から顔も出せぬほどの吹雪で、じっと物思いに耽《ふけ》るか、もはや届ける人もいない通草《あけび》の籠を編み続けるほかはなかった。

「やっぱり塩がねえと、味気ねえなあ。おらが甲斐性なしだで、おめさんがたにも満足なものが食わせられねえ。勘弁しろや」

猿どもは朴葉に盛った粥を舐めながら、「そんなこどはねえど」と言わんばかりに仁王丸を見つめた。

黄金ヶ浦の磯に佇んで、帰るはずもない男を待ちわびるおつうの姿が、瞼に灼きついて離れなかった。ろくでなしの夫がいつかきんきらきんの弁財船に乗って帰ってくるのだと、おつうは頑《かたく》なに信じていた。

そういう女なのだ。おらのつけ入る隙などねえと知ったとたん、仁王丸は目の前が真ッ暗になって橅峠に駆け戻った。

洞の入口を被った筵《むしろ》から光がこぼれている。どうやら雪は上がったらしい。

仁王丸は薄闇から這い出て体を伸ばした。空は澄み渡って日は高く、黄金ヶ浦には寄する波もなかった。鏡を置いたような海原の果てに、きょうは粟島も佐渡も近い。

ふと、仁王丸の胸に夢だか現だかもわからぬ、ふしぎな風景が甦った。

黄金ヶ浦から逃げ帰って海を見ながら泣いていると、佐渡の方角から見たこともないほどの大きな船がやってきた。よもやろくでなしが帰ってきたのではないかと、胸糞悪くなった。

酒田湊に向かう北前船かと思ったが、見る間に帆をめぐらして鮮やかに回頭するや、蘆川の湊に向かった。その横腹の広さというたらまるで島のようで、とうてい小さな蘆川湊には寄せられまいと思えた。

ところが、船頭がよほどこのあたりの浅瀬を知っているのか、水夫《かこ》たちが潮と風を読んでうまく操っているのか、まるで針の先に馬を通すように、みごと蘆川湊に入った。

じきに吹雪がきて、足元の景色は消えてしまった。いったいあの船は、現だったのだろうか、それともおつうの情けを夢に見たのだろうか。

この先もこんな気分で海や船を眺めて暮らすのかと思うと、仁王丸はやりきれなくなった。

「善助《ぜんすけ》さあー、どごだやァー。どごさおるだがやァー」

おつうの声が聴こえた。空耳につげえねえと思うそばから、また聴こえた。

「善助さあー、どごさおるだがやァー」

仁王丸は耳を塞いで蹲《うずくま》った。男が帰ってきたという報せならば、聞きたくもなかった。

「おい、こら。騒ぐなてば。静かにしねが」

はしゃぎ立てる猿どもを叱りつけた。だが、その声を聞きつけたものか、じきに橅林の雪を掻き分けておつうが現れた。

「わざわざ雪さ漕いで、何しにきたがや」

膝を抱えて俯いたまま、仁王丸は声を裏返しながらようやく言うた。

おつうの匂いが背中に迫った。村人たちがどうしてこのおなごを、黄金ヶ浦の潮くみ女などと呼んで蔑《さげす》むのか、仁王丸にはわからない。

「塩さ持たせるの忘れたがや。吹雪になってしもたで、山さ登れねがった」

そう言っておつうは、塩の詰まった藁苞《わらづと》を差し出した。

「塩だけでええど。何も聞ぎだくねえ」

「ごめんしておぐんなせ。おら、塩のほかに何も無《ね》あんがね」

仁王丸は胸を撫で下ろした。それでええがね。おめさんがこうしてそばにいてくれるだけでええがや。

声のかわりに仁王丸は、おのれの胸を抱いてほいほいと泣いた。

「善助さん、どうしただがや。なじょに泣くだがや」

おつうが言い、猿どもがはやし立てた。

「やがましいど。騒ぐなと言うとろうが」

仁王丸を親と思うている猿どもは、いつもなら叱ったとたんにおとなしくなるのだが、どうしたわけか鎮まらなかった。

それどころかいよいよ金切声を上げて、われさきに森の奥へと駆け出した。

「なじょした。行き倒れでもあったか」

仁王丸は群の後を追った。おつうの手を引き、猿どもの踏跡《ふみあと》をたどって進むうちに、やがていくつもの洞を穿《うが》った岩場に出た。

ハテ、無峠の森は知りつくしているはずだが、こんな場所があっただろうか。熊が冬ごもりをしているなら、絞め殺して食うてやろう。

しかし、そう思うて崩れかけた洞を覗きこんだとたん、仁王丸は黄金の輝きに目を射られて腰を抜かした。

「善助さん、もしや、昔のお金山《かなやま》でねえがか」

おつうが呆《ほう》けたように呟くと、猿どもはフムフムと肯いた。

そのとき仁王丸が思いついたのは、いつか聞いた浄観院の上人様の説教だった。

禍福《かふく》は糾《あざな》える縄のごとしと申してな。悪いことがあれば必ずその分だけ、よいこともあるものじゃ。なになに。そんなことはない、おらの人生にはよいことなどひとつもなかった、と言うか。しからば、こそっと教えておこう。おまえの人生はたいそうな福を貯めておるのじゃ。四十年もよいことがなかったのは、この先の四十年がよいことずくめ、それで帳尻が合うのじゃよ――。

ああ、こうもおっしゃった。「よって禍《わざわ》いにへこたれてはならず、また福に甘んじてもならぬ」と。

「おつう」

仁王丸は少しも迷わなかった。このおなごと添いとげられるのなら、潮をくみ通草の蔓を編み続ける一生でかまわない。ほかに何かを望めば、きっと福が溢れてしまう。

「この撫峠は、丹生山の御殿様が御領分だで、ビタ一文もろうてはならね。どうか、おらに潮くみさ教《おせ》てくだしえ。おらはおめさんに、通草の編み方さ教るがら」

ようやくそこまで言って、仁王丸はどうかどうかと頭を下げ続けた。もし了簡してもらえぬならば、この岩場から黄金ヶ浦に身を投げるほかはなかった。

冬空は一刷《ひとは》けの雲もなく晴れ上がり、お天道様は凪《な》いだ海の上に燦々《さんさん》と輝いていた。

そろそろ飛ぶか、と腹を定《き》めたころ、おつうの柔らかな胸を背中に感じた。

「善助さんは、海みでな人だ」

いや、それを言うなら山だろうと思いながら、仁王丸は足元に豁《ひら》ける海を見渡した。

どうやら身を投げずにすんだらしい。

ところで、吹雪の前に佐渡からやってきて蘆川の湊に入ったあの船は、現であったのか夢であったのか。もし上方で一旗上げた男が乗っていたなら、話はたいそうややこしくなるではないか。

まさかおつうに、「船を見たか」などと怖くて訊けぬ。どうか夢でありますように、と仁王丸は祈った。

「あやや－、善助さん。見てくだしえ、蘆川の湊から、あんげに大《おっ》きな船が」

ひやりと肝が縮んだ。夢ではなかったのだ。仁王丸は目をとじて掌《て》を合わせ、知る限りの神仏の奇特を恃んだ。

浄観院の大日如来様。薬師如来様。どうかややこしい話になりませぬよう。ええと、何だ、福禄寿、恵比寿、弁天、大黒天。毘沙門天に布袋、寿老人、なにとぞ、なにとぞ、
おつうをおらから取り上げねえでくだしえ。

「見らしえ、善助さん。あれが千石船だわや。たいしたもんだねえ」

おそるおそる瞼を開けた。蘆川の湊でよほど荷を積んだのであろう、吹雪の前に見た

それよりも、ずっと低く、平たく見えた。それでも弁財船は浅瀬を巧みに避けて、みるみる湾《いりうみ》の外に乗り出した。

その勇姿に仁王丸の胸は滾《たぎ》った。陽光を浴びて堂々と進む巨船は、千石船でも弁財船でもない。これこそきんきらきんの宝船にちがいなかった。

おつうが泣いた。思いを断った女が哀れでならず、励ます言葉も探しあぐねて、仁王丸は傷ついた子猿にそうするように、おつうの顔をくるんで涙を舐めた。

宝船の舷《ふなべり》には、七福神が列《なら》んで手を振っていたような気がした。振り返れば、名にし負う黄金ヶ浦の奇岩の先に、何ごともなく去り行く船の白い帆があるばかりだった。

そのうしろかげを見送りながら、仁王丸はもとの善助に戻った。

二十六、堂島御蔵屋敷始末《どうじまおくらやしきしまつ》

長谷川与十郎《はせがわよじゆうろう》は文化十三年子《ね》年生まれの算《かぞ》え四十八歳、身の丈は五尺二寸ばかりだが目方は優に二十五貫を超える。

丹生山《にぶやま》松平家の大坂留守居役に任じてかれこれ十年、その間に五貫目は肥えたであろうか。このごろでは少し歩いただけでも息が上がり、かと言うて馬に乗ればその馬がじきにへこたれ、駕籠《かご》舁きからは過分の代金を求められる。

こうして蔵屋敷の御役部屋にじっとしていても息が荒い。盆暮には越後に帰るが、陸路の道中など思いも及ばず、弁財船で瀬戸内に乗り出し、新潟か佐渡の小木を経て蘆川《あしかわ》の湊に入る。

贅沢な旅である。だがおのれの懐が痛むわけではない。船賃は出入りの商人持ちだし、出立に際しては川口《かわぐち》の料理屋で宴が催され、餞別もたいそう集まる。つまるところ、そういう御役を十年も務めているうちに、じっとしていても鼻息が荒くなるくらい肥えたのである。

長谷川与十郎は金火鉢にふくよかな掌《て》を焙《あぶ》りながら、さしあたってなさねばならぬ仕事もなく、大きなあくびをした。

蔵屋敷の内庭に、紅白の梅が綻んでいる。川面を渡って吹き寄する風は温《ぬる》く、湿り気がここちよかった。

中之島、堂島、土佐堀の界隈には、諸大名家の御蔵屋敷が百二十余りもみっしりと建ち並んでいる。それぞれの領国で産した米はいったんそれら蔵屋敷に運び込まれ、堂島の米市で換金されて初めて、大名家の税収となる。

むろん扱う品目は米ばかりではない。菜種や綿実、胡麻など油の原料、材木、木綿、海産物、大豆、塩、麦等々、つまりありとあらゆる諸国物産が大坂で売り捌かれた。

大坂が「天下の台所」と称されるゆえんである。そして堂島界隈の御蔵屋敷は、諸大名家の財政の要《かなめ》であった。

その蔵屋敷の差配役を「大坂留守居」と呼ぶ。本来は御殿様が直々に采配を振らねばならぬ重き御役であり、その名代として蔵屋敷を預かっている、というほどの意味である。

よって長谷川与十郎は四百石取りの重臣、丹生山松平家にあっては家老職に次ぐ名門であった。

それにしては暇そうである。忙しいのは鼻息だけで、与十郎のうつろな瞳は綻びかけた梅の花を数え、鶯《うぐいす》など来ぬものかとしばしば軒端を仰ぎ見る。

茶を啜り、饅頭や煎餅を食い、ほかに何をするでもない。ときおり膝元の書物を開くが根《こん》は続かぬ。

蔵屋敷の広さは一千坪余、それでもたかだか三万石の御大名であるから、近隣に比ぶれば大きいとは言えぬ。堂島川からは堀が引き込まれ、敷地内の船入《ふないり》に通じている。大坂に着いた年貢米は小舟に積みかえられて淀川を溯《さかのぼ》り、おのおのの蔵屋敷に運び込まれる。目印は御米蔵の屋根に高々と掲げられた御家紋の昇旗《のぼりばた》である。

長谷川与十郎の任は重い。では、なにゆえかくも暇そうにしているのかというと、長い歴史の結果なのであった。

その昔は御留守居を始め四、五十人もの御家来衆が蔵屋敷に詰めて、一切を取り仕切っていたという。しかし、かの大坂の陣も古老の昔話となるころになると、出入りの商人たちが次第に仕事を請け負うようになった。

留守居役の務めは「蔵元」と呼ばれる大店《おおだな》が代行し、なおかつ金銀の出納については有力な両替商がこれに当たって、「掛屋《かけや》」と称した。

蔵元は米や物産の管理や売買を業とし、掛屋は代金の決済や立替、江戸と国元への送金、金銀の両替等を行い、ともに口銭で利を得ていたのだが、太平の世が続くうちに商人は力を蓄えて、二つの業務を兼ねるようになった。

こうなると当然のなりゆきとして、不作の年には蔵元兼掛屋の出入り商人が、大名家に金を貸す。質は翌年の米である。もともと蔵元として取り扱っている米が担保なのだから、これほど堅い融資はない。しかも年の利息は一割二分を下回ることがなかった。

こうした経緯は石高の大小にかかわらず、どの大名家の蔵屋敷でも同様であった。そうこうするうち、「為政者たる武士は、不浄の銭金を扱うべきではない」という奇妙な道義が出現した。財政改革をするよりもそれらしい道義を持ち出すほうが、ずっと簡単だからである。だが、むろんそれは権威の失墜に繋がる道であった。

そうして二百幾十年もの歳月が流れた。今や丹生山松平家蔵屋敷の支配者は、大坂随一の豪商たる鴻池善右衛門《ぜんえもん》である。御留守居役の仕事と言えば、たまに鴻池の番頭が上げてくる書類に署名をし、偉そうな顔をして宴席に招かれるくらいのものであった。

大坂詰の家臣も長谷川与十郎以下四人しかおらず、ほかに郎党が幾人かと使用人があるばかりで、忙しく立ち働いているのは鴻池の手代や丁稚であった。つまり、長谷川を始めとする蔵役人たちは、監督をするようなふりをしているだけでよかった。

ふり、というのは中味のないものであるからして、ふと気が付けばぼんやりと梅の花を数えていたり、鶯の影を探したりするのである。

そんな長谷川与十郎にとっての気がかりと言えば、肥えすぎてにっちもさっちもゆかなくなった体ではない。

御殿様が代替わりなされたからには、家中の御役替えがあるやもしれぬ。そうとなれば、十年も大坂にあるおのれが、国元なり江戸屋敷なりに召し戻されるは必然であろう。

しかるに、その十年で五貫目も肥えたこの体は、どのような御役目にもよく耐えられまい。なにしろ仕事らしい仕事はなくて、万事鴻池の顎足付きで過ごした、夢のような十年であった。

ちなみに、仕事をしているふりを長く続けている手下《てか》の役人たちも、五貫とは言わぬまでも三貫目や四貫目は肥えており、長谷川の郎党ですらたぶん二貫目ぐらいは太ったと思う。

むろん、御役目上の不正などはない。よって御役替えとなれば、幸福な後任への引き継ぎに懸念は何もないのだが、ほかのどの御役を承ろうと、とたんに息が上がって死んでしまいそうな気がする。

そんなことを考えていると、内庭の陽が翳《かげ》って、真冬に逆戻りしたような寒気がどろどろと頭上に落ちてきた。

長谷川与十郎は商人じみた羅紗《らしゃ》の襟巻で首を被い、「おお、さぶさぶ」と声に出して金火鉢に両掌をかざした。

「もし、御留守居様」

肥えた手下の侍が廊下に蹲踞《そんきょ》して声をかけた。

「何用じゃ」

「ただいま船入に、丹生山からのご使者が参られました。見覚えのない顔ゆえ、橋の下に舟をとどめております。いかがいたしましょうや」

何と、国元からの使者。さては御役替えの御下知《おげち》かと、長谷川は怖気をふるった。

「名は何と申す」

「大納戸役の矢部様と申されます」

はて、大納戸役と言えば国元三役のひとつ。御重役である。それにしては矢部という姓に思い当たらぬ。矢部。矢部。足軽や郎党はどうか知らぬが、少くとも上士の家にその姓はない。

「何かと物騒な世の中じゃ。御重臣を騙《かた》る物盗りか詐欺の類いではあるまいな。屋敷内に入れるではないぞ。わしが面を検《あらた》める」

よっこらせ、と声に出して立ち上がった。このごろ膝が痛くてかなわぬ。息を荒げながら大小を腰に差し、なるたけ足を曳かぬように役所の廊下を歩いた。

蔵屋敷の外郭は、ぐるりと御米蔵が繞《めぐ》っている。その内側に役所の建物があって、またいくつもの蔵が建ち、火見櫓《やぐら》、御厩《おうまや》、その昔に伏見から勧請したと伝わる立派な稲荷社などがあった。

その敷地のまんまん中に、堂島川の流れを引き込んだ広い船入がある。川口から荷を積んで上ってきた舟は、川端の小橋の下を潜って柵を設けた番所に声をかける。

「松平和泉守様ァー、三番舟に二十俵ォー」

などと船頭が言えば、番人が「おお」と応じて木柵を吊り上げる。なにしろ界隈には似たような蔵屋敷がみっしりと建てこんでいるので、荷の届け先はそうしていちいち確かめねばならぬ。

さて、長谷川与十郎が船入のほとりに立ってみると、はたして橋の下の柵の向こうに小舟が待たされている。積荷はなく、いくつかの人影があった。

船入の縁《へり》は荷の積み下ろしをするために幅広の石段となっている。長谷川はそこを幾段か下りて手庇《てびさし》を掲げた。

舳《みよし》に若い武士とその従者、艫《とも》には商人と番頭手代、みな旅装束である。国表から武士と商人が連れ立ってやってくるとは、ハテ、面妖《めんよう》な。

長谷川は船入番所に向こうて手を挙げ、背ごしに振り返るや「ぬかるな」と手下の侍たちに命じた。そして大げさに構えて腰を落とし、刀の鯉口《こいぐち》を切った。

むろん本気ではない。鴻池の奉公人どもに武威《ぶい》を示す機会などそうそうあるまいと考えただけである。

肥えた侍たちが一斉に身構えるさまはそれなりに怖ろしかったらしく、日ごろ蔵屋敷の役人を舐めくさっている鴻池の者どもは、たちまち藍の前掛けを翻して蜘蛛の子を散らすように逃げ去った。まこと気味がよい。

しかし、ほんのいくらかは本気であった。住人の半ばが武士である江戸は強盗やら徒党を組んだ押し込みが多いが、ほとんどが町人である大坂には、金物とは無縁の騙り欺《だま》しの悪党がはびこっている。

つい先日も、大坂町奉行所の与力を騙る盗ッ人が、中之島の久留米屋敷の船入から、積荷改めと称して米俵二十俵を舟ごと攫《さら》った事件があり、またその少し前には、薩摩島津家の御留守居を騙る侍が、蔵屋敷の無尽講と称して一両ずつ集金して回るという、大それた偽計があった。

マア、そういうこともあるまいけれど、見知らぬ武士と商人の一団を乗せた舟は、いささか面妖である。

木柵が上げられ、船頭が水棹《みさお》を差すままに、小舟が船入に滑り込んできた。

大納戸役らしき若い侍の顔には、まるで憶えがない。しかし、もし騙りであるのなら、それらしき貫禄の役者を使うはずである。

さては御役替えを申し渡す使者かと思えば、刀の柄《つか》を握る手の力も緩んだ。はっきり言うて、盗ッ人のほうがまだしもましである。

そのとき、艫に腰を下ろしていた旅姿の商人が、「おおい、おおい」と手を振った。

「長谷川様ァー、ひさすぶりでござんすわやァー」

目を疑うた。正月の鏡餅のごとき福相は、紛うかたなき仙藤本家の当主、利右衛門ではないか。

「ややっ、これは誰かと思えば」

長谷川は荷揚場の石段を水際まで駆け下りた。土下座をしたい気分であるが、まさか百姓に向こうてそれもできまい。

仙藤本家は堂島の米相場を動かすと言われる。一門の所有する田畑は一千町歩を超え、丹生山松平三万石は仙藤本家から上がる租税と小物成《こものなり》、あるいは酒造業、醸造業を始めとする事業に課した冥加金《みょうがきん》によって、国を保ってきたと言うても過ぎてはいなかった。

一千町歩の田を養う豪農は、天下広しといえどもせいぜい十家であるという。しかも仙藤本家の当代利右衛門は、金の貸し借りを一切せぬかわり、市場に大金を投機して相場を動かすという豪胆な商いを得意としていた。

どれほどの後ろ楯がある投機筋でも、仙藤本家を向こうに回した相場は張らぬ。江戸大坂に店を出さず、越後の領分にとどまるばかりでは財力が知れぬからである。

本来ならば、この蔵屋敷の蔵元と掛屋は、お膝元の豪農であり豪商でもある仙藤本家が務めるべきなのだが、大坂の鴻池に任せて知らんぷりを決めている。そのあたりの肚《はら》積《づ》もりがまるでわからぬのも、当代利右衛門のそら怖ろしさであった。

「正月には丹生山にお帰りと聞いたったけが、そんならそんで、なじょに教《おせ》てくんねがったがや。水臭えのう、長谷川様」

しかもこの物言い、この福相である。聞いたまま見たままのはずはない。仮面の裏にはきっと、鬼の形相を隠しているにちがいなかった。

長谷川の前職は本国の郡《こおり》奉行で、しばしば見廻りと称して仙藤本家を訪れては、酒食の接待を受け、袖の下も頂戴していたものであった。

その実力を思い知ったのは、大坂蔵屋敷に出向してからである。丹生山では大地主としか思われていない仙藤利右衛門が、大坂中の商人ならみな一目置くほどの大物であると知った。以来、丹生山に帰省しても仙藤本家の敷居は高くなったのだった。

「おお。これはこれは、おぬしが直々に出張とは、何か大きな商いでもあるのか」

利右衛門が大坂に現れるなど、これまで絶えてなかった。それどころか、大坂には仙藤の出店すらない。

では、どのように商売をしているかというと、千人旅籠として知られる堺筋長堀橋の平野屋の離れを借り切り、相場の読める番頭が常に幾人も詰めている。店構えがあるわけではなし、余計な物の売り買いをするでもないから、いったい何をしているのやら誰にもわからぬ。つまりその密室を帷幕《いばく》として、堂島の米相場を動かしているのである。

荷揚場に舟が着いた。先に若い大納戸役が下り、利右衛門の手を引いた。

「いやいや長谷川様、何でもねえわや。大納戸様のお供で大坂見物をしてえと思い立ちましてな。さて――こちらがこのたび大納戸の御大役に就かれました矢部貞吉様にござえます。矢部様、こちらがかれこれ十年ばかりも大坂御蔵屋敷の御留守を預かっておられる、長谷川与十郎様でござえますわや」

かれこれ十年ばかりも、という言い方に刺《とげ》を感じた。「十年も苦労をしている」ではなく、「十年も楽をしている」と聞こえたのは思い過ごしであろうか。

利右衛門が仲に立ってくれたのはありがたいが、ハテ、家中において大納戸と留守居はどちらが上位であろう、と与十郎は悩んだ。

ともに重臣であることにちがいはない。しかし、かたや国元三役の一、こなた大坂における御殿様の名代、上下《かみしも》はたいそう難しい。

年回りからすれば末の倅と同じほどであろうが、むろん御役は家の筋目で決まるのだから序列とはまるでかかわりがない。そしてまずいことには、矢部という家名に憶えがないのである。

御家の事情を考えれば、思いがけずに家督を襲《と》られた御当代和泉守様の、御近習からの抜擢というのはどうだ。ありそうな話ではある。

しかし翻って思うに、家政困難のうえ御兄君様のご不幸などが重なった当家に、幕府が差し遣わした国目付の御旗本、というのはどうだ。それはそれで、またありそうな話ではある。

あれこれ思いめぐらすうちに、長谷川の鼻息はますます荒くなった。

「お初にお目にかかりまする。御上意を承りまして参上つかまつりました」

矢部は陣笠に指先を添えて、軽く頭を下げた。傲慢とも卑下ともつかぬ、うまい按配の挨拶である。正体は知れぬが利発な侍であることはたしかだった。油断はならぬ。

「御上意と申しますと、いよいよ御役替えにござるか」

なるたけ失意を悟られぬよう、むしろ欣喜《きんき》の笑みを装って長谷川は訊ねた。人事を承るときの顔ほど難しいものはない。失意を色に表さず、「待ってました」というような顔をし、その逆の場合は快哉《かいさい》を押しとどめて「ガッカリ」せねばならぬ。

しかし、矢部の答えは意外であった。

「いや、御留守居殿。人事についての御上意は承っておりませぬ。十年の上はさだめしご苦労とは存ずるが、今しばらくご忠勤に励まれよ」

思わずこぼれる笑みを隠して、長谷川与十郎は頭《こうべ》を垂れた。この際、御役の上下《かみしも》などどうでもよい。

忠勤に励みますとも。これと言った仕事もないうえ、鴻池の顎足付きで贅沢三昧。お借上げの御沙汰で半知となった御禄も、泣きを入れたら二つ返事で鴻池が補塡《ほてん》してくれた。国の女房は大助かりで、死ぬまで大坂にいてくれと言う。

しかし、それにしても――。

こみ上げる笑みを嚙み潰しながら、長谷川与十郎は船入の石段に佇む仙藤利右衛門に目を向けた。

おぬし、まさか大坂見物ではあるまい。


「ところで長谷川様。聞きでえことはあれこれあんだども、おまえ様では用が足りますまい。蔵元の番頭さんを呼ばってくなせや」

案の定、役所の客間に通したとたん、利右衛門が相を改めて言うた。

あな怖ろしや。ぽやぽやとした福相が、ふいに将棋の駒のごとく角張ったのである。

二間続きの上之間に大納戸役が座り、長谷川は上下のない向かい合わせ、利右衛門が下之間にかしこまったとたんであった。

用が足らぬとは無礼な言いぐさだが、たしかにそうなのだから仕方がない。なにしろ蔵屋敷の仕事は蔵元兼掛屋の鴻池に丸投げで、何を訊ねられても答えようがなかった。

「これこれ利右衛門、そう事をせくな。矢部殿もおぬしも、長き船旅でさぞくたびれたであろう。今宵は曾根崎あたりで一席もうけるゆえ、まずはゆっくりいたせ」

口の利きようが難しい。相手は身分こそ百姓にちがいないが、堂島の米相場を動かす仙藤本家の当主。おのれは大名家の重臣ではあるが中味はからっぽ。

「のう、矢部殿」

と水を向けたものの、得体の知れぬ大納戸役は諾《うべな》うでも否《いな》むでもなく、ただじっと長谷川を見据えるだけであった。

「ああ、これはしたり。御世嗣《およつぎ》様の喪が明けたと思う間に、喜三郎様が身罷《みまか》られた。宴席などもってのほかにござるの」

矢部も利右衛門も答えてはくれぬ。いったい何をしにきたのだと思えば、長谷川の月代《さかやき》にじわりと汗が湧いた。

ややあって、矢部が生真面目な顔で言うた。

「御家はただいま、喪に服している間もござらぬ。御留守居殿はそのあたりご存じか」

身も蓋もないことを言う。これだから生真面目な若者は嫌だ。おのれが生まれ育った文化文政の時代は、ものすごくちゃらんぽらんな世の中であったが、おそらくこやつが物心ついたころに黒船が来たのであろう。

「さよう。そこもとに言われるまでもなく、家政の窮迫はそれがしが誰よりも承知いたしておる」

ここで下手に出てはならぬと、長谷川は肥えた体を反り返らせて鼻息も荒く言うた。

「しからば、接待などお考えめさるな」

重ねて身も蓋もないことを。長谷川は額の汗を拭って、からからと笑うた。

「いや、矢部殿。正直のところ、それがしはおぬしがどこのどなたか思い当たらぬのだ。ならば、まずは盃を交わして仲良うならねばと思うただけでござるよ。御上意がいかなるものかは存じ上げぬが、たがいが肝胆相照《かんたんあいて》らしてこそ主命《しゅうめい》を全うできるというものでござろう」

矢部がようやくひとつ肯いた。いかな堅物でもそれくらいの理屈はわかるらしい。議したのち和するのではなく、和してのち議するが世の常、天下泰平の要諦《ようてい》である。

ここぞとばかりに長谷川は押した。

「接待と申しましてもな、御家の経費を使うわけではござらぬ。料亭の払いはことごとく蔵元に回すゆえ、こちらの腹は痛みませぬ。はてさて、このうえ何の不都合がござろうか。ハッハッ」

大口を開けて笑うたが、大納戸役の顔はほぐれぬ。それどころか、きついまなざしを長谷川に据えたまま、唇だけで一言、「なお悪い」と言うた。
ハ、と長谷川は笑い声を呑み込んだ。
「長谷川様。しばらぐ会わねうちに、まあだ肥えましたな。おらどこの池の鯉と同じだわや。池は池でも鴻池の餌はよほど滋養がござるがね」

下之間に控えた利右衛門が低い声で呟いた。ひやりと肝が縮んだが、こればかりは聞き捨てならぬ。思わず「無礼者ッ」と叱りつけた。しかし利右衛門は畏れ入るどころか、膝をぐいと回して長谷川に向き合うた。

内庭から差し入る春めいた光の中に、一千町歩の田畑を養う豪農の顔が顕《あら》われた。恵比寿のごとき福相ではあるが、持ち前のほほえみをとざせば天魔波旬《てんまはじゅん》のごとく怖ろしい。

「なるほど無礼者だわや。したども御殿様に無礼は働がねえ。仙藤利右衛門は松平和泉守様が領民じゃで、それが筋でござんしょう。んだすけ、おまえ様では用が足らんと言うとるだがや。蔵元の番頭さんを呼ばってくなせ」


鴻池は摂津の酒造業に始まり、元和年間に大坂に移って以来繁栄をきわめた天下の豪商である。まずは江戸への下り酒を運ぶ海運業を自前とし、さらに東西の金銀を交換する両替商となり、いわゆる大名貸しの金融業へと進んで巨利を貯えた。

当主の名跡である鴻池善右衛門は十代を数える。その資産は銀五万貫と噂され、また融資先はくまなく全国の大名に及んで、「鴻善ひとたび怒れば天下の諸侯色を失う」とまで謳われた。

当代善右衛門は嘉永年間に十一歳で家督を襲《と》り、今も二十三歳の若さではあるが、二百余年の伝統と多くの有能な番頭たちに支えられて、「鴻善」の暖簾は小動《こゆる》ぎもしない。

その威勢はまさしく、天領たる大坂を支配する町人姿の大名であった。

よって、界隈の御蔵屋敷に派遣されている番頭たちは、たいそう気位が高い。むろん商人としての面体《めんてい》に怠りはないが、出入りの蔵元兼掛屋といえば、領国から大坂に回漕される租税を担保に取っているわけで、実務に当たる番頭は、いわば大名家の生殺与奪《せいさつよだつ》の権を握る管財人であった。

御蔵屋敷内の役所は何もすることのない役人たちの占有で、鴻池の番頭と手代たちは門長屋に詰めている。こちらはなかなか忙しい。

わけても近隣の蔵屋敷をいくつも掛持ちしている辣腕の番頭は、二面の算盤を左右の指ではじくほどの忙しさであった。

まこと信じ難い技倆《ぎりょう》ではあるが、鴻池の番頭にまで出世した商人は、それくらいのことができるのである。

そんな折に役立たずの御留守居から呼びつけられたのでは腹も立つ。何でも越後の国元から来客があったらしいが、今宵は曾根崎あたりで接待かと思えば気も滅入った。

さても身分の上下というものは厄介で、働いていようがいまいが、金を貸していようが借りていようが、商人は武士に頭を下げねばならぬ。お追従《ついしょう》も言わねばならぬ。

門長屋を出て勝手口から役所に上がり、奥の客間を窺えば、上之間にあるのは二十歳《はたち》ばかりと見ゆる若侍、下之間には恰幅のよい町人体が控えていた。

何やら空気が悪い。御留守居役は日ごろの愛嬌もどこへやら、叱られた童《わらし》のように俯いている。

「鴻池の番頭、徳兵衛《とくべえ》にございます」

下之間に上がって挨拶をした。侍は応じず、町人体が言うた。

「ほう徳兵衛さんか。一番出世の若さですのう」

何を偉そうに、丹生山の小商人《こあきんど》めが。

「へい、お初徳兵衛の徳兵衛で。そやけど、心中の死にぞこないやおまへん」

と、いつもの調子で言うた。しかし誰も笑わぬ。こういう洒落が受けぬとつらい。

「曾根崎あたりで、お初のかわりにお侍様をたらしこんでおるがや」

冗談には聞こえなかった。鴻池の暖簾に面と向こうて唾吐くとは、何者やこいつ。

「どなたはんか知らんが、きっつうおますなあ。ほんで、ご用件は何ですやろ。帳場が取り込んでまっさかい」

言いおえぬうちに遮《さえぎ》られた。

「どうやら、おめさんでも用は足らねえらしい。御本家まで一ッ走りして、善右衛門さんを呼ばってくなせや。仙藤利右衛門が用事じゃと言や、よもや否とはおっしゃらねべ」

番頭の背筋は凍った。

二十七、御下屋敷不意之来客《おしもやしきふいのらいきやく》

柏木村に春が来た。

春と一緒に客も来た。

新宿追分で甲州道中と岐《わか》れ、青梅街道を西にたどれば、やがて武家屋敷も絶えて閑《のど》かな村里の景色になる。

成子《なるこ》坂を下り切れば神田上水に懸かる淀橋が御朱引《ごしゅびき》で、その先の中野村はもう江戸ではない。

御隠居様が柏木村の下屋敷にお住まいを定められたのは、鄙《ひな》の村里なら客も訪れず、悪だくみも露見するまいと思うたからであった。

しかしどうしたわけかこの日に限って、朝っぱらからどやどやと客が押し寄せた。暦を検めれば大安や友引どころか仏滅で、どうやらうららかな陽気のせいであるらしい。

まずはまだ肌寒い辰の刻、駒込の中屋敷からはるばると、ご次男の新次郎様がお運びになられた。春になったら下屋敷の御庭をお手入れするという御隠居様とのお約束を果たされたのだった。

おんみずから道具箱を肩に担ぎ、股引半纏《ももひきはんてん》に捻り鉢巻という出で立ちで、四、五人の弟子たちを引き連れてのお出ましである。

このごろ、「駒込の庭師新次郎」の評判はにわかに高まっていた。わけても大名屋敷の庭を手がければ、江戸市中はむろんのこと京の職人も顔色なしと噂され、はたしてその正体が知られているのかいないのか、諸侯からの注文は引きも切らず、来年のいつ幾《いっ》日《か》などという予約をせねばならぬらしい。

新次郎親方と職人たちのあとからは、少し間を取って御駕籠が進んだ。御隠居様の本音は、庭のお手入れよりもこちらである。臨月も近いというに顔も知らぬでは不憫と思い立ち、嫁も連れて参れと命じたのであった。

聞くところによれば、女房のお初は武家の生まれながら庭作りの才に富み、新次郎の一番弟子でもあるという。

しかし、下屋敷に到着しても新次郎様のおつむには庭仕事のほかはなく、お初様も舅《しゅうと》との御目見《おめみえ》などてんから頭になくて、ご挨拶もなさらず御庭に入られたのだった。

御隠居様の目には、庭仕事の采配を揮う新次郎様がとうてい馬鹿とは見えず、またお初様も似た者とは思えなかった。天職を得たうえ、この世に二人とおるまい伴侶を得た倅は、兄弟の誰よりも果報者であるにちがいなかった。ましてや、御家が予定通りに倒産したとしても、二人は「我関《われかん》せず焉《えん》」とばかりに生きてゆけるのである。

新次郎様と弟子たちが、庭の工夫をあれこれ論じ立てながら池のほとりで手弁当を食い始めたところ、御玄関に「たのもー」と訪《おとな》いが入った。

下屋敷用人の加島八兵衛が、聞き憶《おぼ》えのある胴間声《どうまごえ》によもやと思うて出てみれば、大御番頭の小池越中守様が袴の股立《ももだ》ちを取った襷掛け、体中から湯気をもうもうと立ち昇らせて佇んでおられた。

息を整えながら仰せになるには、「娘のお初が舅殿に初御目見《おめみえ》と聞き及び、とるものもとりあえず番町の屋敷より駆けつけたる次第」だそうだ。駆けつける気持ちはわかるが、番町から柏木までおのれの足で駆けてくる馬鹿もそうはおるまい。

お供衆はどちらに、と八兵衛が尋ねれば、遥か東の空を指さして、「供も馬も追って参上いたす。カッカカッカッ」と大口を開けてお笑いになった。

その後ほどなく青梅街道を下ってきたのは、越中守の供連れではなく三騎の武士であった。迎えに出た加島八兵衛は目を瞠《みは》った。

佐藤惣右衛門と鈴木右近。丹生山《にぶやま》の御領分から出たためしもない御国家老の両名が、なにゆえ江戸にある。八兵衛にとってはなじみのない上司なので、どっちが佐藤でどっちが鈴木かはいまだよくわからないのだが、ともかく紛うかたなき御国家老の両名にちがいなかった。

今ひとりの壮年の侍は、どこかで見た顔だが思い出せぬ。

「それがし、比留間伝蔵と申す新参者にござる。お見知りおきのほどを」

人事はすでに御当代様の裁量するところであるから、御隠居様にお仕えする八兵衛が「新参者」を知らぬのは当たり前である。御国家老に同行して、新規お召し抱えのご挨拶にきた、というところであろうか。

しかし、新参者にしては妙な貫禄がある。御先代様の御前に上がるというのに、何の気後れもなく、挙措《きょそ》が堂々としていた。もしや倒産寸前の当家に差遣《さけん》された幕府の御目付か、などと思えば肝の縮む思いがした。

こうして次々と来客がやってきて、手の足らぬ下屋敷は上を下への大騒ぎとなったのだが、加島八兵衛にはこれが閑けき春の日和のしわざではないような気がしている。

先ごろ日本橋の魚河岸に、とびきりの塩引鮭が揚がったと聞いた。値段は驚くなかれ一尾が二両二分というから、初鰹よりも高い。しかも梅は散ったか桜はまだかというこの時節は旬とは言えぬ。

ところがその味たるや、一度食うたら病みつきになるほどの絶佳《ぜっか》で、噂を聞きつけた料亭や大名家の勝手番が押し寄せ、飛ぶように売れているという。

風味絶佳といえば丹生山の鮭。少しも身びいきではなく、幼いころから親しんだ蘆川《あしかわ》のイヨボヤを食うたら、よその鮭など食えたものではない。

もしや両国家老の思いがけぬ出府と謎の新参者、併せてなぜか鮭臭い大番頭様、これらの来客は大評判の塩引鮭と、何かしらかかわりがあるのではないか、と八兵衛は勘繰ったのである。さすがは秘書役たる御側用人、知恵も器量もないかわり、マメで勘がよい。

この日、御隠居様が茶人一狐斎や百姓与作ではなく、名工左前甚五郎でも板前長七でもなかったことは物怪《もっけ》の幸いであった。いくらか朝寝をして、「さてきょうは一日、どういう人生を送ろうか」と考えていたところに、「庭師新次郎」とその弟子たちがやってきたのだった。

御隠居様はご挨拶もなく庭仕事を始めた倅と嫁を御廊下から遠目にご覧になりながら、無礼を咎めるでもなく、むしろ感慨無量というご様子にあらせられた。お訊ねしたわけではないが、八兵衛にはそのお心が伝わった。

(手先が器用なところは、わしに似たのであろう。ちがう人生に憧れるというのも同じじゃな)

だが、それればかりではあるまい。しばし相好《そうごう》を崩して若夫婦の立ち働く姿をご覧になられたあと、御隠居様のお顔が簾《すだれ》でも巻き落としたかのように曇った。

(いや、倅たちはみなそれぞれ、わしに似ているのであろう。嫡男は気が弱く、次男は手先が器用で、三男は勤勉で賢く、そして四男は真面目の上に糞がつく。みなそれぞれだが、実は父親の性《さが》を享け継いでいる)

そこまでお心を察すると、八兵衛の胸は熱くなった。

そうしたご気性がどれも御隠居様の本性であることに相違はないのだ。ましてそれらをひとつのご人格のうちに調和せしめれば、お畏《おそ》れながら世間でいうところの、「悪」になる。幼くして丹生山三万石を背負って立った御隠居様は、世に言う悪の権化となるほかはなかった。何となれば、そのときすでに御家は火の車であったから。

四つの才のうちの、どれかひとつでも欠けていたのなら、御隠居様のご苦労はなかったのではないか、と八兵衛は思う。

心やさしく、芸達者で、頭脳明晰、しかも真面目。そうした名君のご人格も、二十五万両の借金を背負えば、悪に変ずるほかはなかったのだ。そう、どれかひとつでも欠けていたのなら——十一代にわたる歴代の松平和泉守様と同様、借財の上にさらなる借財を上乗せして、ご子息に申し送ればよいだけであった。御隠居様のすぐれたご人格が、それを潔しとしなかったのだ。

ご嫡男が急逝なされたときの御隠居様の傷悴《しょうすい》は、けっして仮病などではなかった。また、先ごろ喜三郎様の訃報に接した折も、「くたばりぞこないが、とうとう死におったか」などと悪態をおつきになられたが、人がみな寝静まった夜半の忍び泣きを、八兵衛ははっきりと聞いていた。

だからこそ御隠居様の御目には、好きなおなごと好きな庭仕事に打ち込む新次郎様の姿がまばゆく映るのであろう。

たしかに、新次郎様は天衣無縫《てんいむほう》のお馬鹿にあらせられる。だが御隠居様は、心からその人生を寿《ことほ》ぎ、かつ羨んでおられるにちがいなかった。

さて、そこで残されたもうひとりのお子様、小四郎様こと第十三代松平和泉守様、すなわち「真面目の上に糞がつく」お方のことなのだが——。

「苦しゅうない、面《おもて》を上げい」

書院の上座につくなり、御隠居様は親しくお声をかけられた。

「国家老の両名が打ち揃うて江戸に参るなど、いったいどうした風の吹き回しか」

佐藤だか鈴木だか、ともかく年かさのほうが答えた。

「蘆川湊より東廻りの弁財船を雇いましたゆえ、同乗して参りました」

佐藤だか鈴木だか、ともかく若いほうが言葉をつないだ。

「本年は蘆川の鮭が豊漁にござりまして、御領分ではとうてい食いつくせませぬゆえ、江戸に回漕いたしました」

「ほう。それは祝着《しゅうちゃく》」

とは言うたものの、御隠居様にはわけがわからなかった。

何か報告が上がった際、とりあえず「祝着」だの「重畳《ちょうじょう》」だの「大儀」だのといったお褒めの言葉を与えるのが大名の心得である。もっとも、そのような言葉を二百幾十年も積み重ねたあげく、借金も嵩《かさ》んだのだが。

蘆川の塩引鮭はたしかにうまいが、いかに豊漁とはいえ江戸で売るほど揚がるはずはあるまい。しかも、弁財船を雇って回漕するなど、何を大げさな。

しかし御隠居様には思い当たるふしがあった。先日「板前長七」が仕入れのために日本橋の魚河岸に行ったところ、塩引鮭を山と積み上げた店があった。一尾二両二分と聞いて、あまりのばかばかしさによく見もせず退散したのだが、もしやあれか。

国家老どもに問い質したいところではあるが、疑わしき相手に対しては余計な口を利かぬがよい。これを利口という。

「御家政の一助になれば、と精を出した次第にござりまする」

「重畳である」

待てよ。店先に山と積まれていたのは十尾入りの叺《かます》であった。それが五十、いや百もあったか。すると、一尾二両二分として五百尾で千二百五十両。千尾ならば何と二千五百両。

気が遠のくところを脇息に肘を置いて踏ん張った。なまじ計数に強いというのは、体に毒であった。

「御隠居様、御隠居様」

佐藤だか鈴木だかが、言うて聞かせるようなやさしげな声を上げて膝を進めてきた。

国家老の両家はもともと譜代の家来ではなく、御初代様に臣従を誓った土豪であるから、作法も異なるのである。ときには主家に対して諫言《かんげん》もし、また主家も国家老たちには多少の遠慮をした。

「のう、御隠居様。それがしと鈴木殿は家産の一切合財を、献上させていただきました。どうかどうか、御当代様にお力添えを」

ひやりとした。国衆に大名倒産の計画を知る者はないはずである。だが国家老たちの口ぶりは諫言に聞こえた。

蓄財は着々と進んでいる。隠匿場所はこの下屋敷の御庭の奥に鎮座する、東照宮御分社の地下であった。

「名工左前甚五郎」がたったひとりでこしらえた隠し金蔵には、この一年ばかりの間にせっせと貯めこんだ金銀が眠っている。その額も先ごろめでたく、文久二年度予算一千両を達成した。出るものは舌をも出さず、入るものはビタ一文見逃さず、御隠居様の采配に従うて江戸詰の重臣どもが精進した結果であった。最終目標は一万両。それだけあれば家来のすべてに身分相応の金銀を分配して、あとは野となれ山となれ、家族はどこぞの大名預けとなって左うちわの暮らしができる。ただし、小四郎めには腹を切ってもらわねばならぬが。

などと、日ごと夜ごと念仏のように唱えている倒産計画を思いうかべれば、御隠居様の謹厳なお顔はしどけなく緩み、視線はついつい御庭の杉林の奥に見え隠れする、東照大権現の御社《おやしろ》に向いてしまうのであった。

そのまなざしを追うて、佐藤と鈴木が春の御庭を振り返った。

「御隠居様、何か――」

「あ、いや。梅が散ったに桜はいまだし、不確かな季節であるが、胸はときめくのう」

とっさにいくらか「茶人一狐斎」が入って、御隠居様は風流を言うた。

いや、実は風流と見せて、国家老たちの顔色を窺うたのである。もし計画を察知しているのだとしたら、今の一言を風流と聞き流すはずはない。

しかし、老若の両家老のおもざしにはいささかの変化もなかった。越後の国元で、のんびりと大禄を食《は》んできた国家老の貌《かお》であった。

だがしかし――もしや今、佐藤だか鈴木だかは、聞き捨てならぬことを言いはしなかったか。「家産の一切合財を献上」したとかしないとか。

風流ではなく、まこと胸がときめいてきた。佐藤家も鈴木家もともに三千石の知行取《ちぎょう》り、ほかの重臣たちの比ではない。二百幾十年もその高給が続いておるのだから、このごろ半知お借上げの千五百石になったとは言え、蓄財も相当なものであろう。その「一切合財」となれば、まったく聞き捨てならぬ。

「鈴木――」

「いえ、御隠居様。それがしは佐藤にござりまする」

「あ、さようであったな。隠居の耳には家政の話が届かぬが、家産の一切合財を献上したるとはまこと祝着である。改めてそこもとらの忠義を嘉《よみ》する」

二人の国家老は「ハハァ」と畏れ入って平伏した。その髷《まげ》もたげられぬうちに、御隠居様はあからさまにお訊ねになった。

「しかるに、一切合財と言われても嘉賞《かしょう》の致しようがあるまい。そはいかほどか」

ああ、胸がときめく。むろん一切合財などと言うても、丸裸になる馬鹿もおるまい。おそらくあの小四郎めにせっつかれて、いやいやいくばくかの私財を献上させられたのであろう。そは百か、二百か。

いずれにせよ金額の多寡《たか》にかかわらず、小四郎めから分捕《ぶんど》る手立てを講じねばなるまい、と御隠居様は思った。

「両家は同じ知行高にござりますれば、蓄財も同じほどにて、二千五百両ずつをそっくり献上させていただきました」

「それは重畳」

と答えはしたものの、御隠居様の目の前には得体の知れぬ、黒洞々《こくとうとう》たる闇が拡がった。あえて言うなら、湿けった井戸の底から天に向こうて、「それは重畳」と声を上げたような気がしたのである。

それは重畳。それは重畳。大儀じゃー、大儀じゃー、祝着ゥー、祝着ゥー。嘉賞の詞《ことば》は闇の中に殷々《いんいん》と谺《こだま》した。しかし、それでも動揺を相に表さなかった御隠居様はさすがである。実はなかば失神しているというのに、誰にもその気配を悟られることはなかった。

しかも御隠居様は、井戸の底で算盤をはじいていた。まさに暗算である。

国家老どもの献上金が両家あわせて五千両。塩引鮭千尾の売上が二千五百両。隠し金蔵に千両。願いましては、五千両の二千五百両の一千両で、八千五百両のご明算。一万両の総予算達成まで、たったの一千五百両！

「もし、御隠居様。お気をたしかに」

用人の加島八兵衛が御座所ににじり寄り、耳元で囁いた。そう言う八兵衛の声も震えていた。

「あ、いや。このごろかようなことがしばしばあっての。いくらか呆《ほう》けたようじゃ」

御隠居様は気を取り直した。失神している場合ではなかった。五年や十年はかかると思われた大名倒産の壮挙が、指呼《しこ》の間に見えたのである。

ところで、なにゆえ鮭臭い大番頭殿が同席しているのであろう。あまりにデカくて、かえって目に入らなかったのだが、よくよく見れば柱でも襖でもなく、殺しそこねた小池越中守その人ではないか。

まさか「達者でなにより」だの「生きていたのか」とも言えず、意味不明の笑顔をかわし合うた。

ふと見れば、池の向こうの躑躅《つつじ》の植込みに新次郎とお初の姿があった。夫は粋な捻り鉢巻、女房は姉さんかぶりの体《てい》で、黙々と鋏を使うていた。

殺しそこねておいてあんまりと言えばあんまりではあるが、その女房の腹の中の子の、もうひとりの祖父が小池越中守であることに、御隠居様は今さら気付いたのであった。

つまり、この際に親類の名乗りを上げておこうと、お初の父親がしゃしゃり出てきたという話なのであろう。

ふしぎなことに、殺しそこねた越中守の顔には、殺されかけた恨みが見当たらなかった。もしや脳味噌まで筋肉か。命を狙われたことにすら気付いていないのではあるまいか。

たがいに笑顔を見交わしているのも何なので、御隠居様はふと思いついた話材を口に出した。

「今年は蘆川の鮭が豊漁じゃ。追って番町の御屋敷にお届けいたしましょうぞ」

越中守は御前も憚らずに呵々《かか》大笑《たいしょう》した。

「いや、お心遣いには及びませぬ。拙宅はすでに丹生山名産塩引鮭の販売所になっておりましての。日本橋の魚河岸は遠いゆえ、近在の御大名や旗本御家人の勝手方には不便にございりましょう。で、長屋門の片袖をぶち壊して店開きいたしましての。いやはや、売れる売れる。日本橋と番町とで、千石船の一杯をアッという間に売り尽くし、急ぎもう一杯の荷を積みに、蘆川湊まで帰しましたる次第にござる。かくして今やわが家は、番町皿屋敷ならぬ番町鮭屋敷と噂されており申す。カッカッカッ」

どうしてこやつは、かくも余分な口を利くのであろう。旗本武役筆頭の大番頭を馬鹿とまでは言いたくないが、少くとも利口ではあるまい。

「ほう。それは祝着。して、何尾ほど売っていただけたのか」

「カカッ、さようでござるのう。なにしろ拙者、登城のたんびに鮭の切身を殿中にてばらまいておりまする。それも、囲炉裏之間にてこんがりと焼いたほくほくを、茶菓子にどうぞとか何とか言うて、殿席《でんせき》の御殿様方に配って回るのでござるよ。マア、試食したならひとたまりもござるまい。かくしてわが家は番町鮭屋敷」

「いや、そうしたお手柄話はさておき、何尾ほどお売りになったのか」

ううむ、と越中守は天井を見上げて指を折った。計算にはてんで疎いらしい。

胸のときめきは極まった。なにしろ一尾二両二分。初鰹より高いのだ。女房を質に入れても間に合わぬ。

「さようですのう。十尾入りの叺《かます》が、ひの、ふの、みの、よ――」

そうだ、叺だ。ややッ、指が足らぬ。とりあえず百尾で二百五十両。うわ、足を投げ出して指を折るか。

そのとき、次の間の御入側《おいりがわ》から渋い声がかかった。

「越中守様の御屋敷では、おおむね千尾を売り捌いていただきました」

何と。一尾二両二分が千尾で二千五百両。さらに魚河岸の売上を加うれば、いったいいくらになるのか。しかも千石船の一杯を売り尽くして、もう一杯の荷を積みに帰ったという。

御隠居様の胸のうちに、戦捷《せんしょう》を告ぐる陣太鼓が鳴り渡った。御初代様が関ヶ原の戦陣で聞いた、三三七拍子の連打であった。

国家老どもの献上金に鮭の売上を加うれば、楽々と目標達成である。小四郎めが、虫も殺さぬ顔をしおって、なかなかやるではないか。さほどの才覚があるとも思えぬゆえ、よもや七福神でも憑いておるのではあるまいな。

それにしても、御入側から物言うたのは誰じゃ。

「苦しゅうない。面を見せよ」

ハハッと一声あって、ほの暗い次の間に人の控える気配があった。国家老と越中守が体を開くと、無紋黒羽織の見知らぬ侍が手をつかえていた。

「面を上げい」

無礼きわまることに、侍はすっくりと背筋を伸ばしたとたん、御隠居様とまっすぐに目を合わせたのだった。

「比留間伝蔵と申しまする。主なき浪人者ゆえ、御無礼の段はお寛《ゆる》し下されませ。それがし、御家のご困難を聞き及び、松平和泉守様に助太刀いたすべく参上つかまつりました。御先代様におかせられましては、どうかお見知りおきのほどを」

まるで戦場の物見のごとく、険しい目で御隠居様を睨みつけたあと、比留間伝蔵と名乗る侍は黒羽織の両袖を捌いて平伏した。

名前には聞き憶えがあるが、顔に憶えはなかった。何だか怖い。しばし間を置いて、「祝着である」と御隠居様はようやく言うた。


女中に手を引かれて、御方様《おかたさま》は下屋敷の裏門を出た。

人目につかぬよう裲襠《うちかけ》から紬に着替え、茜さす野良道に出てみれば、その人は遥かな麦畑の涯《は》てに、ぼんやりと石地蔵か何かのように佇んでいた。そこから先は長い歳月を踏み越え、お夏の方様はもとのなつに返った。

おまえさま、おまえさま、と呟きながら、なつは畦道《あぜみち》を走った。

慰め。労い。感謝。そして、恨みつらみも。その人に言わねばならぬくさぐさは、思いつくだけでもきりがない。

それらをひとからげにくるみこめば、何ひとつ選り出して言葉にできようはずもなく、なつはただただ、間垣作兵衛という男が恋しくてたまらなかった。

富士は夕陽を背負うて影絵になっていた。おまえさま、おまえさま、と呟く声がようようまともな声になったころ、あろうことかその人は、畦道に両膝をついて土下座をした。

「さような真似は、おやめ下さい」

溢るる涙を吹きこぼして、なつは言うた。

「いや――」

何を言わんとしたのか、相変わらず口の回らぬ人だった。

「わたくしは、小四郎の母にございますが、どなた様の妻でもございません。お手をお上げ下さいまし」

作兵衛は深く頭《こうべ》を垂れたまま言うた。

「承知いたしておる。ただ――」

心が通じた。夫であった人は、ずっと詫び続けているのだ。拝領妻の産んだ子をつつがなく育てるために、二人がなした目の不自由な赤児を母から奪い取ったことを。

「天下一の琵琶法師になった」

なつは顔を被って、声を限りに泣いた。一国一城の主になるよりも、天下一の琵琶法師になるほうが、ずっと出世だと思うたからだった。

「わしは、それだけを伝えに参った」

立ち上がって身を翻そうとする作兵衛の背中を、なつは力ずくに抱きとめた。

小池越中守様が、帰りしなにそっと伝えてくれた。間垣作兵衛は蘆川の流れを変えてまで、丹生山の鮭をみごと養うた、と。千石船にみっしりと積んで、江戸にて売り捌けるほどに。

夫の背には、見知らぬふるさとの匂いがしみついていた。

どうしてこの人は、おのれを矜《ほこ》ろうとしないのだろう。あらゆる理不尽をすべて呑み下し、押しつけられた苦をことごとくおのが苦に変えることなど、なぜできるのだろう。

なつに抱きすくめられたまま、夫は里の言葉で本音を洩らしてくれた。

「おめさんに、ひとめ会いたかったがや」

どう答えればよいのかわからぬまま、なつの口からも本音が洩れた。

「あんたひとりが侍だ。足軽だろうが鮭役人だろうが、あんたひとりが侍だ」

茜色が退いて星空が伸《の》してくるまで、二人は傾いても身を支え合ういたいけな野仏のように、ずっとそうしていた。

二十八、春爛漫黄金栄耀《はるらんまんこがねのかがやき》

里の雪は解け、山肌も斑《まだら》となった春の一日《いちじつ》、大黒屋の先店《さきだな》番頭伊兵衛がお目通りを願うてやってきた。

塩引鮭の回漕に際しては、ひとかたならぬ尽力をしてくれたと聞く。ならば御殿様のほうから召して嘉《よみ》すべきなのだが、城内は手が足らずにてんてこまいの忙しさだった。

家政を再建すべく誓い合うた面々――すなわち昨年閏《うるう》八月の「北之丸重役会議」に名を列《つら》ねた面々のあらかたは、丹生山《にぶやま》を離れているのである。

俄《にわ》かに親類となった小池越中守は長逗留ののち江戸に戻り、座長ともいうべき兄の喜三郎は亡くなった。

ついに実現した塩引鮭の回漕は大仕事である。比留間伝蔵が万事に采配を揮い、むろん鮭役人の間垣作兵衛も弁財船《べざいぶね》に乗り込んだ。

加えて、御隠居様や江戸屋敷の重臣たちを説得し、かつ牽制するためには、佐藤惣右衛門と鈴木右近の両国家老が必要であった。

時を同じくして、矢部貞吉は大坂に向こうた。仙藤利右衛門を伴うて、蔵屋敷の有様を検めるためである。

かにかくに、丹生山城に残る財政再建の同志は、松平和泉守以下、橋爪左平次と磯貝平八郎だけとなった。

やらねばならぬことはいくらでもあった。二百六十年もの間、大名という一大権威のもとにあった財政は複雑怪奇で、たとえば領民から上納される御用金や冥加金といった実収入と、利子の付く借財との分別すらできてはいなかった。さらには先代が行った上位の家臣に対する半知御借上げ——すなわち御禄を半分にするという政策も、その名の通り借財であるのか、それとも寄進であるのか、はっきりとしていなかった。

こうしたことも、一概に領知経営の怠慢とばかりは言い切れぬ。領主たる大名家は神のごとく全能であるという思い込みが、二百六十年もの長きにわたって続いた結果であった。

三百諸侯の実情はどこも似たものである。もともと銭勘定に疎く、銭金を不浄のものとする武士が、まともな領知経営などできるはずはない。

よって古今東西、軍事政権なるものは戦をし続け、土地財産の収奪によってのみ存続するという宿命にあるのだが、地財に限りのある小さな島国が傑出した武将によって統一され、いわゆる天下泰平の世がもたらされれば、三百諸侯のほぼすべてが「無能な領主」に堕するはむしろ必然であった。

負債総額は二十五万両。利息だけでも年間三万両。そして歳入はたったの一万両。

すでに丹生山松平家の財政再建は時機を失している。そうこう考えれば、大名倒産という前代未聞の目論見のほうが、正しいとも思えてくる。

しかし、われらが若き盟主、第十三代松平和泉守は戦う。ゆえあって足軽の子として育てられたがために、銭金の重みを知るからである。

「御殿様におかせられましては、御みずから算盤をはじかれ帳付けまでなされますがや。何とももったいねえ話で――」

呟くようにそう言うたなり、伊兵衛は縁先にこごまってしまった。

「大儀である」

日ごろの口癖で思わず答えてしまってから、その言いようはあるまいな、と和泉守は指の動きを止めた。

兄の喜三郎が寝所としていた、山里丸の離れ家である。雪はとうに消えて、杉木立から射し入る光が暖かい。

この山家《やまが》を御家再建の役所と定めたのは、敬する兄の御魂《みたま》が力を貸して下さるような気がしたからであった。かたわらでは橋爪左平次と磯貝平八郎が、帳面の山に埋もれて算盤をはじいている。次の間にも廊下にも机が置かれ、勘定方の侍たちがせっせと仕事に励んでいた。どこもかしこも紙だらけで、墨の匂いが濃い。

「みなの者、客人も参ったことだし、ここらで一服しようではないか」

和泉守が命じると、家来たちはそれぞれに声を上げて伸びをした。明け六ツに出仕し、暮六ツまで机に向き合う日々が、ずっと続いている。

「面《おもて》を上げよ。縁側に上がって茶など飲むがよい。見ての通り、ここでは身分の上下《かみしも》などないのじゃ」

伊兵衛がかぶりを振って、「もったいねえ、もったいねえ」と拒んだ。

「まあ、堅苦しいことは申すな。聞くところによれば、おぬしが佐渡まで出向いて天下一の千石船を調達してくれたそうじゃな」

大儀だの祝着だの、偉そうな言葉を使うてはなるまい、と和泉守は思うた。

縁側の陽だまりに出て腰を下ろし、「ささ、近う」と伊兵衛を誘《いざな》った。女中が茶と菓子を運んできた。

和泉守にはひとつの懸念がある。丹生山の先店を長く預かるこの番頭は、もしや本店《ほんだな》や新潟出店《でみせ》の許しを得ずに、一存で塩引鮭の回漕に加担したのではあるまいか。だとすると、馘《くび》のかかる話である。

さようなこと、おのれが直《じか》に訊ねるべきではないとも思うが、手が足らねば口も足らぬのだから仕方あるまい。

商人を相手に親しく物を言うのは難しい。そこで和泉守は、いっそ小四郎に戻ろうと決めて咳払いをした。

「大黒屋には日ごろ無理を言うておる。利息も満足に付けられぬのに、このうえ大金を払うて加勢してくれるとは思えぬ。もしや、おぬしの一存ではないのか」

女中に手を差し延べられて、伊兵衛はおどおどと縁側に腰をかけた。それでも背を丸めているのは、同じ目の高さで物を言うてはならぬと心得ているからであろう。

「のう、伊兵衛。大黒屋ほどの豪商が、にっちもさっちもゆかぬ当家に力を貸すはずはあるまい」

「いえ、御殿様――」

伊兵衛は猫のように小さくなったまま、それでも如才ない商人の声できっぱりと言うた。

「お手伝いをさせていただきましたわけが、二つござりますわや。まずこの一件は手前主人、大黒屋幸兵衛の申し付けにござります」

侍たちが一斉に振り返った。江戸室町の大黒屋が、三井鴻池に次ぐ大口の貸主であることは誰もが承知していた。その総額はしめて四万《しまん》六千両。建前としての年の利息だけでも五千五百両。実に気の遠くなるような金額である。

「何と、大黒屋の主からの指図と申すか」

横合いから橋爪左平次が口を挟んだ。こやつは江戸屋敷の差し向けた間者《かんじゃ》だと噂されているが、和泉守にはどうにもそうとは思えぬ。あるいは御隠居様からそう命ぜられて丹生山に戻ったが、ふるさとの風に当たって寝返ったか。

「はい、橋爪様。その通りでござんすわや。それも新潟出店の頭越しに、お指図を頂戴しとります」

橋爪がことさら驚いているのは、勘定方として江戸の金融事情を知悉《ちしつ》しているからであろう。おそらく、大黒屋幸兵衛とも面識があるのだ。大店の主がどれほどの傑物《けつぶつ》であるかを知っている。

「幸兵衛よりの申し付けにござんす。御当代様ならびに御国元衆の支援おさおさ怠りなく、何事なりとも御相談に応じらるよう相務むべし——手前はご相談を承りましたゆえ、主の申し付け通りに、及ばずながらご助力いたしましたがや」

あたりはしんと静まった。和泉守は首を傾げた。なにゆえ大黒屋が。

「伊兵衛。今ひとつのわけとやらを聞かせてくれ」

「はい、御殿様。それは簡単な話にござんすわや。手前は丹生山の百姓家に生まれまして、間引きされるすんでのところで浄観院の上人様に命を救われましての。それから大黒屋の奉公に上がって、今もこうして飯を食うておりますがや。藿川の水さ飲んで育った子供が、藿川のイヨボヤに背中は向けられませぬ。理由《わけ》ではなぐ、道理にごぜえますわや」

和泉守の胸は詰まった。ふるさととは実にそうしたものなのであろう。

ふと見れば、橋爪左平次はがっくりと肩を落とし、顔ばかりを天井に向けていた。翻心のわけがわかった。

「ありがたい話だがのう」

木洩れ陽に目を細めながら、磯貝平八郎が溜息まじりに言うた。

「御殿様から足軽小者に至るまで、節倹に努めておる。豊作であったゆえ、年貢もよう上がった。そのうえ名産の塩引鮭を江戸に回漕することもできた。しかるに、これで財政の改革が成ったはずはない。借金は一文も減らぬ。名目上の利息はその借金に積み上がるばかりじゃ。お借上げの半知も回復する見込みがない。しょせん、お歴代様二百六十年もの始末を、今思い立ってつけられようはずはないのだ」

それは和泉守の本音でもあった。帳面が整えば整うほど、その事実は瞭《あきら》かになってゆく。日ごとに希望は失せ、絶望が拡がってゆく。

それでも和泉守には、父の目論見が正しいと思えない。どうしても思えない。戦がなくなっても権威の鎧《よろい》をまとい続ける武将として。

「平八、泣き言など申すな。町人の前でみっともない」

左平次が叱りつけた。平八郎はたしかに言わでもの泣き言を口にしたが、それを咎めた左平次は泣いていた。

「ところで、浄観院の上人様はお達者かの。忙しさにかまけて、兄上の墓参りもいたしておらぬのだが」

和泉守は話頭を転じた。

「はい。実は手前とともにお目通りするつもりでおられましたが、なにぶん九十五のお齢ゆえ、お諫《いさ》めいたしましたがや」

そこで伊兵衛はいったん話を切り、茶を啜って額の汗を拭った。

何やら尋常を欠いている。思えば伊兵衛が何のためにやってきたのか、まだ話は持ち出されていない。

よもやとは思うが、鮭の上がりを押さえる、などという話ではあるまいな、と和泉守はあらぬ邪推をした。

しかし、そうした生々しい話であるなら、浄観院の上人様とは何のかかわりもあるまい。

「さきに申し上げました通り、上人様は手前の育て親にござんすわや。間引きされるか飢え死ぬかの子供が、いったいどれほど命を救われましたことか」

ほかならぬ和泉守も、上人様の徳行にあやかったひとりである。間垣の父は小四郎をつつがなく育てるために、目の不自由な弟を浄観院に預けた。是非はさておくとして、おのれがそののち、父母の慈愛を独りじめにして育つことができたのはたしかであった。

「本日はそんげなこどで命永らえた子供を、もうひとり連れてめえりあんしたゆえ、ご無礼とは存じますがお目通り叶いますよう、お願い申し上げまする」

伊兵衛はそう言うとふたたび縁先に下りて、心から願うというふうに頭を地べたにこすりつけた。

いったい誰であろう。伊兵衛が改まってそう願うからには、よほど意味深い者なのであろうか。

「かまわぬ。通せ」

伊兵衛は欣《よろこ》んで手を打ち、首を回してそこいらの籔に向かい、「ほーい」と呼んだ。するとたちまち、こんもりと繁った笹籔が騒いだと思うと、一頭の巨大な獣《けだもの》が立ち上がった。

熊が来た。人々はうろたえ、手に手に刀を抜いて和泉守の周囲に人襖《ひとぶすま》を立てた。

越後の山には熊が棲む。冬ごもりの前や雪解けののちには、餌を求めて里に現れることもしばしばであった。中には獰猛《どうもう》な人食い熊もいるという。

しかし、よくよく見ればその獣は熊ではなくて、熊皮をまとった人間であった。

「こりゃ、善助。御前にござんすぞい、頭《ず》が高い」

伊兵衛にたしなめられて、男は笹籔から歩み出ると膝を揃えてかしこまった。巨漢である。げに怖ろしき面構えである。改めて熊か人かと問われたなら、やっぱり熊と答えるだろう。

「このごんたぐれも、童《わらし》の時分にァおふくろともども、上人様の厄介になった者にてござんすわや。今はお国境いの撫峠にて、山賊の真似事をしとりますが――あ、いややれ、本気ではなぐ、真似事にござんすわや」

「はあ、真似事だわね」

男は蓬髪《ほうはつ》をぼりぼりと掻きながらそう言うたが、人々の耳にはどうにも人食い熊の言いわけとしか聞こえなかった。

ふと見れば、男の背うしろには女房とおぼしきおなごが、胸前に麻袋を抱えて座っていた。身なりは粗末で、肌は浅黒く灼《や》けているが、なかなかに目鼻立ちの整うた越後美人である。

「御殿様、善助さあは山賊なんぞではねえのす。村芝居に嵌《は》まって、酒呑童子の真似さしとるだけだわや」

善助という名前で呼ぶからには、夫婦《めおと》というわけではないらしい。だとすると、許婚《いいなずけ》とか想い人とかいう仲であろうけれど、蓼《たで》食う虫も好き好きとは言え度を越していよう、と和泉守は思うた。しかし一方、この男に惚れるは熊に惚れるも同じであるゆえ、まさしく伝説か昔話であろうと思えば、むしろうっとりと見とれるのであった。

そして、いよいよ昔話めいていることには、笹藪のあちこちから猿が顔を出しているのである。善助が頭を下げれば猿どもの顔も笹に隠れ、善助が直ればやはり猿どもも赤い面をもたげるのだった。

さては橅峠の猿どもを子分に見立て、惚れたおなごを拐《かどわ》かしたりなどして、山賊の真似事をしているのであろうか。

いや、この際そんなことはどうでもよい。なにゆえ大黒屋の番頭が、わけのわからぬ者どもを領主に引き合わせようとするのか、そこがてんでわからぬ。

熊や猿を無礼者と責めても始まらぬゆえ、ただただあんぐりと呆れるばかりの和泉守の御前に、あろうことか熊に惚れたらしい伝説のおなごがしゃしゃり出てきた。

伊兵衛がこの難しき場面の解説をした。

「こんおなごは、黄金ヶ浦の潮くみ女にて、おつうと申しあんす」

ほう。話はいよいよ物語めく。撫峠の熊が潮くみ女に懸想して、山へと拐かしたか。しかし、それがどうしたというのだ。今や飛ぶ鳥落とす勢いの大黒屋は、両替商にとどまらずありとあらゆる物産の売り買いを手がけ、あるいはよろず商事《あきないごと》の仲立ちなどして巨利を得ていると聞く。だにしても、まさか熊と潮くみ女の仲人まではするまい。第一、何の得にもならぬではないか。

「それは重畳」

この際ほかに思いつく文句が見当たらず、和泉守は仕方なく相好を崩してそう言うた。なるほど、御殿様の嘉賞《かしょう》の言葉にはかような使い途もあるのだと知った。わけがわからぬときは、とりあえず「大儀」だの「祝着」だの「重畳」だのと言えばよい。

「ハハァー。ありがたきお言葉にござんすわや。これ、おつう。献上品を」

おつうが抱きかかえていた麻袋を、おそるおそる和泉守に差し出した。

塩、か。いや、たかが塩などと思うてはなるまい。これとて領民が汗水流してこしらえた貴き物産である。

「祝着である。これ、平八。献上品を大切に収め、何か褒美を取らせよ」

ハハッ、と磯貝平八郎が縁側をにじり寄って、麻袋を受け取った。

と、そのとたん大兵の平八郎の体がよろめき、献上品もろとも宙を泳いで縁先に転げ落ちたのだった。麻袋の思いがけぬ重みに耐えかねたのである。

塩ではない。袋を破って溢れ出たものは、春の陽光を弾き返して光輝く石くれであった。

「何ごとぞ——」

紛うかたなき黄金石《こがねいし》である。和泉守と御家来衆は声もなく立ちすくんだ。

伊兵衛が顚末を語った。

「撫峠の山奥に黄金の洞《ほら》を見つけましたわや。上杉謙信公の隠し金山にございますかのう。んだども善助めは、丹生山のご領分ゆえ御殿様のお宝だべしと浄観院の上人様にお届けいたしあんした。そんげなわけで、手前が呼ばれましてのう」

咽《のど》が渇く。訊ねたいことは山ほどあるが、何をどう言うたものか、声がつながらなかった。

縁先にちょこなんと膝を揃えたまま、伊兵衛は淡々と続けた。

「のう、御殿様。こんげな黄金石がごろごろしておる撫峠の洞は、天下一のお金山《かなやま》にござんすわや。さきほど磯貝様は、二百六十年の始末はつけられねとお嘆きになられましたがの、それでもみなみなさまが蟷螂《とうろう》の斧《おの》ば揮《ふる》ったればこそ、あの世の権現様と謙信公が言談《いいだん》なされて、ご褒美を賜わったのだと存じますがや。手前も、これなる善助もおつうも、みな蘆川の水で産湯に浸かった子供にござんすが、きょうのきょうほど、丹生山に生まれましたることを嬉しゅう思うたためしはござりませぬ。どうか孫子の代までこの御領分をば、たんとたんとお保ちくらせや」

黄金石を輝かせる木洩れ陽を追うて、和泉守は春風の渡る空を見上げた。

これは奇蹟だ。しかるにその奇蹟を招来せしめたるは、けっして祈りではなく、蟷螂の斧を揮い続ける努力であったのだと、伊兵衛は諭してくれたのだった。そして御家の安泰は武士の面目ではなく、領民すべての願いであるということも。

松平和泉守は帷幕《いばく》のつわものどもを顧みて号令した。

「者ども、兜《かぶと》の緒を締めよ。戦はまだこれからぞ」


浄観院の境内に、紅色の彼岸桜が咲いた。花びらは小さな釣鐘の形をして愛らしい。

その満開の下枝《しずえ》のもとに蹲《うずくま》って、何やら物思いにふける怪しい影があった。弊衣《へいい》蓬髪に渋団扇《しぶうちわ》、あたりには春の香りを圧倒する悪臭が立ちこめている。

「ああ、もしやそなたは」

通りすがった琵琶法師に声をかけられて、貧乏神はびくりと肩をすくめた。人の目には見えぬはずだが、この座頭は類稀《たぐいまれ》なる心眼を具《そな》えている。

「またお怪我でもなされましたか」

「いや、そうではなく――」

実は診察代を払いおえた旨を報せにきたのである。薬師如来との約束を果たし、丹生山の里にあまたの福神を呼び入れた。

すなわち、一種の「御礼参り」ではあるが、参道の石段を登って境内に入れば、何やら心が挫けて彼岸桜の花影に蹲ってしまったのだった。

おのが本分に背いて、福をもたらしてしもうた。貧乏神は見かけによらず、恥を知る神であった。

「さて、お気持ちは察するに余りありますが、やはりなすべきことはなしておきませぬと、向後《こうご》のお付き合いにも障りがございましょう」

何も言わぬうちから、琵琶法師に心を読まれてしもうた。すばらしい心眼の持ち主じゃ。

そして言われてみれば、幾千年もの齢を食うた体はこのごろとみに衰えて、まあ厄払いの槍をつけられる粗忽《そこつ》は二度ないにしても、悪い病にかかったり、蹴つまずいて骨を折るぐらいはあるやもしれぬ。なるほど向後の付き合いというものもあろう、と貧乏神は気を取り直した。

ちなみに、春風が立ってからというもの、どうも鼻の奥がこそばゆくてかなわぬ。江戸とちごうて、丹生山には杉木立が多いせいであろうか。

「ささ、おひとりで気まずければ、わたくしがお供いたします」

座頭はそう言うて手を引いてくれた。

伽藍《がらん》をめぐり奥山に至れば、純白の花をつけた辛夷《こぶし》の下に、古めかしい薬師堂が佇んでいた。

ちょうど昼飯前の混み合う時間であるらしく、廻縁《めぐりえん》には手負いの熊だの足を挫いた鹿だの、腹をこわした狸だのが行儀よく並んでいた。

折しも御堂から顔を覗かせた女狐が、気を利かせてくれた。

「みなさーん、申しわけありませーん、急患入りまーす」

さしあたってどこが悪いわけではないが、こうしたとき一見して急病人に思われるのは都合がよかった。それでもやはり仮病はバツが悪いので、貧乏神は座頭の腕にすがってわざと息をあらげながら薬師堂に入った。

「ほう、君か。久しぶりだね。まあ、こういう場所から足が遠のくのは、悪いことではないが」

衣の袖をたくし上げて薬研《やげん》を使いながら、薬師如来は冷徹かつ嫌味な、相も変わらぬ医者の声で言うた。

「改心したわけではないぞよ」

開き直ってそう言い返しても、薬師如来は動じなかった。ちらりと貧乏神を見たなり、寛容な微笑をうかべるだけである。

「しかるに、約束じゃによってこの丹生山の里に福の神を招いた。診察代はそれで十分じゃろう」

ほの暗い御堂にちょこなんと座ったまま、おのれの体がちぢこまってゆくような気がした。檀家も氏子も持たぬ身は悲しい。賽銭などビタ一文上がらぬゆえ、借金は体で返さねばならぬのである。

「その噂は耳にしているよ。君も宝船に乗って、江戸に向かったと思っていたが」

宝船。思い出したくもない。七福神たちはこぞって同行を勧めてくれたが、きんきらきんの弁財船に乗り込んだとたん気持ちが悪くなり、あわてて陸《おか》に戻った。帆の上がる前に船酔いをするていたらくだった。

「いやいや、わしの務めはおえたでな。改心はできぬが、これで了簡《りょうけん》してくやれ」

薬種をすり潰す薬研の音が薄闇の中に響く。琵琶法師が低く静かに、平家物語の終段「御往生」を謡《うと》うた。

「まあ、仕方ないだろう。それ、やめて。癒《い》えぬ病もあるのだから、改まらぬ心があるのもけだし当然だね」

薬師如来が手を動かしながら言うた。なるほど。仏の言葉には説得力がある。

「それでも、君は努力なさったよ。さぞつらかったろうねえ」

貧乏神は破《や》れ衣の袖を瞼に当てて、仏の寛大さに泣いた。

はっきり言ってつらかった。世に貧富の差が生じてよりこのかた、すなわち稲作の普及により「貯蓄」の概念が生まれて、持つ者と持たざる者が分かれてよりこのかた、ずっと人を苦しめ続けてきたおのれが、幾千年ぶりにとうとう富を招来せしめたのである。

これが堕落でなくて何であろうと思えば、遥かな時の重みが瘦せた体にのしかかって、死にたい気分になった。

琵琶法師は謡う。

さる程に寂光院の鐘の声、今日も暮れぬと打知られ、夕陽《せきよう》西に傾《かたぶ》けば、御名残《おんなごり》は尽きせず思《おぼ》し召され――

「貧乏神さあーん。患者さんがつかえてますから、きょうはこれくらいにしておきましょうねー」

真白な毛色の女狐が耳元で言うた。貧乏神は我に返って、薬師如来の横顔に訊ねた。

「わしは死ねぬか」

「それは君、僕に訊くことじゃないでしょう。おたがいさまなんですから」

ちらりと振り返ったお顔が、悲しげに見えた。

諸行無常の弦《つる》の音《ね》を曳いて、平家は終わった。命に限りがあればこそ、人の世は美しいのだと貧乏神は知った。

「では、診察代はお払いしたということで、よろしいな」

「はい、それでけっこう。ところで、予後はいかがかね」

「何ともないぞよ。明日からはせいぜい頑張って、仕事の遅れを取り戻さねば」

「お手やわらかに」

けっして頭は下げずに御堂を出ると、純白の辛夷《こぶし》の花びらが頭上に散りかかった。そのかたちが大海原を行く宝船を彷彿させて、貧乏神は蓬髪にまとわりついたひとひらを、思わず弊衣の懐に納めた。

ふと見上げれば、反吐《へど》の出そうな青空が拡がっていた。だにしても辛夷の花に似合うぞよと、貧乏神は水洟をすすりながら、柄にもなく春を寿《ことほ》いだ。

二十九、江戸《えど》表《おもて》花《はな》之《の》酔醒《えいざめ》

江戸留守居役楠五郎次郎が外桜田門外の老中板倉周防守邸を訪うたのは、花も綻ぶ暖かな宵であった。

昨年師走に百両の「寄進」を押し返されて以来、御老中は月番非番にかかわらずしばしば使者をよこして五郎次郎を呼び立てるようになった。

丹生山《にぶやま》松平家の内情を懸念なされているのである。さすがにはっきりとお訊ねにはならぬが、おそらく御隠居様の計略に勘付いておられる。しかし五郎次郎も心得たもので、そのあたりはけっして尻尾を摑ませぬ。

都合のよいことに、御殿様の在国中に名代を務むるは定めて留守居役であるから、その頭越しにほかの重臣たちを呼んで物を訊くわけにはゆかぬ。いわんや御隠居様においてをや。

つまり幕閣の欲する情報は必ず留守居役の楠五郎次郎を経ねばならぬから、彼が口を割らぬ限り、怖るべき大名倒産計画は流言《りゅうげん》に過ぎぬのだった。

うららかな春の宵は睡気《ねむけ》を誘う。水道橋の袂で雇った町駕籠《まちかご》に揺られながら、五郎次郎はうつらうつらと舟を漕いだ。

陽気のせいばかりではない。このところ眠られぬ夜が続いている。

佐藤、鈴木の両国家老をはじめとする国衆が、鮭とともに上《のぼ》ってきた。みながみな、家政の再建に心を砕く御殿様の肝煎《きもい》りにちがいなかった。それら国衆が同じ小石川上屋敷で寝食を共にしているというのだから落ち着かぬ。

すなわち、御家を滅却せんとする御隠居様一党と、再興せんとする御殿様一党がひとつ屋根の下に暮らしているのである。しかも、それぞれの御大将たる御隠居様は柏木の下屋敷に、御殿様は丹生山の御領分におられるのだから、何かの行き違いで刃傷沙汰《にんじょうざた》が起きてもふしぎはない。

そうしたわけで、あんがい繊弱《せんじやく》な気性の五郎次郎は、野良犬が吠えても目覚め、天井裏を鼠が走ってははね起きて、ぐっすりと眠ったためしがなかった。

駕籠の中で刀を支えにうつらうつら、さりとて夢を見るほど眠れはしない。

小姓から馬廻り近習へ、さらに御目付から江戸留守居役へと、二十年ばかりの間に次々引き立てて下さったのは御隠居様である。鴻恩《こうおん》は計りがたい。

一方の御当代様は、主君でこそあれ義理は覚えぬ。

しかし父祖代々が仕えた丹生山松平家を潰すという御隠居様の計略には、正直のところ賛同しがたく、御当代様のご尽力にはほとほと頭が下がる。

武士たるもの、すべからく忠義であるべしと心得てはいるが、困ったことに五郎次郎のうちには、その忠と義とが鬩《せめ》ぎ合うているのだった。

昨年暮に御老中から差し戻された百両は、五郎次郎にとっていわば踏絵であった。御老中は寄進に事寄せた賄賂《わいろ》を受け取ろうとはなさらず、「役立てられよ」と押し返した。その瞬間、百両の大枚が宙に浮いた。

下屋敷にお届けすれば、御隠居様はさぞかしお喜びになられたであろう。しかしいったんは柏木村に足を向けながらも、五郎次郎は思い悩んだあげく、日本橋室町の大黒屋幸兵衛方に国元への送金を依頼したのだった。

その決心をさせたのは、御老中の一言であった。百両を差し戻すとき、御老中はしみじみと五郎次郎を見すえ、「忠義者よのう」と仰せになった。そのお言葉が、耳について離れなかったのである。

お褒めに与《あずか》ったとは思わなかった。おのれは忠をとるか義をとるかと、御老中に迫られたような気がしたのである。

巨額の借金がある大黒屋に、百両のまとまった金を託するは殆《あやう》い。しかし丹生山城下に先店《さきだな》を構える両替商は、大黒屋だけであった。だから五郎次郎は肝を定めて、主人の幸兵衛に事の次第を打ち明けた。百両の出処にとどまらず、訊かれるままに洗い浚《ざら》いを告げたのは、商人らしからぬ幸兵衛の人柄を信じたからである。

五郎次郎は踏絵を踏んだ。忠に背いて義を選んだとでも言えば聞こえはよかろうが、鴻恩を反古《ほご》にしたことはたしかだった。

正しい決断であったのかどうか、五郎次郎の心は今も揺れている。

板倉周防守様は紬の着流しで縁側に座し、池泉を眺めつつ御酒を嗜《たしな》まれていた。

いかにも非番のつれづれを慰めているように見受けられるが、この働き者の御老中がいささかも休んではおられぬことぐらい、五郎次郎はよく知っている。隔月の非番月は登城なさらぬだけで、上番月にもまさるお務めを、御屋敷にて励まれているのである。

きょうも一日、大勢の来客と会われて、今ようやく一息ついたところにちがいなかった。

「おや、楠か。はて、呼び立てたかのう」

その一声で、激務のほどが察せられた。さぞさまざまの案件を抱えておられるのだろう。

「いえ、主からの願書をお届けに上がりました。おくつろぎのところ、まことに申しわけございませぬ」

五郎次郎は御廊下の闇に身をこごめて、御殿様からの書状を差し出した。御小姓が受け取って御老中のかたわらに進めた。

参府の予定を繰り上げたい旨の願書である。御老中は目をお通しになられたあと、南天に昇った月を見上げて、しばし物思うふうをなされた。

「諸事情により繰り延べたいという願いはしばしばあるが、繰り上げたいとはどうしたわけかの」

疑わしげである。けっして尻尾を摑ませてはならぬと、五郎次郎は言葉を選んだ。

「ははっ。春のうちならば、領分から江戸に産物を運ぶ弁財船がござりまする。従前通り八月の参府となれば、道中のほかはござりませぬ」

御老中はまた少しお考えになってから、「おお、産物とは塩引鮭じゃな」と相好を崩して仰せになった。

「御尊家より頂戴した鮭があまりにおいしゅうて、ぺろりと食うたあとまた貰《こ》うたわい」

「恐悦至極《きょうえつしごく》に存じまする。ご用命下さればいくらでもお持ちいたしましたものを」

「いやな、大御番頭の小池越中守殿が、番町の御屋敷で売っておるのだ。御尊家とは親類ゆえ咎め立てするものでもないが、御城内にて魚屋の客寄せをされてものう。そこで、それがしがまとめて買い取った。武家の面目にかかわるゆえ、ここだけの話じゃぞ。なにしろ小池殿は、旗本武役筆頭の大番頭じゃ」

合戦においては常に徳川の先陣を承る大番は、旗本中の旗本とされる。その侍大将たる小池越中守が、いくら何でも御城内で鮭の切身を配るはまずかろう。いくら鮭がうまかろうがまずかろう。

五郎次郎は何となく、関ヶ原の合戦のさなかに塩引鮭を売り歩く鎧兜《よろいかぶと》の武将を想像して、グッと笑いをこらえた。

「楠、近う」

御老中が小声で仰せになると、御小姓は人払いの御意を悟って書院から退がった。

五郎次郎は廊下を膝行《しっこう》した。

「もそっと」

「畏れ入りまする」

あろうことか盃を賜わった。

「のう、楠。鮭は旨し、弁財船にて参府すると申すはけだし妙案じゃ。しかるに、予定の繰り上げには何かべつのわけがあるのではないか」

「いや、御老中様。経費節倹というほかに特段のわけはございませぬ」

五郎次郎は空とぼけた。それにしてもさすが利《き》れ者で知られる周防守様、すばらしい勘働きである。あるいは隠密でも潜らせておいでか。

急な出府の理由は五郎次郎とて知らぬが、丹生山にいたのでは不利とお考えになられたのであろう。少くとも塩引鮭の売上を分捕《ぶんど》られてはなるまい。

「さようか」

とは申されるものの、けっして得心してはおられまい。頂戴した御酒が、味わう間もなく冷汗となって首筋を伝った。

「楠――」

「ははっ、何なりと」

「参府の繰り上げについては、願い出る必要などない。むろん、諾《だく》も否もない。それくらいのことは、和泉守殿がようご存じのはずじゃがの」

参勤交代の制度を緩める旨の御下知が出たのは、昨文久二年閏《うるう》八月であった。

長きにわたって隔年交代とされていたものを三年に一度の出府、しかも在府の期間は百日でかまわぬ。人質として江戸屋敷にとどめられていた奥方と嫡男も御暇《おいとま》は勝手というお触れであった。

しかるに、諸大名家の財政にとっては大助かりであっても、二百幾十年にもわたる壮大な慣習はふいに改められるものではなかった。よって昨年同月の御暇に際しても、従前通りの手続と儀式が行われた。

「願書ではございまするが、ご承知置き下されませ、というほどの意味にて」

五郎次郎が言い添えれば、御老中はひとつ肯かれて、なかなか他聞を憚るようなことを仰せになった。

「しょせん越前と一橋の坊っちゃん方が、思いつきで決めた話よ。祖法を枉《ま》げることの、さほどたやすいはずはない」

政事総裁職の松平春嶽《しゅんがく》侯と、御後見職にあられる一橋慶喜様が勝手に決めたと言うのである。まさか相槌を打つこともできず、かと言うてお諫《いさ》めするわけにもいかずに、五郎次郎は黙りこくるほかはなかった。

「さは言えど、御家門の御殿様が決めた話に譜代の幕閣が物申すわけには参らぬ。いや、物申すにしても按配せねばなるまい。誰も井伊掃部頭《かもんのかみ》様と同じ目はつきたくないでの」

越前侯も一橋様も徳川将軍家の御一門にあらせられる。一方の幕閣は御譜代の大名方である。すなわち主従の分は弁《わきま》えねばならず、その範《のり》を越えて政《まつりごと》を執らんとすれば、桜田門外の変における井伊大老のような目にも遭いかねぬ。

恐懼《きょうく》して酌を受けながら、五郎次郎はふと思い当たった。

事実はどうであれ、周防守様のお言葉とは思われぬ。もしや井伊大老の故事にこと寄せて、何か別の話をなさっておられるのではあるまいか。

たとえば——家来は主の過ちに追従してはならぬ、懲罰や譴責《けんせき》を怖れてはならぬ、などと。

読まれている、と思えば髪の根がぐいと締まり、いっそう冷汗が噴き出た。

御老中は願書を懐に納められた。

「御下知が出たからと言うて、さっさと国元に帰る大名はない。奥方も世子も従前のまま江戸にある。また、何か予定の変更があれば、やはり従前通りに届《とどけ》ではなく願《ねがい》として、かように許しを求める。すなわちどこも変わってはおらず、これを世間では、幕府のもたらした恩典を諸侯が遠慮していると見ている。笑止じゃわい。さような美談のあるものか。正しくは諸侯が怖る怖る様子見をしておるのだ」

周防守様のご意見は厳しい。だが、実は正鵠《せいこく》を射ている。諸家の留守居役はしばしば寄り集うて語り合う機会を持つが、この件は昨夏以来の話題であった。

当分の間は従前通りにて、というのが留守居組合の結論である。すなわち、突然の法令を真に受けず、しばらく様子見と決めたのである。

咽《のど》の渇きを覚えて、五郎次郎は一息に盃を呷った。

「しかるに、様子見がいつまでも保《も》つわけがあるまい。どこかの御家が抜け駆ければ、われもわれもと続くであろう。そして、そののちは三年に一度だの百日の在府などという定めも守られまい。参勤の制がなくなればすなわち徳川家と諸大名との主従の関係もなくなる。さりとて京《みやこ》におわす天朝様に、三百諸侯がこぞって臣従を誓うとも思えぬ」

天下国家を語られても困る。だがおそらく、御老中は別のことを言うている。五郎次郎が真に考えねばならぬことを。

「わかるか、楠。松平御家門の御尊家が妙な抜け駆けをすれば、内実はどこも似た者の諸大名家は、それこそ将棋倒しに倒れるぞ。群雄割拠ならぬ群雄倒産じゃ。戦乱の世よりもよほどたちが悪い」

とうとう御老中が本音を洩らした。三百諸侯が廃業する図など想像を超えている。だが他家の御留守居の口からこぼれる愚痴の数々を思い起こせば、御老中の言う「将棋倒し」はあながち譬《たと》えではあるまい。

御老中は御隠居様の仕組んだ計略を察知し、かつ怖れているのだ。三万石の御領分とはいえ、丹生山松平家は諸侯の規範となるべき名門だからである。

「とまれ、この願書は御尊家からの届出ということで納めておく。和泉守殿には宜しゅうお伝え下されよ」

さて、さよう伝えるのは下屋敷の御先代様なのか国元の御当代様なのかと、五郎次郎は迷った。

池泉の水面《みなも》は月かげを千々《ちぢ》に乱して騒いでいる。


楠五郎次郎がしたたか酔うて小石川上屋敷に戻ったのは、亥《い》の刻を過ぎたと思える夜更けであった。

台所で酔い醒ましの水を飲んでいると、何やら廊下を伝って穏やかならざる人の声が聞こえてきた。

泊番《とまりばん》の詰所に顔を出して訊ねれば、宵の口からあの調子で埒《らち》があかぬと言う。どちらも引かずに言い争っているのは、泊番の言を借りれば「御付人様」と「御肝煎様《おきもいりさま》」、すなわち江戸家老の天野大膳と、御殿様の肝煎で丹生山からやってきた、比留間伝蔵なる侍である。

この二人は日ごろから犬猿の仲で、ろくに挨拶もかわさぬ。廊下で行き合うてもたがいに譲らぬ。比留間は新参者にちがいないのだが、「御殿様の肝煎」というよくわからぬ立場なので、面と向こうて非礼を責むる者もいない。

そうした犬と猿とがこの夜更けに埒のあかぬ言い争いをしているのだから、いよいよ刃傷沙汰になるやもしれぬ。

すわ一大事とばかりに、たちまち酔いの醒めた五郎次郎は、声をたぐって闇の廊下を急いだ。

　御付人様の用部屋に灯がともっていた。

「一体全体、そこもとは何者なのか。新参者が家政を牛耳るなど、おかしな話であろう。御公辺の御目付役ならば、はっきりそうと申されるがよい」

　日ごろ冷静な御付人様がいささか昂《たかぶ》られている。

「ちがうと申しておるではないか。幕府の目付と言うなら、そこもとの御先祖もそうであろう。どの口が新参者などと申す」

　これはきつい。天野家の祖をたどれば、権現様が御初代和泉守様につかわした目付であると聞く。ゆえに今日でも「御付人様」と呼ばれているのである。

「おのれ、祖宗を辱《はずかし》めるか」

「無礼を申したつもりはない。立場は同じじゃと申しておる」

「同じはずはあるまい。二百六十年、十三代にわたり丹生山松平家にお仕えしている」

「まだお若いのに頭の古いお方じゃな。今や御公辺におかせられても、門地にかかわりなく有為の人材を登用しておるのだぞ。祖宗がどうな、家柄がどうなと言うている場合ではあるまい」

　天野様の歯がみする気配が伝わった。グイと膝を押し出し、ついに刃傷沙汰か。とっさに五郎次郎は障子を力まかせに引いて御用部屋に躍りこんだ。

「しばらく、しばらく、早まってはなりませぬぞ。お控えなされませ」

早まったのはおのれであった。天野様は膝を進めて、比留間伝蔵の盃に酌をしていた。

ご両人とも、あんがい落ち着いておられる。さては繊弱なるおのれの心が妄想をたくましゅうしていただけであったか。

「おお、楠か。御老中の様子はいかがであったかな」

五郎次郎はあわてて腰を下ろした。

「御法が改まったゆえ、参府の繰り上げは委細かまわぬ、との仰せにございます」

比留間伝蔵が盃を向けた。思いがけずに酒を飲まされる晩である。

「いやはや、御留守居は大変なお役目ですのう。実はこちらもその件で、あれやこれやと論じ合うていた次第にござる。御殿様がなにゆえ急に御出府を思い立たれたか、それがしにもわからぬ。鮭と一緒に弁財船にお乗りになれば、それは御行列よりもずっと安上がりではあろうが、江戸に入ればそれなりに金がかかりますしのう」

「さよう。まったくわからぬ」

不本意そうに天野様はおっしゃるが、憤りは感じられなかった。やはり先ほどの言い争いは、おのれの妄想であったのか。

「しかし天野殿。御殿様の御出府と、鮭の売上に何のかかわりがござる。おい、楠殿。お聞き下されよ。この御仁《ごじん》は急にわけのわからぬことを言い出すのだ。鮭の売上金はどうなっておる。江戸の揚がりは江戸屋敷に納めてもらわねば困る、だと」

なるほど、そういう話し合いなら埒もあくまい。

売上金を回収せよ、というのは定めて御隠居様からの厳命であろう。なにしろ丹生山の塩引鮭は評判が評判を呼んで、二千尾の上を売り尽くしたという。一尾が二両二分の値付けであるから、少く見積もっても売上金は五千両を下るまい。

「のう、比留間殿。何をそう意固地になっておるのだ。いったい鮭の売上はどこにある。物騒な世の中ぞ。まして商人どもに目を付けられたら、ひとたまりもあるまい」

「意地ではござらぬ。そこもとが信用できぬまでにて」

「またまた、口のへらぬやつよのう」

「ハハッ、口がへったら酒が飲めぬわ」

などと、たがいの言わんとするところはまことのっぴきならぬが、なぜか和気藹藹《あいあい》とさしつさされつしている。

いつしか酒盛りの客にされて酔い直しながら、さすがは御隠居様が股肱と恃む御付人様と、御殿様の見込んだ御肝煎様、刃傷沙汰など取り越し苦労であったと、五郎次郎は胸を撫で下ろした。

そのころ、御庭先の青める柳の下に、何やらみだらに蠢《うごめ》く二つの影があった。

遠目に見るだにおぞましいが、勇を鼓して近寄ってみるとしよう。

男女が固く抱き合って熱いくちづけをかわしている。ハテ、大名屋敷の庭で何ごとぞと驚きもするが、よくよく見ればともに命ある人間ではないらしい。

「うれしやなー、あんたとまた会えるとは思わなかったー、うれしやなー、うらめしやー」

　白地の薄物に洗い髪、痩せこけた顔はまるで血の気がなく、左手は男の腰をかき抱いているが右手は胸前にだらりと下げている。お化けの手本である。

　一方、お化けをかき抱く男神《おがみ》はわかりづらい。たとえ験力ある僧がその姿を見極めても、富籤《とみくじ》の客寄せか何かだと思うであろう。なにしろ黄金の鎧兜に身を固めているのである。

　七福神の仕事をあらましおえた毘沙門天ことヴァイシュラヴァナは、神楽坂上の善國寺に戻ってもとの暮らしを始めた。昼は参詣に訪れる人々にあまねく勇気と健康を授け、夜が更ければ三叉の戟を執り宝塔を掲げて、江戸市中を走った。

　神楽坂を一気に駆け下りて濠ぞいを東に走れば、水道橋の袂に建つは丹生山松平家が上屋敷。なるほど以前のようなどんよりとした瘴気《しょうき》は感じられぬ。

　しかし、得心して駆け過ぎようとしたそのとき、鎖《とざ》された御門にすうっと吸いこまれる怪しい影を見たのだった。

　もし見まちがいでなければ、死神。金輪際かかわりあいたくない女であるが、いったい誰に取り憑くつもりだろうと思えば気が気ではなく、生来マメな気性のヴァイシュラヴァナはその後を追うて御門をすり抜けた。

死神は月かげさやかな池泉のほとりに佇むや、柳の青葉をそよがせて、御屋敷に向かいおいでおいでと邪気を送った。驚いて雨戸を透かし見れば、座敷内にて口角泡を飛ばし言い争う二人の武士、ついに両者が刀に手を掛けたすんでのところで、ヴァイシュラヴァナはあとさきかまわず死神を抱きすくめ、氷の唇を奪ったのであった。

「うれしやなー、うらめしやー、あたしが忘れられなかったのねー」

そんなつもりはない。ほかに手だてはなかったかと思いもするが、口より先に唇が出てしまうのは幾千年の習い性なのだから仕方がない。

死神との接吻はおぞましい。鎧の下で総身の毛が逆立ち、錘《ふぐり》は胡桃《くるみ》の実のごとくかちんかちんに固まった。

「たしかに忘れられなかった。忘れたかったけれど」

実は本音である。

「うれしやなー」

座敷から殺気がうせ、侍たちが笑いながら罵《のの》り合うという、ふつうはありえぬ図が透かし見えた。まずは一安心、殆《あや》うところであった。

「私と約束してほしい」

ヴァイシュラヴァナは震えながら言うた。

「この屋敷は私の檀家だ。手を出さぬと約束してくれ」

「うらやましー。あたし、檀家なんてないのよー。お賽銭だってビタ一文上がらないのよー。だから人を憑《と》り殺して、香典を集めるしかないのよー。それが仕事なのよー」

死神の呼気は白く、ヴァイシュラヴァナの唇は凍った。それでも執拗に、死神は愛を求めた。

「仕事にあぶれた晩は、この御屋敷にくるのよー。このおうちは信心が足りないからねー。あんただって大した寄進は頂戴してないはずよー」

フム。たしかに何をしてもらったというわけではない。七福神の義理に絡んで、こちらが力を貸してやっただけだ。謙信公の隠し金山までくれてやったのは、ちと度を越していたが。

「だからさー、去年の正月には気の弱い若殿様を殺し、今年は越後まで出張して、病弱な若様を厄病神から譲ってもらったのよー」

聞き捨てならぬ。だがヴァイシュラヴァナは、こみ上げる怒りを神らしく慈しみに変えて、さらに死神の体をかき抱いた。

「おまえの仕業だったか」

「仕業なんて言わないでよー、仕事よー」

ああ、とヴァイシュラヴァナは呻《うめ》いた。職業に貴賤なしとは言うものの、この女神の何と哀れなことか。

檀家や氏子のひとりとてなく、神としての名前すらなくて、ただ山野をさまよう獣のごとくに、人の命を奪い続ける。

だから邪神であるとは言い切れまい。命に限りあるゆえに、人の世はかくも美しい。すなわちその美しさを創出せしめているのは、けっして人々の崇拝する福神でも諸仏でもなく、このみすぼらしい女神なのだと、ヴァイシュラヴァナは悟ったのだった。

そして神仏の不死という免《まぬか》れざる宿命に改めて思い至り、人の世の無常を羨み、永遠という時間に恐怖した。

このさき幾千年幾万年を経ようとも、神と人との関係は変わるまい。神はとこしえにあり、人ばかりがたった幾年か幾十年かで入れ替わってゆく。かつておのれに向き合うて掌《て》を合わせた人々の、夥《おびただ》しいおもざしがひとつひとつ胸に甦って、ヴァイシュラヴァナは思わずはらはらと涙を流した。

「あんた、泣いてんの？」

死神の耳元に口を寄せて答えた。

「檀家など、ないほうがまだしもましだ」

それからヴァイシュラヴァナは、天の正中にかかった月を見上げて言うた。

「おまえに、頼みがある」

花も盛りのこの時節、諸大名家の江戸屋敷にはとかく人の出入りが多い。

どの御屋敷にも名物の桜があり、時を同じうして妍《けん》を競っているからである。なにしろ三百諸侯の上屋敷だの下屋敷だのの花が、ほぼ一斉に開くのであるから、招かれる客のあわただしさというたら、年賀回りのほうがよほどましかと思えるほどであった。

さて、越後丹生山三万石松平和泉守家の名物と言えば、畏れ多くも東照神君家康公のお手植えと伝わる薄墨桜《うすずみざくら》。池泉の向こう岸に二抱えもある幹を嫋《たお》やかに撓《しな》らせて、その名のごとく枯淡な色合いの花をむっちりと咲かせるさまは、おなごで言うなら娘盛りというよりも、全盛《ぜんせい》の太夫を思わせる。

ところは小石川上屋敷ではなく柏木下屋敷でもなく、駒込の中屋敷。先代和泉守様のご次男にあらせられる新次郎様がお住まいになられてよりは、いったいどのようにお世話をなされているものか、尚一層の艶を誇るようになった。

しかし、残念なことに今年に限っては誰も観ることができぬ。御門が鎖《とざ》されているのである。大扉《おおど》に素ッ気ない貼紙が一枚。

当家服喪中而《にて》本年観櫻之儀御無礼　仕《つかまつり》候
上下《しょうか》御免　御来客各位

丹生山の薄墨桜を観んとてはるばるやってきた御殿様や奥方様も、「上下御免」すなわち「誰であろうがダメ」とまで書かれたのでは、がっかりと御駕籠の柄を返すほかはなかった。貼紙一枚の門前払いである。

無礼にはちがいないが、昨年正月には襲封も近いと噂されたお世継の急逝、続けて今年の正月には国元におわす御三男までが身罷《みまか》られたとあっては、無理強いに桜が観たいなど、どの口が言えようか。

しかも、御門番は六尺棒を持った奴《やっこ》ではない。襷掛けに抜き身の手槍を立てた屈強な武士が二人、いかにも「上下御免」という顔で往来を睨んでいる。その居丈高なたたずまいは大名家の陪臣とは見えぬ。

それもそのはず、中屋敷の警固に当たっているのは大御番頭小池越中守様が御家来衆、日に千本の素振りと三里の走り込みを欠かさぬ御家柄である。

この中屋敷には、越中守様の息女が嫁いでいる。御殿様ご在国中にて江戸詰の御家来衆が手薄ならば、ご親類の越中守様が加勢するというのも、義理のうちであろう。しかし、屈強な門番たちは義理の援兵とは見えぬ。上下御免の氣魄《きはく》が漲《みなぎ》っている。

邸内にもあちこちに小池家の郎党ども、ある者は広縁にて槍を手挟み片膝を立て、またある者は御庭の高みにて四方に目を光らせ、ある者は池泉のほとりを巡邏《じゅんら》している。どの顔も緊張して、今を盛りに咲き誇る薄墨桜さえ一顧だにしない。

中屋敷の主殿から少し離れて、珊瑚樹《さんごじゅ》の高垣に囲まれた御宝蔵がある。二百幾十年もの緑青《ろくしょう》を蓄えた銅屋根は、青苔と見紛うほど鮮やかで、大扉には三葉葵の御家紋。鎖鑰《さやく》は解かれており、敷居際には見るだに上等な草履が三足、きちんと並べられている。花も盛りの時節に、名物の薄墨桜にも目もくれず蔵の中で用談とは怪しい。

覗いてみれば、段上がりの板敷に鎮座ましますのは丹生山松平家が家宝。右に東照神君拝領の一文字則宗が太刀、左に藩祖公御着用の白糸威《しろいとおどし》御具足が並ぶ。

「いやはや、こうして拝見すれば、銭金の話など忘れてしまいますなあ」

しみじみとそう言うのは、日本橋室町に本店《ほんだな》を構える両替商、大黒屋幸兵衛である。

「まっこと、たいしたもんだわや。わしもこうして目の前にするのは初めてでござんすが、いやや、見るのど聞くのどでは大ちがいですのう」

応ずるは越後丹生山に一千町歩の田畑を養う仙藤利右衛門。けさがた海路にて、大坂から江戸に着いたばかりである。

「眼福や、眼福や。こないけっこうなお宝を拝見しただけでも、江戸に来た甲斐があったいうもんですわ」

幸兵衛や利右衛門とは親子ほども齢がちがうが、この若い商人はよほど目が肥えているらしく、興奮を隠し切れぬ様子である。

大黒屋が膝を回して向き合うた。

「たしかに眼福ですなあ、若旦那さん。このお宝は値付けのできるものではございません。眼福ということでご了簡下さいまし」

若い商人は色白の小さな顔をかしげて、少し考えるふうをした。それから思い当たったように、唇をひしゃげて笑った。

「ハハッ、見損のうたらあきまへんで。天下のお宝を質に取ろうなんぞ、これっぽっちも思てまへんがな。あんたはんらはどうか知らんけど、鴻池のお客は丹生山様ばかりやおまへん」

きっぱりと言った。さすがは十代を算《かぞ》える鴻池善右衛門、弱冠二十三歳ながら二人を相手に引けは取らぬ。役者のような細面《ほそおもて》でグイと睨みつけ、「ところで、その若旦那いうのはやめてんか」と釘を刺した。

見た目は絵に描いたような御曹司でも、やはり豪商の血は争えぬものだと、大坂を出てこのかた仙藤利右衛門は感心しきりである。

隠居なされた御先代和泉守様に、大名倒産の企てがあること。もし目論見通りに運べば、ご内情は似た者の諸大名家が、なだれを打ってそれに倣うやもしれぬこと。そうなれば幕府は内側から壊れて、異国の思うがままになってしまうこと。

それらを諄々《じゅんじゅん》と説いて、ともに江戸へと向こうてほしいと願えば、善右衛門はさして考えるまでもなくあっさりと同意した。

曰く、「そら大ごとや。異人はんに金は貸せまへん」。また曰く、「丹生山の御殿様が命懸けで、仙藤本家が身代を懸けとるのに、命も身代《しんだい》も懸からぬ鴻池が知らんぷりはでけまへんなあ」。つまり、勘がよく肚が太いのである。

鴻善《こうぜん》の江戸下向《げこう》はひとつの事件であった。舟を着けた神田鎌倉河岸は出迎えと野次馬でごった返していたが、二人は大黒屋の回した駕籠で駒込へと向かった。先導するは丹生山松平家江戸留守居役、楠五郎次郎が騎馬であった。

そして、中屋敷のご宝蔵に参上すれば、行方しれずとの噂があった御刀と御具足が据えられていたのである。

留守居役は無言で立ち去った。よって事情はまるでわからぬ。

「お武家様は余分を言えぬゆえ、察してさしあげねばなりませんのう。御留守居様はおそらく、肚をくくられたのでございましょう」

大黒屋が腕組みをして言うた。丁稚小僧から叩き上げた婿養子と聞いているが、なるほどひとかどの人物と見える。眉が濃く、目も鼻も、耳たぶまで大きな福相に、利右衛門は思わず見惚れた。似顔絵を描けばそのまま看板になりそうな、まさに大黒天である。

「マア、このお宝はお気持ちだけ頂戴しておくということで、よろしゅうございますな」

大黒屋が言い、利右衛門も鴻善もしかりと肯いた。

「そこで――」と、大黒屋は太り肉《じし》の体を軋ませて立ち上がった。御具足と御刀のかたわらに懸けられた緋毛氈《ひもうせん》をさっと引けば、何と現れたるは千両箱の山である。

常人ならば腰を抜かすところだが、そこはさすが仙藤本家と鴻池の主、五千両と読んでも顔色ひとつ変えなかった。

「これはお国元から回漕した塩引鮭の売上にございます。この御蔵に隠し置いておりますが、いくら何でも御殿様の鶴の一声で借金をちゃらくらにしてしまうわけにはいかぬゆえ、出入の商人それぞれに分けたのち棚上げ、ということで手締めできまいか、と。

いかがでございましょう、ご両人」

利右衛門は唸り、鴻善は細い首筋に手を当てた。なかなかの難題である。丹生山松平家の借金総額は二十五万両、年に三万両の利息もまるで付けられぬまま、借金に上乗せされてゆく。すなわち、少くとも年に三万両の借金が積み上げられ、その分の利息も乗るのである。

「そりゃ大黒屋はん、この五千両をみんなで分けて、あとは泣けいうことやろか。そんなら、いっそ面倒言わんと、御殿様がお断りをお告げになったほうがよろしいのとちゃいますかいな」

お断り――大名による借金不払宣言である。しかし生真面目な御当代和泉守様は、焼け石に水であってもせめて五千両を差し出して、「お断り」ではなく「棚上げ」になされたいらしい。

三人はしばらく黙りこくって、丹生山の侍たちが絞り出したにちがいない千両箱の山を見つめた。

「今ひとつ――」

と、大黒屋は懐から取り出した書面を展《ひら》いた。一金五阡両也。松平和泉守の振り出した為替手形である。

「この大金の出所は、御国家老おふた方のご寄進だそうで。鮭の売上と合わせて一万両、それでも話がまとまらなければ、この御家宝の太刀一口《ひとふり》と御具足一領、金に替えてほしいとの御意にござりましょう」

　利右衛門は溜息をついた。御当代様は武士の権威を振りかざそうとしない。たとえ丸裸になっても交渉を求めておられるのだ。これは戦だわや。

「ところで、仙藤の旦那《だん》はん。あたしを江戸まで引ッ張って来たんは、この話の音頭を取らせるためでっか。そら、大坂の御蔵をそっくりお預かりしてますさかい、たまには御殿様にご挨拶せなならんとは思てましたがな、それならそうと言うてくれれば、ちいとは物を考えてきましたで。よろしか、仙藤はんも大黒屋はんも。鴻池の貸金はおまえ様方とは桁がちがいますのや。丹生山様のご負債のなかばは、この鴻善と駿河町の越後屋はんが背負《しょ》ってるようなもんやろ――」

　そこまでまくし立てて、善右衛門は台詞を忘れた役者のように、ぽかんと口を開けた。さすがは天下の鴻善、場数は踏んでいなくても頭は利《き》れる。

「さよかあ。越後屋はんを了簡させるには、まず鴻池が立たんならん、言うわけですな。ま、御大《おんたい》の八郎右衛門さんはまさか出張って来んやろけど、元締番頭の清右衛門はんはなかなか一筋縄ではいかんお人や。はあて、どないしょ」

　あやあや、うまく運ぶもんだ。よっぽどごだごだするかと思いきや、大黒屋さんはすっかり肚据えていなさるし、鴻善さんもすんなりと了簡なすって下さるらしい。

　考えてみれば、難波津《なにわづ》からの海路も順風満帆で、江戸湊までたったの十日。まさしく追風《おいて》に帆かけてシュラシュシュシュと、鏡のごとき凪《なぎ》の海原を滑ってきた。

ハテ、とりたてて信心深いわけではないが、もしや神仏の奇特《きどく》でも賜わったか、と仙藤利右衛門は御宝蔵の梁《はり》を見上げた。

人のまなこにこそ映らぬものの、梁の上にはたしかに二柱の福神がましまして、密議のゆくえを窺っていた。

「フム。あの鴻善とやら、まだ若いのになかなか物わかりがよいぞよ」

大黒天が偉そうに言うた。大黒屋初代に憑《かか》ってより二百有余年、九代の当主を経ても変わらず繁盛をもたらし続けている守護神である。

「なるほどなあ。さすがは三井越後屋と肩を並べる鴻池や。そやけど、神さんが見あたらんわ」

仙藤利右衛門に憑いている恵比寿は、用もないのに持ち歩いている釣竿をぐるりとめぐらした。

「鴻池ほどの豪商に神が憑いておらぬはずはないぞよ。マア、商人《あきんど》と言えばたいがいは稲荷大明神であろうがの、幾万もの御社がござるゆえ、鴻池ばかりにかかずらっておるわけにもゆかぬのじゃろう」

「そやそや、伊勢屋稲荷に犬の糞なんぞと言うて、やたらと数が多いよってな。あ、そう言えば越後屋の神さんも、向島の三囲《みめぐり》稲荷はんやなかったかいな」

二柱の神はしばし物を考えるふうをし、それから異口同音に「さすがじゃ」「さすがやなあ」と言うた。

午下《ひる》りの御庭では、今年に限って賞《め》でる人もない薄墨桜が、それでも世事などかかわりなしに、みごとな花を咲かせている。

そのころ、ところ変わって江戸の西は御朱引《ごしゆびき》近くの柏木村。

百姓与作は野良仕事に余念がない。何ごとも見よう見まねではあるが、あまたの才に恵まれた与作はつい先ごろも、この猫の額のごとき畑からみごとな千住葱《せんじゆねぎ》と練馬大根を収穫した。あまりにも出来がよかったので、内藤新宿の道の駅にて売り捌こうかと思いもしたが、もし内藤駿河守殿が御家来衆に見つかりでもしたらまずかろうと思い直し、みずから籠を背負って熊野十二社《じゆうにそう》権現に奉納した。

せめて家宝の預かり賃に、と言えば、神主は何もそこまでというほど仰天し、謝する声もしどろもどろとなった。御隠居様が手ずから育てた葱と大根を頂戴するなど、よほど恐懼したのであろう。よし、めでたく大名倒産の壮挙を成しとげた折には、大根ではなく大枚の寄進をしてやろう、と与作は思うたものだった。

「やれやれ、一休みするべか」

鍬をふるう手を休めて、与作はのどかな春景色に目を細めた。

きょうは明け六ツから働きづめである。大汗をかいて咽も渇いた。

そのときふいに空が翳《かげ》って、湿った風が野良を吹き抜けた。しかし仰ぎ見れば陽は燦々《さんさん》と輝いている。下屋敷を囲む桜も、花を散らしてはいない。

どうかしたかと足を踏んばれば、背うしろからまっすぐに忍び寄る何者かの気配を感じた。よもや刺客ではあるまい。ならばこの黒い影は何者なのだ。

振り返る間もなく、与作は得体の知れぬ強い力に抱きすくめられた。ああ、息が詰まる。胸が潰れる。

「おのれ、何者じゃ。十二代和泉守と知っての狼藉か」

羽交い締めにされたまま、与作はかろうじて訊ねた。すると、耳朶《じだ》を凍らせて時ならぬ凩《こがらし》のような声が返ってきた。

「あんたがどこの誰だって、知ったこっちゃないのよー。頼まれたらイヤと言えない性分でさー。檀家もないからねー。死んでちょうだいなー」

ここで死んではたまらぬと思うそばから、まるで幕が引かれるように、突然の闇が来た。

三十、禍福交交国不破《かふくこもごもくにやぶれず》

文久三年癸亥《みずのとい》五月初めの吉祥日《きつしようび》、すなわち松平和泉守参府当日の午《うま》の下刻、小石川上屋敷表書院に御用商人三十余が召し出された。

例によって商人どもは下座敷に居並び、書院の上段下段を隔てて、唐紙が閉《た》てられている。

五人七列の並び順は概ね貸金の高である。よって前列には百年越しの債権が積もり嵩《かさ》んだ老舗大店が揃う。

黒紋付に袴の商人の中にあって、ひとりだけ肩衣《かたぎぬ》を付けているのが本日の仕切り役なのだが、その紋所《もんどころ》は三井の井桁《いげた》ではなく、大黒屋の打出の小槌でもなかった。五輪違《いつつわたがえ》——よその商家のように家紋を看板にしておらぬゆえ、商人たちの目にはなじみがない。しかも華奢な体に髷《まげ》も黒々と豊かで、番頭とは見えぬ。そのうち、本日の仕切りは鴻池と伝わって、商人たちは震え上がった。「鴻善ひとたび怒れば天下の諸侯色を失う」と言われる十代目鴻池善右衛門が、わざわざ大坂から出張ってこの席を仕切る。

みながみな、一様にこう思った。

これは「お断り」だ。巨額の負債を、御殿様の鶴の一声でちゃらくらにするには、ふさわしい貫禄を重石に乗せねばならぬ。なにしろ三十余のうちの少からずの店がその一声で倒れ、中には首を括《くく》る者も出ようという荒技ゆえ、物も言い返せぬ重石がなければ紛糾するやもしれぬ。

丹生山松平家は国元に産する塩引鮭を江戸で売り捌き、大儲けをしたと聞く。しかるに鮭の売上を借金返済に充てたところで焼石に水、ならばそれを奇貨《きか》として、「お断り」に踏み切るという手がある。

すなわち、その金を大口の金主銀主で山分けし、中小のお店《たな》には泣いてもらう。倒れようが死のうが知ったことではない。しょせん商いは、大が小を食うのである。

仕切り役が天下の鴻善と知ったとたん、居並ぶ商人たちはそこまで読んで震え上がったのだった。

唐紙が左右に開かれた。下段の右と左に江戸家老のお二方。「吉左様」こと平塚吉左衛門と、「御付人様」こと天野大膳。両者のしかめ面は早くも、「お断り」と言うているようであった。

「御殿様、お成りィー」

御小姓の声が渡って、平伏する人々の耳に衣ずれの音が迫ってきた。

「お断り」の儀は、まさしく鶴の一声で終わる。上段にお出ましののち、「大儀」も「祝着」もなくただひとこと、「お断り」と仰せになられたとたん唐紙が閉まるのである。

商人たちは土壇場に引き出された科人《とがにん》のごとく、頭《こうべ》を垂れ首をすくめて、刃のようなお声を待った。

「一同、面を上げよ」

思いがけぬお言葉がかかった。

「もそっと」

おそるおそる顔をもたげれば、驚いたことに和泉守様は商人と同じ目の高さの下段の間にお座りになっていらした。脇息も敷物もなかった。

「御殿様」と、両家老が声を揃えてお諫めしても、「かまわぬ」と仰せになるだけであった。

たまらずに泣き出す者もあった。「お断り」を一声ですまそうとなさらず、せめて同じ目の高さにて宣言なさろうとする御殿様の誠意に、心打たれたのだった。

だが、人々が一様に抱いた感激は的を外していた。どよめきが収まるのを待って、御殿様はすっくと背を伸ばされたまま、畳に両手をつかれたのだった。家老たちはお諫めする声も忘れ、かわりに太刀持ちの御小姓がアアッと悲鳴を上げた。

御殿様は双手《もろて》をつかえたまま真正面に目を据えて仰せになった。

「御一同に恥を晒しまする。それがし、ゆえあって十三代松平和泉守を称しまするが、もとは十五俵二人扶持の足軽が倅にござりました。よって、銭金の有難味は身にしみて存じおりまする。御先代と親子の名乗りをなすまでは、目刺しと香香《こうこ》の味しか知りませなんだ。小判はおろか一分も一朱も見たためしはござりませぬ。さよう卑《さも》しき者が、わずかに権現様のお血を享《う》けているというだけで、丹生山三万石を背負うことになり申した。よって今の心中を審《つまびら》かに述ぶれば、みなみなさまに益体《やくたい》おかけしている千両万両の重みに、圧《お》し潰される思いにてござりまする」

野太い声が割って入った。

「おやめ下っしゃれ、御殿さァ。おらだいは百姓町人だがや、どうかお手を上げて下っしゃれ」

そのお国訛《なま》りから、唐紙のきわで深く頭を下げている男が誰であるか、人々はとっさに悟った。

「もう勘弁《かんべ》してくんなせ。丹生山様のおまづがいは、仙藤がまづがいにごぜますわや。越後の田畑《でんぱた》は一反残らず切り売りいたしますがら、そんげな真似はおやめくんなせ」

仙藤の名を聞いて、人々はいよいよ肩をすくめた。風は死んでおり、書院は蒸し暑かった。押し黙って俯く商人たちの額や月代《さかやき》には、玉の汗がうかんでいた。

「それがし――」

しばらく言葉を択《えら》ぶ間があって、御殿様は変わらず両手をついたまま仰せになった。

「それがし、丹生山三万石は倒しませぬ。父祖の生きたふるさとは、けっして壊しませぬ。しからばこの場にて、物言わせていただきまする」

ああ、いよいよ「お断り」だと商人たちの誰もが覚悟を決めた。だが御殿様は続けて、まこと思いもよらぬことを仰せ出されたのだった。

「積もり重なる借財はおよそ二十五万両」

低頭したまま、商人たちは「オオ」と声を上げた。負債総額などは誰も知らなかったが、二十五万両と聞けば驚く。一体全体、何をどうすればそれほど莫大な借金が残るのか。

考えるまでもない。二百幾十年にもわたる利息の積算、しかも払い切れぬ利息がさらなる利息を生み、その間「お断り」の大鉈《おおなた》もふるえなければ、当然そうした勘定になる。

しかし、清算されぬからと言うて、いわゆる名目上の負債ではない。盆暮には「御《お》伺《うかがい》」と称する請求書が奉られ、いくばくかの支払がなされる。精妙なかけひきがくり返されるうちに、武士の権威は失墜し、御禄を減らされた御家来衆は疲弊する。商家とちがって破産倒産はできず、逃げ隠れもできぬゆえの悲劇である。

御殿様は続けた。

「しかるに、その二十五万両の過半は利息の累積にござりまする」

だからどうだと言うのだ。商人たちの顎の先から、つかえた手の甲に汗が滴《したた》った。

「よって甚だ勝手とは存じまするが、伺書にある借入金総額のうち、半金を切り捨て、残る半金を本年八月末、現金にてご返済つかまつりまする」

歓声とともに商人たちはこぞって腰を浮かせた。

「なお、近々五年の借入金、および百両未満の未払金につきましては、その限りにござりませぬ。満額の支払をいたしますれば、今しばしお待ち下されませ」

　この付言には、後ろの席でこごまっていた中小の商人たちが躍り上がった。たちまち書院は、時も場所も身分も弁《わきま》えぬお祭り騒ぎとなった。

　二百幾十年も積もり嵩んだ、塩漬けの貸金の半額棒引き。しかも近五年および百両未満は全額決済。ちゃらくらどころか、夢のような話である。

「御殿様、できぬ約束ならせぬほうがようございます」

　大黒屋幸兵衛が青ざめた顔で言うた。

「そやそや、しょもないこと言わんといて下さい。御領分にお金山《かなやま》でも見つからん限り、無理な話にございます」

　仕切りも何もなくなった鴻善が、肩衣を震わせて詰め寄った。

「おのおの、静まれ。御前にて小躍りする馬鹿がおるか」

　叱りつけながらも、天野大膳のまなざしは疑い深げに主の横顔を見据えていた。

　御殿様はようやく頭を上げ、上段の御座所におみ足を運ばれた。太刀持ちの御小姓があわててそのうしろに控える。折しも付書院から夏を兆《きざ》す陽脚《ひあし》が延びて、御殿様のお顔を金色に染めた。御座所に定まったお姿は、東照大権現様の血を繋ぐ、第十三代松平和泉守の威に満ちていた。

「磯貝、これへ」

　そう宣《のたま》えば、御《お》入側《いりがわ》に控えていた御近習が膝行し、「上意である」と書面を開いて一同に向けた。

墨痕淋漓《ぼっこんりんり》としたためられているのは、さきに御殿様が仰せ出された借入金の始末である。人々はみな畏れ入った。

「大儀である」

御殿様はひとこと仰せになって書院を下がられた。

「さすがじゃ、小四郎。上出来だったぞ」

後を追うてきた磯貝平八郎が、奥居の納戸に小四郎を引き入れた。

表裏のないこの友がそう言うのだから、あやまりはなかったのだろう。だが、上出来のどうのと言われるほどの目論見があったわけではない。

書院の縁先に権現様が佇んで、おのれを見守っていて下さるような気がした。ご堪忍の生涯に思いを致さば、おそらく権現様もそうなされたように、ここは武将たることを忘れて、詫びるべきは詫びねばならぬと思うた。人を動かすものは畢竟《ひっきょう》、力ではなく知恵でもなく、素の心だった。

もうひとつ、書院にて気付いたことがある。もしや臍曲がりで偏屈者と罵られる父は、実直な正義漢なのではないか、とふと思うたのである。つまり、父が曲がっているのではなく、世が曲がっているのだ。

父は突然の衝心《しょうしん》にて倒れたと聞いた。仮病は毎度のことゆえ誰も信じてはいないが、常ならぬ胸騒ぎを覚えた。

「下屋敷に参るぞ」

そう言うたとたん、小四郎は矢も楯もたまらず厩《うまや》に向こうて駆け出した。


「小四郎やい――」

御隠居様はか細い声で仰せになり、松ヶ枝のように節立った手を虚空にさまよわせた。

「父上、小四郎めはこれに」

病牀《びょうしょう》に寄って、御殿様はその手を固く握りしめた。

この場は遠慮すべきかと思いもしたが、席をはずしたほんの隙に、主が息を止めてしまいそうな気がしてならなかった。加島八兵衛はこの三日三晩というもの、飯もろくに食わず牀《とこ》にも入らずに、ずっと御隠居様の体をさすり続けている。それでもおみ足は、少しずつ冷たくなってゆくように思えた。

常日ごろから身嗜《みだしな》みのよい御方ゆえ、髯《ひげ》も月代《さかやき》も毎朝斉《ととの》えてさし上げるが、おのれの顔にまでは手が回らず、八兵衛のほうが病人のような面構えである。

「おまえは生真面目なばかりが取柄じゃと思うておったが、なかなかどうして」

「いえ、父上。小四郎には何の取柄もござりませぬ」

御隠居様は大儀そうに瞼をとざして、ふふっとお笑いになった。

「この期に及んで、父と呼んでくれるか」

「何を仰せになられますか」

親子のやりとりから耳をそむけて、八兵衛は春蝉の声や竹林のそよぎを聴こうとした。用人の心得として、それはけっして難しいことではないのだが、耳を虚しくすればそのぶん目が敏《さと》くなるのは困りものであった。

見れば見るほど、お二方はよく似ておられる。お顔ばかりか背格好も、御身にまとう気配までもが。

もともと御隠居様は六尺豊かな偉丈夫《いじょうぶ》にあらせられるが、この数日ですっかりお窶《やつ》れになり、毒気も抜けてしまわれたせいであろうか、見るだに真面目でお人柄もよさげな御殿様と、瓜二つに見受けられた。

「初入りはどうであったか」

「はい、父上。丹生山は聞きしにまさる美しき里にござりました」

御隠居様はかすかに肯かれた。大名倒産の計略に腐心しておられぬならば、おそらくは丹生山にて悠々自適の余生を過ごされているはずであった。隔年の就封《しゅうほう》帰国をどれほど心待ちになさっていらしたか、八兵衛は誰よりもよく知っている。

「父上――」

呼びかけた御殿様のお声が咽に絡んだ。

「小四郎めは、けっして父上に存念などござりませぬ。ただただ、松平和泉守家の名を惜しみ、さらには丹生山の御領分をばわが目で確かめ申して、父祖の伝えたふるさとをゆめゆめ失うてはならじと思い定め申しました。その誓いが父上への叛心《ほんしん》であろうと、小四郎めは譲れませぬ。父祖累代の当主みなさまをわが父と思えばこそ、あえて父上おひとりに叛《そむ》きました。どうか小四郎めの親不孝を、お恕《ゆる》し下されませ」

御隠居様のお体が、まるで寒風に晒されたごとく縮こまった。八兵衛はあわてておみ足をさすった。

面ざしや背格好や気配が似ておられるばかりではない。御殿様はお父君からすぐれた天稟《てんぴん》を引き継がれた。幼くして家督を襲《と》られた御隠居様は、大名倒産のほかは手立てがないとし、御殿様はその決心に抗《あらが》われた。同じ天稟に恵まれた父と子の、めざすところはちがった。

「小四郎――」

「はい」

「祝着である」

その一言を聞いたとたん、春蟬の声も竹林のそよぎも、八兵衛の耳から消えてしまった。

しばらくの間、高貴な父と子は手を握り合ったまま、忠義な用人は主の足をさすり続けたまま、たそがれの黙《しじま》に身を委ねていた。

「父上。小四郎めは泣きまする。このさき二度と嘆きませせぬゆえ、ご容赦下されませ」

そう仰せられたなり、御殿様は父の手を頬に当てて童《わらし》のように泣き始めた。

その夜、御隠居様の容態はまったく険悪となった。

柏木下屋敷には重臣が集められ、戌《いぬ》の刻に至って、畏《かしこ》くも上様の台慮《たいりょ》により奥御医師が差遣された。それも貫禄十分の漢方医と、若き蘭方医の二名であった。

両者はすでに息も荒い御隠居様を、交互に診察した。まず漢方医が御脈を取った。おそらくは法印だの法眼だのという位を授けられた名医なのであろう。砥茶《とのちゃ》の小袖に無紋の黒羽織、折目の立った袴を付け、髪はきれいさっぱり剃り上げている。

御隠居様は脈を取る医師の顔を見つめていらしたが、やがて瞼の重みに耐えられぬとでもいうふうに、目をとじてしまわれた。

「匙《さじ》を投げたか」

乾いた唇を歪めて、御隠居様が仰せになった。

「いえ、けっしてそのような」

「つまらぬやつめ」

はて、それはいったいどういう意味であろうと、冷たいおみ足をさすりながら加島八兵衛は首をかしげた。

「つまらぬのう」

御隠居様は重ねて仰せになった。命の瀬戸際には、誰もが世の無常を悟るであろうが、稀代の粋人にあらせられる御隠居様の人生のつまらなかったはずはない。

あるときは茶人一狐斎、あるときは百姓与作、またあるときは名工左前甚五郎、さらには板前長七と、おのが身を千変万化させ、なおかつそのどれもが堂に入っていた。もしや最も似つかわしくなかったのは、「十二代松平和泉守」ではなかったのか、と八兵衛は思った。

漢方医が恐懼して下がると、入れ替わりに若き蘭方医が牀前《しようぜん》に膝を進めた。

「御無礼ながら、拝察つかまつります」

この医師は仰々《ぎようぎよう》しい身なりではない。黒々とした総髪に禅坊主のごとき藍の作務衣《さむえ》、その上に糊の利いた白木綿の上っ張りを羽織っている。

こうとなっては、もはや漢方も蘭方もあるまい。苦しげなお体をまさぐるくらいなら、むしろ高徳の僧に経文でも唱えさせて、いくらかでもお心を安んじてもらえまいか、と八兵衛は願った。

御隠居様の息はいよいよ荒く、お顔は土気色である。しかしそのまなざしは、じっと若い蘭方医に向けられていた。

「おぬし、名は何と申す」

ふいにしっかりとしたお声で、御隠居様がお訊ねになった。

医師はぎょっとお顔に目を向けて、

「はは。それがし、この春に御番医より御奥医に引き立てられました、鏑木道庵《かぶらぎどうあん》と申しまする」

見守る人々の中から「おお」と声が上がった。かの緒方洪庵門下の俊才として、名を知られる人である。思いがけぬ若さに八兵衛は驚いた。同時に、この医師ならもしや、と思うた。

「ほう。鏑木道庵とな。よい名である。まこと名医にふさわしい」

そこで御隠居様は、しばらく息を整えられた。心なしか土気色のお顔が、いくらか明るんだように見えた。

「よおし」

なにゆえ気合をこめられる、御隠居様。

「わしは医者になる。大坂適塾にその人ありと知られた、柏木道庵じゃ。そも医術は仁術、人の命に何の軽重があろうものか。わしは奥医師への推輓《すいばん》を拒み、柏木村の庵《いおり》にて貧しき百姓どもの病を癒やす。よおっし、やるぞお」

たとえ思いつきであろうと、この御方ならばきっとその道をお極めになられようと八兵衛は思った。しかるに、いかんせん修業の歳月は残されていなかった。

急激に冷えてゆくおみ足をさすりながら、加島八兵衛は人目も憚らずに号泣した。別れがつらいのではない。もし大名家に生まれつかねば、この御方はどのような道を進もうと必ず名手名人として世に知られただろうと思うたからであった。もし、御大名でさえなければ。

溢るる才を顕わすことの叶わなかった御方の貧しさが、八兵衛を泣かせたのだった。

その夜半、従四位下侍従十二代松平和泉守は卒した。

そして、茶人一狐斎も百姓与作も、名工左前甚五郎も板前長七も、叶わぬ夢に終わった蘭方医柏木道庵も、みないっぺんに死んでしまった。


平塚吉左衛門の落胆は一入《ひとしお》であった。

筆頭家老として枕頭《ちんとう》に侍《じ》してはいても、主であり幼なじみでもある御隠居様が身罷られてしまうなど、どうにも現《うつつ》とは思われなかった。

物心ついたときから遊び相手であり、長じては御小姓として仕え、二十三の年に家督を継いで、三河以来の筆頭家老となった。そうした歳月は余りに長過ぎて、逐一思い起こすこともできぬのだが、古い記憶ほど瞭《あきら》かに刻まれているのは悲しかった。

ご臨終に際しては、ただひとり呆《ほう》けていた。前歯の欠けた、洞《ほら》のような口をぽかんと開けて。

おのれが何をしたとも思えぬ。家政はほかの重臣たちに任せて、ずっと主の遊び相手であったような気がする。わけても利《き》れ者の天野大膳が手腕をふるうようになってからは、ただ唯々《いい》諾々《だくだく》と上意に従うてきただけであった。

戦が終わったのだ、と吉左衛門は思った。御大将が討死されたのだ、と。

そう思い定めて、悲しみにくれる寝所を見渡した。

御殿様はじっとご遺骸を見つめておられ、そのかたわらではご生母たるお夏の方様が、裲襠《うちかけ》の袖にお顔を隠されていた。居並ぶ重臣どももみな悲嘆にくれていた。

ふと、天野大膳の姿がないと気付いた。吉左衛門は人々を押しのけて廊下によろぼい出た。

「大膳、どこじゃ大膳」

声を殺して呼びながら、吉左衛門は奥殿の闇を手探りで歩き回った。おのれは御大将とともに帷幕《いばく》にあったが、大膳は常に陣頭にて矢弾に身を晒していたのだ。

天野大膳は灯のない仏間でうなだれていた。豪胆かつ怜悧な武士の銷沈《しょうちん》せる姿を見るのは初めてであった。

「追腹《おいばら》はご法度ぞ」

膝前に据えられた脇差を思わず蹴り飛ばして、吉左衛門は大膳の胸を抱き止めた。こんなに華奢な体だとは知らなかった。

「おのれッ、汝《うぬ》は天下のご法度を犯して御家のお取り潰しを狙うか」

「いえ」と、大膳は力なく否《いな》んだ。

「それがし、権現様のお遣わしになった御付家老《おつけがろう》にござれば、冥府までお供つかまつりまする」

「さような道理のあるものか」

吉左衛門は力まかせに大膳の頰を張った。

「よいか、大膳。汝は御隠居様の御付人ではない。松平和泉守家の御付家老ぞ。しからば向後、誰に何と言われようと御殿様にお仕えせよ。ここにおわす御歴代様の御みたまになりかわり、平塚吉左衛門が固く下知する」

この大器量の武士に、初めて目の上から物を言うた。唯々諾々と従い続けた人生の終わりにひとつだけ、家老の務めを果したと吉左衛門は思うた。

耳を澄ませば人々の嘆きを被《おお》って、ひそやかな雨音が聴こえた。近しき人のいまさぬ夜の茫々《ぼうぼう》たる広さに、平塚吉左衛門は怖気づいた。

松平和泉守が参勤御礼のため登城したのは物忌《ものいみ》二十日ののちであった。熨斗《のし》目に肩衣長袴の正装である。本来ならば参府後すみやかにすまさねばならぬ儀礼だが、先代の急逝と物忌《ものいみ》、かつ通例ならば八月参府のところを早めたこともあって、二十日遅れの御目見が許されたのだった。

これもまた、和泉守にとっては初めての儀式であるが、昨年閏八月の御暇と似たものであろうと思えば、いくらか気は楽であった。

御黒書院には月番老中を始め幾人かの奏者番が控えており、たしかに勝手は同じである。内庭を背にした御入側に平伏して、和泉守は上様のお成りを待った。

やがて衣ずれの音が聞こえ、上段の間に着座なされる気配を感じた。

「これなるは松平和泉守、こたびは身内に不例《ふれい》ございりまして、物忌二十日ののち参上つかまつりましてござりまする」

よほどのご縁があるのか、そう披露した御老中は板倉周防守であった。

「それへ」と上様のお声がかかった。和泉守は畳の目数をたがえぬよう気遣いつつ、下段の間に膝を進めた。

「息災そうに見えて一段な」

お言葉に対し、答えてはならぬが定めである。ひたすら畏れ入っていると、御老中から思いもよらぬお指図があった。

「本日は特に、上様より親しくお言葉を賜わる。直答《じきとう》を許す」

まこと異例である。大名といえども将軍に対する返答は、いちいち陪席の老中なり御側衆なりが取り次ぐ。むろん和泉守は直答の作法など知らぬ。

考える間もなく、高く澄んだ貴人の声が降り落ちてきた。

「こたびの災厄、和泉には苦労であった。諸事つつがのうおえたか」

わずかに額を上げて、和泉守は直答した。

「ありがたきお言葉、和泉、痛み入りまする。お陰様をもちまして、諸事つつがなく相運びました。また、先代不例の折には、ご台慮賜わりまして奥御医師をお遣わしいただき、恐懼の限りにござりまする」

しばし物思われるような間があって、上様はひとこと「重畳である」と仰せになった。

そのときふと、もしや的外れの直答をしてしもうたのではないか、と和泉守は思うた。上様の仰せ出された「諸事」とは、父の弔いや物忌にとどまらず、大名倒産の危機を脱したことを指しているように思えたのである。

「念を入れて政務に勤めい」

その一言をしおに、上様は衣ずれの音のみ残して退席なされた。まちがいあるまい、と和泉守は思うた。丹生山松平家の内紛は上聞に達していたのだ。

頭《かしら》を上げたなり、和泉守は長袴の膝を回して御老中に向き合うた。もはやわからぬ繁文縟礼などどくそくらえである。下城差留のうえ譴責《けんせき》。いや、そのうえ登城差控《さしひかえ》。

フン、知ったことか。

「周防守殿にお訊ねいたす」

同じ譜代の城持ち大名だと思えば、臆するところは何もない。

御老中は険しい顔を向け、居並ぶ御側衆の大名は色めき立った。委細かまわず和泉守は続けた。

「どのようにお調べになられたかは存ぜぬが、なにゆえ拙家の事情などお耳に入れて上様をお悩まし奉ったのか、道理あらばお聞かせ願いたい」

御側衆はどよめいたが、御老中は動じなかった。じっと和泉守を睨みつけたあとで、物静かに「和泉守殿、何を申される」とたしなめた。

「このところ尊家には、あわただしく吉事凶事が重なって、どうにもこれは人間わざとは思われぬ、よほど奇特ある神仏でも憑《かか》っておるのではないか、などと御城内の噂になっておる。あるいはさような噂まで、上聞に達せられたのやもしれませぬの」

何をばかばかしい。和泉守は御老中から御側衆から、背後の御入側に控える茶坊主までも睨み渡して、きっぱりと宣言した。

「それがし、誓って神仏の奇特を恃んだためしはござらぬ。よしんば噂話にせよ、和泉守が家来と丹生山が領民の面目にかかわることなれば、どなた様も向後一切お控え下されよ。以上、無礼は承知のうえにて、お咎めの儀あらばこの場にて承る。いかがでござるか、御老中」

御側衆の大名たちは囁き合うている。「やはり神憑りじゃ」「触るまいぞ」などと。

御老中が言うた。

「無礼には当たらぬ。それにしても、御先代によう似ておられるのう。何から何まで」

褒められているのか貶《けな》されているのかわからぬが、どうやらお咎めはないらしい。

和泉守は礼を尽くして黒書院を退がった。長袴の裾を踏まぬよう用心しいしい御入側に出れば、内庭の白沙を照り返す陽光がまなこを射した。

喪が明けたなら妻《めと》を娶るか。

黄金色の輝きに煽《あお》られたとたん、まるで腹の底から湧き出るほどふいに、子が欲しいと思うたのだった。

「エー、ひゃっこい、ひゃっこい」

磯貝平八郎と矢部貞吉は冷水《ひやみず》売りの呼び声で目を覚ました。

同時にがばとはね起きたのは、何もかもが夢だったのではないかと思うたからである。悲喜こもごもの苦労を、もういっぺんやり直すなどたまったものではない。

ぼちぼち冷水の季節である。二人は褌《ふんどし》一丁の裸を曰《いわ》く窓に並べて、明けやらぬ広小路に目を凝らした。

「エー、ひゃっこい、ひゃっこい。エー、百万石の御泉水にござんす。甘い冷水が一椀四文《よもん》、エー、ひゃっこい、ひゃっこい」

平八郎が「夢か」と呟けば、「ご勘弁」と貞吉が応じた。やがて門長屋の軒伝いに、天秤棒の軋りが近付いてきた。

「おい、水売り。目覚ましを一杯くれ」

「へい、毎度どうも」

真鍮《しんちゅう》の椀に溢れんばかりの冷水が、桟窓から差し入れられた。銭を払い、一息に飲み干しても目は覚めぬ。

「こちらさんも、どうぞ」

相変わらずうまい水である。だが、夢の覚める気配はなかった。窓の下から愛想をふりまいているのは、紛れもなく「水売りの伝蔵」だった。そういえばこの数日、御屋敷内で見かけていない。

「比留間様、座興もたいがいになされよ」

平八郎は笑いながら言うた。

「ハ。朝っぱらからヒルマたァ、いってえ何の話でござんすかえ」

御殿様のもとで御家復興の采配を揮うたのは、比留間伝蔵であった。

「おい、冗談ではないのか」

貞吉が桟窓にしがみついた。

「冗談も何も、あっしァもともと水道橋の水売りでござんす。余分な銭を持ちたかァねえもんで、ゆんべお暇《いとま》つかまつりやした。ま、相も変わらず本郷元町の破《や》れ長屋におりやすから、何か困りごとがあったらいつでもお寄り下さんし。毎度ありがとうござんした」

饅頭笠の紐を締め直すと、けっしてお愛想ではない快哉《かいさい》の笑みを残して、水売りは去ってしまった。

三万石の家政を立て直すのも、長屋の井戸を浚《さら》うのも、身寄りのない爺婆の世話をするのも、伝蔵にとってはきっと同じ仕事のうちなのだろう、と平八郎は思うた。

向かいの水戸様の御庭で明け烏が騒ぎ始めると、水道橋の袂から威勢のよい呼び声が聞こえてきた。

「エー、ひゃっこい、ひゃっこい。一杯四文、百万石の御泉水にござんす」

そうして一日の食い扶持だけ稼いだら、残りの水は神田川にざんぶと捨てて店じまい、その心意気が水売り伝蔵の人気だった。

まるで子守唄でも聞くように、矢部貞吉はうっとりと目をつむった。比留間伝蔵のあまりの手際のよさから、いっときは幕府勘定方の隠密かと疑ったことすらあったが、どうやら邪推であったらしい。

銭金の何たるかを知り尽くしていればこそ、その日暮らしの鯔背《いなせ》ができるのだろう。短い間ではあったが、厳しく叩きこまれた帳付け帳検めの何にもまして、銭金の穢れと人間の潔癖を教えられたのだと貞吉は思った。

白と黒とにきっぱりと塗り分けられた江戸の朝が、やがてしらじらと明けてきた。


「おお、おお、でかしたぞお初。何とまあ賢《さか》しげな男子《おのこ》じゃ」

訪いの挨拶ひとつなく駒込中屋敷に駆け込んできた父は、「爺《じじ》じゃ、爺じゃ」とわめきながらあちこち走り回り、奥居に設《しつら》えた産屋《うぶや》の障子を、力余って引きはずした。

「父上、乱暴はおやめ下さい」

躍りかかって食うてしまいそうな勢いの父から、お初は生まれたばかりの赤児をかばった。

初孫誕生の報せを受けて、矢も楯もたまらず番町の屋敷を駆け出たのであろうが、供連れが遅れているのはともかくとして、使者の早馬より先に飛び込んでくるとは、さすが徳川が武役筆頭たる大御番頭である。

「わしに似とるの。のう、お初。わしに良う似とるの」

湯気をもうもうと立ち昇らせながら、父は産褥《さんじょく》のかたわらにかしこまって赤児の顔を覗き込む。似ないでほしい、とお初は思った。

「だ、だ、抱いてよいかの」

お初が団扇《うちわ》のような手を払うより先に、「なりませぬ、まだ首が据わっておりませぬ」と産婆が叱りつけた。

赤児の顔は子猿のようだが、誰に似ているといえば、亡うなった柏木の爺様のおもかげがあるような気がする。でも、生まれ変わりなど気味が悪いから、お初はけっして口に出さなかった。

「さ、さ、さわってよいかの」

「さわるだけ」

父は毛むくじゃらの太い指を立てて、おそるおそる赤児の頰に触れた。

「赤うて、ふわふわで、まるで鮭のようじゃ」

もっとほかの言い方はないものかと、お初はあきれた。

「おっ、笑うたぞ、わしを見て笑うたぞ」

「まだ目は見えておりませぬ」

そこで女中頭が、冷ややかに忠告した。

「小池の御殿様に申し上げます。これなるは丹生山松平家の若君様にござりますれば、岳父様とは申せ今少しお控えのほどを」

父は気の毒なほどしょげ返ってしまった。子はおなごばかり三人なのだから、外孫とは言え男子の誕生が嬉しくてたまらぬのだろう。そうでなければ番町の屋敷から駒込まで、裸足に尻端折《しりつぱしよ》りで駆けてくるわけはない。そんな父親の馬鹿さかげんが有難くて、お初は羽二重の衾《ふすま》の縁《へり》で瞼《まぶち》を拭った。

身を裂かれるような痛みは夢のようで、御庭からそよそよと吹き入る風がここちよい。お初は横たわったまま首をめぐらせて、夏を兆《きざ》す陽ざかりの池泉を見やった。

「爺からの贈り物じゃ」

父が腰に差した小さ刀《ちいがたな》を、赤児のかたわらに置いた。

「家伝の吉光《よしみつ》じゃ、守り刀にいたせ」

お初にはようわからぬが、その短刀は父が御刀よりも脇差よりも大切にしている家宝だった。

「父上、その小さ刀は――」

「かまわぬ。関ヶ原も大坂の陣もともに駆けた丹生山松平家が若様じゃ」

女中たちはみな、静かに深々と頭《こうべ》を垂れた。

躑躅《つつじ》の皺花《しわばな》をつまみながら、新次郎様が御庭から戻ってきた。まだご自分が人の親になったことをぴんと感じぬ様子で、赤児の顔を覗くたびに怖がったり恥ずかしがったりする。それでもしばしばこんなふうに、怖れながら恥じ入りながら、産屋《うぶや》を覗きにくるのだった。

風が渡って、鴨居にめぐらせた幣《ぬさ》をからからと鳴らした。お初は神様の気配を感じた。御庭に降り立ったきんきらきんの神様たちが、夫と一緒にやってくる。

「これはこれは新次郎殿。こたびはおめでとうございまする」

「やや、オオバンガシラさん」

「ではなく、オオバンガシラにござる」

新次郎様は縁側に腰を下ろして草鞋《わらじ》を解き、捻り鉢巻を解いた。普段着は寝巻《おねま》の帯さえ結べないのに、どうして庭師のなりばかりが颯爽《さっそう》としているのだろうと、お初はいつもふしぎに思う。

日裏になった夫の姿が眩《まばゆ》くて、お初は眉庇《まびさし》をかざしながら言うた。

「父上様がね、家宝の小さ刀を、お祝いにって」

涙の向こうで大勢の神様たちが、「ほう」と声を揃えて感心なさった。

「オオバントウさん、かたじけのう。では、これはわしから」

はにかみながら新次郎様は、いったいどこから取り出したやら満開の桜の一枝を、吉光の短刀に並べた。

「咲き残っておったのじゃ。美しやなあ、赤ん坊によう似合う」

権現様お手植えの薄墨桜が、この子のために一枝を残してくれたのだとお初は思った。青葉若葉の時節まで。

赤児がにっこりと笑うた。

このほほえみにまされるお宝の、天下のどこにあるものか。

対　談「改革をなし得る人とは」

浅田次郎×磯田道史

磯田　幕末の小藩が、歳入を超える歳出を続け、累積赤字は返済不能。負債を作った親の世代は逃げ切りを図り、ロスジェネ世代が苦労する――。この物語は良質の時代小説でありながら、現代の我々の姿に重ね合わせて読むと、二重に楽しめます。自分たちの姿を鏡で見ているような感じがありました。

浅田　明治維新で世の中がひっくり返り、あまりにもコペルニクス的転回だったから、僕らは勝手に壁を作って、江戸時代を遥かな昔だと思っている。だけど、僕が生まれた昭和二十六（一九五一）年で大政奉還から八十五年目だから、子供の頃には江戸時代生まれの人がまだ周りにいたんです。

磯田　ええ。我々の意識と行動様式は、江戸後期にできあがったものもあり、その影響は、まだ強いと思います。

浅田　この小説を書きながら、あの時代と地続きなんだ、という思いがいつもありました。藩の運営は会社の経営に通じますから、企業小説として読んでもらっても一向にかまいません。

借金25万両、利率は12％

磯田　丹生山は架空の藩ですが、非常に厳しい経済状態です。源流が家康から数代遡る松平家なので、徳川家中では名門で身分は高い。なのに石高が低いから、通常の藩なら陣屋で済むところを天守まで持っていて、インフラの維持費もかかる。

令和日本の財政事情に、憎いほど似通っています。税収等が六十兆円しかないのに百兆円の予算を組んで、累積債務が千百兆円。一年の税収の二十倍以上の借金ですからね。

浅田　二十五万両の借金は多すぎましたか。

磯田　小説なら、ありです。丹生山藩は三万石で年間の歳入が一万両ぐらい。我々より厳しいのは、日本の国債よりずっと高い十二％という利率です。しかしここまでひどい財政だと、高利でしか貸してもらえないのもうなずけるところです。旗本並みに高い利率ですね。

浅田　大名の利率は低かったんですか。

磯田　普通の大名なら、六％くらいで貸してもらえました。領内の産物を差し押さえることができますから。

浅田　ともかく苦しい状況にするため、家格が高いのに金回りは悪いという藩にしたんです。

磯田　現実の藩で思い浮かべるとしたら、岡山の津山藩ですね。結城秀康を祖とする越前松平家の親戚だから官位は高く、石高は最低のとき五万石でした。同じ家康の息子でも、二代将軍・秀忠の兄である結城秀康の子孫は、石高は低く抑えられていました。でも、家格は高いので、大名行列にしろ駕籠にしろ建物にしろ、大きめに構えなければ格好がつきません。そういう出自の藩の地獄のような財政状況が設定されていて、リアルでした。

浅田　なぜ借金が膨らんだかというと、家格が高いゆえの出費に加えて、プライドがあって、薩摩や長州みたいに乱暴な借入金の踏み倒しや棚上げはやりづらかったんじゃないかと。

磯田　面白いのは、苦境から逃げ切れると思っている世代と、逃げられない次の世代という、我々に突きつけられている滑稽かつ深刻な課題が現れることです。

浅田　現代でも僕らと父親と祖父の世代がそれぞれ違うように、江戸時代にも、世代による性格の違いがあったと思うんです。先代藩主だった親父は、かなりお気楽な時代に育ったんじゃないかな。

磯田　物語の始まりは文久二（一八六二）年ですから生麦事件の年で、明治維新の六年前。父親世代は、文化文政の「今だけ良けりゃいい」みたいな雰囲気の中で大人になっていますね。

浅田　家斉が十一代の将軍で、空白の五十年と言われる、ものを考えなかった時代ですね。

磯田　財政が悪化して歳入が増えないのに、貨幣を質の悪いものに鋳造し直して、使っちゃったんです。

浅田　それは、時代の空気なのかな。改革しなきゃ駄目だとわかりそうなものなのに、「いいや、いいや」という感じで行っちゃうわけでしょう。ところが小四郎は、物心ついた頃に黒船来航ですから、危機感を持っているはずです。

磯田　一揆は起きるし、ロシアやイギリスの船も続々とやって来ます。内憂外患です。

浅田　気候も悪かった。

磯田　浅間山の噴火の後で特に北関東は荒れ、安政の大地震もありました。先代藩主と当主の若殿の二人が育った時代の雰囲気は大きく異なるでしょうね。

逃げ切り世代 vs. ロスジェネ

浅田　僕らの世代と磯田さんの世代の違いにも似ています。同じ戦後生まれでも、こっちは文化文政。高度成長の真っただ中です。僕は食い物に困った記憶がないし、電化製品は蛍光灯からクーラーまで、家に来たときを全部覚えています。

ずっとインフレで給料は上がって、東京オリンピックをピークに高度成長はまだ続く。しまいにはバブルに突入して、今日までそれほど不自由していない。最高の世代なんですよ。

磯田　うちの親は七十代半ばですけど、それを言うんです。「私たちはラッキーなまま、上がり」。僕は昭和四十五（一九七〇）年生まれで、僕らの世代が大学を出るころには、就職氷河期にさしかかっていました。

浅田　過酷な状況ですね。

磯田　前の世代が早く引退して、引き継がせてもらえればいいんです。でも社会はいまだに、高齢にならないと偉くなれない仕組みで、状況が悪くなってから僕らの世代が経営権を渡されるわけですよ。これは小四郎と同じで、苦しいものがあります。この小説を若い人が読んだら、大いに共感できると思います。

浅田　若い人たちを見ていると、一生懸命やっていて本当に偉いと思いますよ。俺、小四郎の年には真面目じゃなかったからね（笑）。

磯田　小四郎は、先代藩主である父が下屋敷で女中をしていた村娘に手を付けて、家来に下げ渡されて生まれた庶子、という設定ですね。

浅田　側室をもらうのは公然の慣習だからいいと思うんです。でも村娘に手を付けたら、やっぱり奥方は怒ると思う。だから、ひた隠しにしたんじゃないかな。

磯田　側室制度にも作法があって、正室が認める範囲でやるのが一番上品です。次に、御殿に上がっているか、奥向きを取り締まる重役が推薦する藩士の娘。そうでない女性に手を出しちゃうのは、やっぱりまずい。それで、殿様お手付きの訳あり女性を藩内に嫁がせて片付ける。

そんな経緯で足軽の長屋で育てられた四男・小四郎が、兄の急逝でお家を継ぐのは、小説ならではの面白いところですね。下級武士に人間関係をもっていて、通常なら入らない情報を得られる藩主になるわけです。

浅田　そういう例は、実際にはありませんか。

磯田　熊本藩の細川重賢は、五男に生まれて、長屋で育ちました。美味しいものがないから、スズメを摑まえて毛をむしり、醬油を持っていないので藩士に借りに行った。どういう若様かと思うんですけど（笑）。家来に着物を質屋に入れてもらったこともあります。

その後、江戸城中で刺し殺された兄から家督を継いで、大赤字だった藩政の改革に成功します。貧乏体験をもつ重賢が殿様になるという非常事態がなかったら、熊本藩は立ち直らなかったかもしれません。

だからこの小説を読んでいるときには、似た事例が存在しただろうな、と何度も思わされました。

浅田　磯田さんがお読みになれば、「これはないだろう」というところはあると思うけれども、小説ですからお許しください（笑）。

算盤を弾きながら書いた

磯田　藩組織のトップと底辺を往復する人間の目から見る風景は、フィクションでなければ見せてもらえない世界でした。しかし、その風景は現実透視力が高いように思います。ノンフィクションや歴史学では書けない現実の日本社会や日本型組織の姿が、この小説から見えてきます。

丹生山藩を越後に設定したのが、また憎いところです。暖かい西日本の藩は、薩摩のように砂糖を売ったり、土佐のように材木を売ったりできます。しかし北日本は寒いので、当時は殖産興業の方法が限られていましたからね。

浅田　地理的なモデルは、越後村上藩なんです。書き始めたときには「借金の解決策は鮭だな」と思った。でも、どう計算しても無理でした。

磯田　鮭はとても美味しそうに書かれていましたけど、村上へは取材に行かれたんですか。

浅田　二度行って、新鮭も塩引き鮭も食べました。村上の鮭って滋味深いというかね、これが日本原産の鮭なんだなという味わいがあります。

しかし、鮭を江戸へ運んで売ったり、質素倹約をするだけでは、二十五万両は返せない。そこで、起死回生の手段を考えなければいけませんでした。小説を書きながら、ずっと計算し続けたのは初めてですよ（笑）。大名行列にいくらかかるかとか、途中で嫌

村上の鮭を眺める浅田さん

村上から望む日本海に沈む夕陽

になるぐらい算盤を弾き続けました。

磯田　僕が読みながら、この藩で財政を解決する方法としてもうひとつありそうだと思ったのは、将軍家からの嫁取りです。何か訳ありの姫だけど、将軍は可愛くて仕方なくて、嫁がせたい。しかしどの藩も事情を知っているので、話がまとまらないというケース。

将軍家から嫁を迎える藩は、御守殿という大規模な御殿を建設しなければいけません。小藩だとその費用がないので、姫を貧乏公家か何かに養女に出しておいてから、嫁に迎えるんです。裏で約束をしておいて、持参金の十万両をせしめて借金を返す、というウルトラCです。でも財政難の幕末だと、さすがにちょっと無理かなと思いました。

お金の話ばかりしてしまいましたが、どの登場人物にもどこか憎めないところやユーモラスなところがあって、神様仏様も出てくるので、深刻になりすぎず、最後まで楽しく読みました。

浅田　小説家になってよかったと思うのは、こうあってもいいだろう、というギリギリのウソまでつけることですよ。学者は何を間違ってもいけない制約の中で自分の学説を展開しなきゃならないから、かわいそうだな（笑）。

磯田　僕は、歴史小説を否定する歴史学者は、「虚数」を理解しない数学者と同じだと思うんです。「虚数」は二乗するとマイナスになるありえない数ですが、これがないと、現実にロケットが月に行く科学はない。現実を分析することが歴史学の目的であるならば、小説も大いに読んで、歴史を見る目や広い世界観を養うのが、正しい作法ですよ。

浅田　小説も、史実には則ってなければいけません。全然あり得ない話は駄目だけど、その先は可能性で書けますからね。

芯がないと改革はできない

磯田　やっぱり小四郎のように真面目で愚直な人の方が、改革には向いているんでしょうか。現代の日本人は、労働力の質では世界最高なのに、労働生産性は先進国中でかなり低い。おそらく江戸時代の参勤交代と同じように、高い質の労働力を生産的ではない活動に向けているに違いないと思うんです。

浅田　特に官庁は、なんでこんなことやるの？　と首を傾げるような、仕事のための仕事が多いですね。

磯田　そうでしょう。元の耶律楚材の「一事を生ずるは一事を省くにしかず」という言葉を思い出します。「新しい仕事を加えるより、無駄になっている仕事を省け」という意味です。

浅田　江戸時代も現代も、繁文縟礼《はんぶんじょくれい》が積み上がっていくのが日本ですね。

磯田　小田原藩の藩主で老中にもなった大久保忠真が、大名の欠点は途中で投げることだと言っています。改革を始めるときは熱心でも、やっているうちに興味を失って、批判が湧いてくると、任せた家来を尻尾切りして逃げてしまう。これをやられると、担当者になった藩士は死ぬしかないわけですよ。現代のサラリーマンにも共通する部分でしょう。

浅田　改革をなし得るのは、ともかく根気があって粘り強い人じゃないかな。天保の改革をやった水野忠邦は、言ってることは正しいし、政策は斬新だと思うけれども、反対勢力を増やしました。才気走った人だからだと思うんです。

磯田　儒学者の細井平洲は、「勇なるかな勇なるかな、勇にあらずして何をもって行なわんや」と言って、手塩にかけて教えた上杉鷹山を米沢藩の改革へ送り出します。最も大切なのは勇気だということです。改革を断行するには、自分の心を鼓舞する芯のようなものを持たなければなりません。子孫のための責任感は、現代の日本人の芯になりうると思います。

浅田　僕はいろんな生き方をしてきたけれども、やっぱり真面目に生きるしかないですよ。商売をやっていた時期が長いから、ああ来ればこう来るだろう、とか考えるんですが、考えても同じです。だったら、まっすぐ進んだほうがいい。世の中は甘くないけど、回り道をしたり知恵を巡らせるより、愚直に歩くべきです。結局、それが早道。

磯田　後進国になりかけている日本を、我々はどうやって立ち直らせればいいかということも、この小説は考えさせてくれました。

（週刊文春　二〇二〇年新年特大号）

磯田道史（いそだみちふみ）　歴史家、国際日本文化研究センター教授。１９７０年、岡山県生まれ。膨大な古文書から歴史の叡智を発掘してきた。『武士の家計簿』『無私の日本人』『日本史の探偵手帳』など著書多数。

初出　「文藝春秋」
二〇一六年四月号～二〇一九年九月号
単行本　二〇一九年十二月　文藝春秋刊

文春文庫

大《だい》名《みょう》倒《とう》産《さん》 下

定価はカバーに表示してあります

2022年9月10日 第1刷

著 者 浅《あさ》田《だ》次《じ》郎《ろう》

発行者 大沼貴之
発行所 株式会社 文藝春秋

東京都千代田区紀尾井町 3-23 〒102-8008
TEL 03・3265・1211㈹
文藝春秋ホームページ http://www.bunshun.co.jp

落丁、乱丁本は、お手数ですが小社製作部宛お送り下さい。送料小社負担でお取替致します。

印刷・凸版印刷 製本・加藤製本
Printed in Japan
ISBN978-4-16-791929-0

（　）内は解説者。品切の節はご容赦下さい。

浅田次郎
月のしずく
きつい労働と酒にあけくれる男の日常に舞い込んだ美しい女。出会うはずのない二人が出会う時、癒しのドラマが始まる――表題作ほか「銀色の雨」「ピエタ」など全七篇収録。（三浦哲郎）
あ-39-1

浅田次郎
壬生《みぶ》義《ぎ》士《し》伝《でん》（上下）
「死にたぐねえから、人を斬るのす」――生活苦から南部藩を脱藩し、壬生《みぶ》浪と呼ばれた新選組で人の道を見失わず生きた吉村貫一郎の運命。第十三回柴田錬三郎賞受賞。（久世光彦）
あ-39-2

浅田次郎
姫椿
飼い猫に死なれたOL、死に場所を探す社長、若い頃別れた恋人への思いを秘めた男、妻に先立たれ競馬場に通う助教授……。凍てついた心にぬくもりが舞い降りる全八篇。（金子成人）
あ-39-4

浅田次郎
輪違《わちがい》屋《や》糸里《いとさと》（上下）
土方歳三を慕う京都・島原の芸妓・糸里は、芹沢鴨暗殺という、新選組の内部抗争に巻き込まれていく。大ベストセラー『壬生義士伝』に続き、女の〝義〟を描いた傑作長篇。（末國善己）
あ-39-6

浅田次郎
月島慕情
過去を抱えた女が真実を知って選んだ道は。表題作の他、ワンマン社長と靴磨きの老人の生き様を描いた「シューシャインボーイ」など、市井に生きる人々の矜持を描く全七篇。（桜庭一樹）
あ-39-9

浅田次郎
沙高樓綺譚
伝統を受け継ぐ名家、不動産王、世界的な映画監督。巨万の富と名誉を持つ者たちが今宵も集い、胸に秘めてきた驚愕の経験を語りあう。浅田次郎の本領発揮！　超贅沢な短編集。（百田尚樹）
あ-39-10

浅田次郎
草原からの使者
沙高樓綺譚
総裁選の内幕、莫大な遺産を受け継いだ御曹司が体験するカジノの一夜、競馬場の老人が握る幾多の人生。富と権力を持つ人間たちの虚無と幸福を浅田次郎が自在に映し出す。（有川　浩）
あ-39-11

（　）内は解説者。品切の節はご容赦下さい。

浅田次郎
一刀斎夢録（上下）
怒濤の幕末を生き延び、明治の世では警視庁の一員として西南戦争を戦った新選組三番隊長・斎藤一の眼を通して描き出される感動ドラマ。新選組三部作ついに完結！　（山本兼一）
あ-39-12

浅田次郎
君は嘘つきだから、小説家にでもなればいい
裕福だった子供時代、一家離散の日々で身につけた習慣、二人の母のこと、競馬、小説。作家・浅田次郎を作った人生の諸事が綴られた文章に酔いしれる、珠玉のエッセイ集。
あ-39-14

浅田次郎
かわいい自分には旅をさせよ
京都、北京、パリ……誰のためでもなく自分のために旅をし、日本を危うくする「男の不在」を憂う。旅の極意と人生指南がつまった、笑いと涙の極上エッセイ集。幻の短篇、特別収録。
あ-39-15

浅田次郎
黒書院の六兵衛（上下）
江戸城明渡しが迫る中、てこでも動かぬ謎の武士ひとり。勝海舟や西郷隆盛も現れて、城中は右往左往。六兵衛とは一体何者か？　笑って泣いて感動の結末へ。奇想天外の傑作。　（青山文平）
あ-39-16

浅田次郎
降霊会の夜
生者と死者が語り合う降霊会に招かれた作家の〝私〟は、思いもかけない人たちと再会する……。青春時代に置き忘れたもの、戦後という時代に取り残されたものへの鎮魂歌。　（森　絵都）
あ-39-18

浅田次郎
獅子吼《ししく》
戦争・高度成長・大学紛争――いつの時代、どう生きても、過酷な運命は降りかかる。激しい感情を抑え進む、名も無き人々の姿を描きだした、華も涙もある王道の短編集。　（吉川晃司）
あ-39-19

（　）内は解説者。品切の節はご容赦下さい

青山文平
白樫の樹の下で
田沼意次の時代から清廉な松平定信の息苦しい時代への過渡期。いまだ人を斬ったことのない貧乏御家人が名刀を手にしたとき、何かが起きる。第18回松本清張賞受賞作。（島内景二）
あ-64-1

青山文平
かけおちる
藩の執政として辣腕を振るう男は二十年前、男と逃げた妻を斬った。今また、娘が同じ過ちを犯そうとしている——。時代小説の新しい世界を描いて絶賛される作家の必読作！（村木　嵐）
あ-64-2

青山文平
つまをめとらば
去った女、逝った妻……瞼に浮かぶ、獰猛なまでに美しい女たちの面影は男を惑わせる。江戸の町に乱れ咲く、男と女の性と業。女という圧倒的リアル！　直木賞受賞作。（瀧井朝世）
あ-64-3

青山文平
遠縁の女
追い立てられるように国元を出、五年の武者修行から国に戻った男が直面した驚愕の現実と、幼馴染の女の仕掛けてきた罠。直木賞受賞作に続く、男女が織り成す鮮やかな武家の世界。

あ-64-4

朝井まかて
銀の猫
嫁ぎ先を離縁され「介抱人」として稼ぐお咲。年寄りたちに人生を教わる一方で、妾奉公を繰り返し身勝手に生きてきた、自分の母親を許せない。江戸の介護を描く傑作長編。（秋山香乃）
あ-81-1

朝松　健
血と炎の京《みやこ》
私本・応仁の乱
応仁の乱は地獄の戦さだった。花の都は縦横に走る塹壕で切り刻まれ、唐土の殺戮兵器が唸る。戦場を走る復讐鬼・道賢と、救いを希う日野富子を描く書下ろし歴史伝奇。田中芳樹氏推薦。
あ-85-1

井上ひさし
手鎖心中
材木問屋の若旦那、栄次郎は、絵草紙の人気作者になりたいと願うあまり馬鹿馬鹿しい騒ぎを起こし……歌舞伎化もされた直木賞受賞作。表題作ほか「江戸の夕立ち」を収録。（中村勘三郎）
い-3-28

（　）内は解説者。品切の節はご容赦下さい。

井上ひさし
東慶寺花だより
離縁を望み決死の覚悟で鎌倉の「駆け込み寺」へ――女たちの事情、強さと家族の絆を軽やかに描いて胸に迫る涙と笑いの時代連作集。著者が十年をかけて紡いだ遺作。（長部日出雄）
い-3-32

池波正太郎
秘密
家老の子息を斬殺し、討手から身を隠して生きる片桐宗春。だが人の情けに触れ、医師として暮すうち、その心はある境地に達する――。最晩年の著者が描く時代物長篇。（里中哲彦）
い-4-95

池波正太郎
鬼平犯科帳　決定版（二十三）
特別長篇　炎の色
謹厳実直な亡父に隠し子がいた。衝撃の事実と妹の存在を知った平蔵は、その妹のためにひと肌脱ぐ。一方、おまさは女盗賊に気に入られ、満更でもない。「隠し子」「炎の色」を収録。
い-4-123

池波正太郎
鬼平犯科帳　決定版（二十四）
特別長篇　誘拐
国民的時代小説シリーズ「鬼平犯科帳」最終巻。未完となった表題作ほか「女密偵女賊」「ふたり五郎蔵」の全三篇。秋山忠彌「平蔵の好きな食べもの屋」を特別収録。（尾崎秀樹）
い-4-124

池波正太郎
その男（全三冊）
杉虎之助は大川に身投げをしたところを謎の剣士に助けられる。こうして〝その男〟の波瀾の人生が幕を開けた――。幕末から明治へ、維新史の断面を見事に剔る長編。（奥山景布子）
い-4-131

池波正太郎
旅路（上下）
新婚の夫を斬殺された三千代は実家に戻れとの藩の沙汰に従わず、下手人を追い彦根から江戸へ向かう。己れの感情に正直に生きる美しい武家の女の波瀾万丈の人生を描く。（山口恵以子）
い-4-134

池波正太郎・逢坂　剛・上田秀人・梶　よう子
風野真知雄・門井慶喜・土橋章宏・諸田玲子
池波正太郎と七人の作家　蘇える鬼平犯科帳
逸品ぞろいの「鬼平づくし」。「鬼平」誕生五十年を記念し、七人の人気作家が「鬼平」に新たな命を吹き込んだ作品集。本家・池波正太郎も「瓶割り小僧」で特別参加。
い-4-200

（　）内は解説者。品切の節はご容赦下さい。

稲葉 稔
すわ切腹
幕府役人事情 浜野徳右衛門

剣の腕を買われ、火付盗賊改に加わった徳右衛門。大店に押し入った賊の仲間割れで殺された男により、窮地に立つことに。何よりも家族が大事なマイホーム侍シリーズ、最終巻。

い-91-6

稲葉 稔
武士の流儀（一）

元は風烈廻りの与力の清兵衛は、倅に家督を譲っての若隠居生活。平穏が一番の毎日だが、若い侍が斬りつけられる現場に居合わせたことで、遺された友の手助けをすることになり……。

い-91-12

稲葉 稔
武士の流儀（二）

清兵衛がある日見かけたのは、若い頃に悪所で行き合った因縁の男・吾市だった。吾市の悪評に胸騒ぎを覚える清兵衛。やがて、織物屋のご隠居が怪我を負わされたと耳にして……。

い-91-13

稲葉 稔
武士の流儀（三）

家督を譲った息子の真之介から、頬に古傷をもつ男が町奉行所に清兵衛を訪ねてきたと聞く。与力時代に世話をした咎人だと考えた清兵衛は、男が住むという長屋を探しに出かけるが……。

い-91-14

稲葉 稔
武士の流儀（四）

清兵衛は洗い張り職人に着物を預けに出かけるが、何やら様子がおかしい。なんと、大身旗本の奥方の高価な着物が夜のうちに消えてしまったという。見かねた清兵衛は行方を探るが……。

い-91-15

犬飼六岐
鷹ノ目

メリケンでいう賞金稼ぎ、本邦でいう勧賞金目当ての流れ者。世は信長が、将軍とともに上洛を果たした頃、渡辺綱の子孫条四郎は高札に掲げられた罪人を追って諸国を旅し事件を捌く。

い-93-2

伊東 潤
王になろうとした男

信長の大いなる夢にインスパイアされた家臣たち。毛利新助、原田直政、荒木村重、津田信澄、黒人の彌介。いつ寝首をかくか、かかれるかの時代の峻烈な生と死を描く短編集。　（高橋英樹）

い-100-1

文春文庫　最新刊

大名倒産 上下　浅田次郎
倒産逃げ切りを企む父VS再建を目指す子。傑作時代長編！

名乗らじ 空也十番勝負（八）　佐伯泰英
武者修行の終わりが近づく空也に、最強のライバルが迫る

Iの悲劇　米澤穂信
無人の集落を再生させるIターンプロジェクトだが…

雲を紡ぐ　伊吹有喜
不登校の美緒は、盛岡の祖父の元へ。家族の再生の物語

獣たちのコロシアム 池袋ウエストゲートパークXVI　石田衣良
児童虐待動画を楽しむ鬼畜たち。マコトがぶっ潰す！

耳袋秘帖 **南町奉行と火消し婆**　風野真知雄
廻船問屋の花火の宴に巨大な顔だけの怪かしが現れた!?

八丁堀「鬼彦組」激闘篇 **剣客参上**　鳥羽亮
生薬屋主人と手代が斬殺された！　長丁場の捕物始まる

代表取締役アイドル　小林泰三
大企業に迷い込んだアイドルに襲い掛かる不条理の数々

べらぼうくん　万城目学
浪人、留年、就職後は作家を目指し無職に。極上の青春記

女たちのシベリア抑留　小柳ちひろ
抑留された女性捕虜たち。沈黙を破った貴重な証言集

魔王の島　ジェローム・ルブリ　坂田雪子　青木智美訳
孤島を支配する「魔王」とは？　驚愕のミステリー！

私の中の日本軍 上下〈学藝ライブラリー〉　山本七平
自らの体験を元に、数々の戦争伝説の仮面を剝ぎ取る